Anita Brookner
Hotel du Lac

Serie Piper
Band 835

Zu diesem Buch

In ihrem Hotelzimmer am Genfer See, das in der Farbe von zu lange gekochtem Kalbfleisch gehalten war, widmet sich Edith Hope ihrem täglichen Pensum Phantasie und Lüge, sie schreibt also einen Roman. Im heimatlichen England hat sie sich unmöglich gemacht, indem sie, eine ältliche und wenig reizvolle Jungfer, wider alle Vernunft am Tag der Hochzeit ihren Bräutigam sitzen ließ. So wurde sie von wohlmeinenden Freunden in jenes respektable Schweizer Hotel geschickt, um zur Besinnung zu kommen. In ihrem Buch soll Aschenbrödel und nicht der attraktive Vamp den Prinzen bekommen. Doch aus dem Dämmerlicht des Hotelsalons treten alsbald die Gestalten hervor, die Edith, eine scharfe und geradezu zwanghafte Beobachterin, im Lauf der ihr verordneten Ferien an Stelle des Romans beschäftigen werden.

Anita Brookners *comédie humaine* im kleinen lebt aus dem Kontrast zwischen dem betulichen Milieu und der Monotonie des Ferienalltags und den verborgenen, sich erst allmählich entfaltenden Facetten im Seelenleben der Figuren. Mit distanzierter, leise melancholischer Ironie wird ein alter Tatbestand neu geschildert: Das Leben mag ein Traum sein, aber es ist mit Sicherheit kein Roman.

Anita Brookner, Kunsthistorikerin mit dem Fachgebiet Malerei des 18. Jahrhunderts, unterrichtet am Courtauld Institute of Art in London. Für »Hotel du Lac«, ihren vierten Roman, erhielt sie 1984 den renommierten Booker Prize. Sie schrieb Bücher über Watteau, Greuze, David u. a. Im Piper Verlag ist außerdem ihr Roman »Seht mich an« erschienen.

Anita Brookner

HOTEL DU LAC

Roman

Aus dem Englischen
von Dora Winkler

Piper
München Zürich

Die Originalausgabe erschien 1984 unter dem Titel
»Hotel du Lac«
bei Jonathan Cape Ltd., London.

ISBN 3-492-10835-0
Neuausgabe 1988
2. Auflage, 9.–16. Tausend April 1988
(1. Auflage, 1.–8. Tausend dieser Ausgabe)

Umschlag: Federico Juci,
unter Verwendung des Gemäldes »Hotelzimmer« (1931)
von Edward Hopper
(Sammlung Thyssen-Bornemosza, Lugano)
Satz: Kösel, Kempten
Druck und Bindung: Clausen & Bosse, Leck
Printed in Germany

Für Rosamond Lehmann

☆☆☆☆☆☆☆☆☆☆☆☆☆☆☆☆☆☆☆☆

1

Nur eine zurückweichende Fläche Grau war vom Fenster aus zu sehen. Hinter dem grauen Garten, in dem nichts außer einer steifblättrigen, unbekannten Pflanze zu wachsen schien, mußte der große graue See liegen und sich in lautloser Öde zum unsichtbaren anderen Ufer hin erstrecken; und dahinter konnte man sich trotz der Bestätigung durch den Prospekt nur in der kühnsten Phantasie den Gipfel der Dent d'Oche vorstellen, auf dem vielleicht schon still und leicht Schnee fiel. Es war später September, Nachsaison; die Touristen waren fort, die Preise reduziert, und es gab wenig Anreize für Besucher in dieser kleinen Stadt am Seeufer, deren schon von Natur aus schweigsame Einwohner oft ganz und gar verstummten, wenn sich, manchmal tagelang, die dichte Wolke herabsenkte, um dann plötzlich zu verfliegen und eine neue Landschaft voller Farben und Geschehen zu enthüllen: Boote auf dem See, Passagiere auf dem Landungssteg, einen Markt unter freiem Himmel, die Umrisse einer Burgruine aus dem dreizehnten Jahrhundert, weiße Säume an den fernen Bergen und im Süden heitere Hänge voller Apfelbäume, deren Früchte in emblematischer Bedeutung glänzten. Denn dies war ein Land umsichtig geernteter Fülle, ein Land, das alle menschlichen Zufälle besiegt hatte und wo nur das Wetter sich betrüblich der Kontrolle entzog.

Edith Hope, die unter einem klangvolleren Namen tätige Romanschriftstellerin, blieb am Fenster stehen, als könnte eine Attacke guten Willens die geheimnisvolle Trübe durchdringen, die sich ihr jetzt darbot, wo ihr doch belebende Frische, zuverlässiges Klima und ein durch und durch vernünftiger, um nicht zu sagen pragmatischer Aufenthalt versprochen worden waren: ruhiges Hotel, hervorragende Küche, lange Spaziergänge, keinerlei aufregende Zerstreuungen, Abende, an denen einem nichts anderes übrigblieb, als früh zu Bett zu gehen. So sollte sie wieder ein rechtschaffener, arbeitsamer Mensch werden und die unglückliche Entgleisung vergessen, die zu ihrer kurzen Verbannung an diesen anscheinend entvölkerten Ort geführt hatte, mitten in der nun langsam ins Dunkel gleitenden Jahreszeit, in der sie eigentlich hätte zu Hause sein müssen... Aber gerade ihr Zuhause, oder eher »Zuhause«, war ja ganz plötzlich feindlich geworden, so daß sie ziemlich erschrocken über das Geschehene zugestimmt hatte, als ihre Bekannten ihr einen Tapetenwechsel vorschlugen. Und so hatte sie es zugelassen, daß ihre Freundin und Nachbarin, Penelope Milne, sie zum Flughafen fuhr, mit zusammengekniffenen

Lippen und nur bereit, ihr zu vergeben, wenn sie jetzt eine anständige Zeitlang verschwand und dann älter, klüger und gehörig um Verzeihung bittend zurückkam. Denn meine Entgleisung wird mir nicht gestattet, als wäre ich ein naives Mädchen, dachte sie; und warum sollte ich das auch sein? Ich bin eine gestandene Frau, die es besser wissen müßte, und in den Augen meiner Freunde längst über das Alter der Unbesonnenheiten hinaus; des öfteren hat man von meiner physischen Ähnlichkeit mit Virginia Woolf gesprochen; ich bin Hausbesitzerin, Steuerzahlerin, koche gutes, unkompliziertes Essen und liefere meine Typoskripte stets noch vor dem vereinbarten Termin ab; ich unterschreibe alles, was man mir vorlegt; ich rufe nie meinen Verleger an, und ich stelle keine Ansprüche wegen meiner besonderen Art des Schreibens, obwohl sie sich, soviel ich weiß, glänzend verkauft. Ich habe diese ziemlich blasse und zuverlässige Persönlichkeit eine beträchtliche Zeitlang aufrechterhalten, und obwohl ich sicher andere gelangweilt habe, wurde mir nicht zugestanden, mich selbst zu langweilen. Ich gelte eben für anspruchslos, und so sollte ich nach der maßgebenden Meinung derer, die mich kennen, auch bleiben. Und zweifellos werde ich nach einem Besserungsaufenthalt in dieser grauen Einsamkeit (die Blätter dieser Pflanze bewegen sich überhaupt nicht, sehe ich) zurückkommen dürfen, um mein friedliches Dasein wiederaufzunehmen und wieder das zu sein, was ich war, bevor ich diese anscheinend schreckliche Sache begangen habe, über die ich mir aber, ehrlich gesagt, keine Gedanken mehr gemacht habe, als ich es getan hatte. Aber jetzt schon. Ja.

Sie kehrte der monotonen Ausdehnung vor dem Fenster den Rücken und betrachtete das Zimmer, das in der Farbe von zu lange gekochtem Kalbfleisch gehalten war: kalbfleischfarben der Teppich und die Vorhänge, ein hohes, schmales Bett mit einem kalbfleischfarbenen Überwurf, ein kleiner, strenger Tisch und eng daruntergerückt ein steifer Stuhl, ein schmaler Kleiderschrank und hoch über ihrem Kopf ein winziger Messingleuchter, der, wie sie jetzt schon sagen konnte, mit seinen acht schwachen Glühbirnen trübe vor sich hin glimmen würde. Steife, weiße Spitzengardinen, die das matte Tageslicht noch mehr dämpften, waren auseinanderzuziehen, damit man durch Fenstertüren auf einen schmalen Streifen Balkon hinaustreten konnte, auf dem ein grüner Metalltisch und ein Stuhl standen. Dort kann ich schreiben, wenn das Wetter schön ist, dachte sie und holte ihre Reisetasche, um zwei lange Mappen herauszuziehen. Die eine enthielt das erste Kapitel von *Unter dem aufgehenden Mond,* an dem sie vorhatte, diese ganze seltsame Lebenspause hindurch stetig zu arbeiten. Aber ihre Hände streckten sich nach der anderen Mappe aus, und als sie sie aufschlug, ging sie instinktiv zu dem Tisch und saß gleich darauf mit aufgeschraubter Füllfeder auf dem unnachgiebigen Stuhl, und alles um sie herum versank.

»Liebster David (schrieb sie),

Eisige Mienen, das hatte ich davon. Penelope fuhr schnell und schaute stur geradeaus, als begleite sie eine Gefangene von der Anklagebank zu einem Hochsicherheitstrakt. Mir war nach Reden – ich steige schließlich nicht alle Tage in ein Flugzeug, und die Tabletten, die mir der Arzt gegeben hatte, machten mich ziemlich gesprächig –, aber meine Bemerkungen schienen nicht gerade willkommen. In Heathrow wurde sie dann allerdings umgänglicher und besorgte mir einen Kuli für meine Tasche und zeigte mir, wo ich eine Tasse Kaffee bekommen konnte, und plötzlich war sie weg, und ich fühlte mich schrecklich. Nicht traurig, aber benommen und mitteilungsbedürftig und ohne irgend jemanden, mit dem ich reden konnte. Ich trank meinen Kaffee und ging herum und versuchte, alle Einzelheiten in mich aufzunehmen, so wie die Leute denken, daß Schriftsteller das tun (außer Dir, Liebster, der an so etwas überhaupt nie denkt), und plötzlich sah ich mich im Spiegel der Damentoilette mir selbst gegenüber und bemerkte meine äußerst korrekte Erscheinung und dachte, ich sollte nicht hier sein! Ich bin hier nicht am rechten Ort! Das Gedränge und Gewühl, heulende Kinder, jeder nur darauf bedacht, irgendwo anders hinzukommen, und da stand nun diese sanft aussehende, etwas knochige Frau in einer langen Strickjacke, zurückhaltend, harmlos, recht hübsche Augen, eher große Hände und Füße, weicher Hals, ganz ohne irgendwelchen Wunsch, irgendwohin zu verreisen. Aber ich hatte mein Wort gegeben, einen Monat lang fortzubleiben, bis alle beschließen, daß ich wieder ich selbst bin. Einen Augenblick lang erfaßte mich Panik, denn ich bin jetzt ich selbst und war es damals, obwohl diese Tatsache nicht anerkannt wurde. Keine Angst, ich bin nicht am Ertrinken, ich winke bloß.

Wie auch immer, ich bin darüber hinweggekommen, obwohl es nicht leicht war, und ich habe mich der vertrauenswürdigsten Gesellschaft angeschlossen, die ich finden konnte, bei der ich, ohne erst fragen zu müssen, wußte, daß das Reiseziel die Schweiz war, und sehr bald saß ich im Flugzeug und neben mir ein ganz reizender Mann, der mir von dieser Tagung in Genf erzählte, an der er teilnehmen wollte. Ich schloß daraus, er sei Arzt, ja, ich war bald ganz sicher, er sei Spezialist für Tropenkrankheiten, insbesondere als er mir erzählte, daß er den größten Teil seiner Zeit in Sierra Leone arbeite, aber es stellte sich heraus, daß er irgendwas mit Wolfram zu tun hat. So viel zur allseits gerühmten Vorstellungskraft der Schriftstellerin. Trotzdem fühlte ich mich ein bißchen besser, und er erzählte mir von seiner Frau und seinen Töchtern und wie er in zwei Tagen zu ihnen zurückfliegen würde, um noch ein Wochenende zu Hause zu verbringen, bevor er wieder nach Sierra Leone zurück muß. Und in erstaunlich kurzer Zeit waren wir dort (ich merke, daß ich ›dort‹ sage, nicht ›hier‹), und er setzte mich in ein Taxi und nach ungefähr einer halben Stunde war ich schließlich hier (und es fängt an, ›hier‹ zu werden statt ›dort‹), und gleich werde ich jetzt auspacken und mich frisch machen und mein Haar kämmen müssen und hinuntergehen und schauen, ob ich eine Tasse Tee bekomme.

Das Hotel scheint menschenleer. Ich habe nur

eine einzige ältere Frau gesehen, als ich hereinkam, sehr klein, mit einem Gesicht wie eine Bulldogge und so krummen Beinen, daß sie sich beim Gehen von einer Seite auf die andere zu werfen schien, aber das mit so wilder Entschlossenheit, daß ich ihr instinktiv auswich. Sie ging an einem Stock und hatte einen dieser Netzschleier mit kleinen blauen Samtschleifen auf. Ich beschloß, sie müsse die Witwe eines belgischen Süßwarenfabrikanten sein, doch der Page, der mein Gepäck trug, grüßte feierlich und murmelte »Madame La Comtesse«, als sie vorbeiwackelte. So viel zur allseits gerühmten Vorstellungskraft der Schriftstellerin usw. Jedenfalls wurde ich so schnell in dieses Zimmer verfrachtet (geradezu hineingeschleust), daß ich weiter nichts wahrnehmen konnte. Es scheint ruhig, warm, ziemlich geräumig. Das Wetter könnte als still beschrieben werden, glaube ich.

Ich denke die ganze Zeit an Dich. Ich versuche, mir vorzustellen, wo Du bist, aber das ist ziemlich schwierig bei der Zeitverschiebung, so klein sie auch ist, und den immer noch nachwirkenden Tabletten, die ich genommen habe, und unter allen diesen traurigen Zypressen. Bildlich gesprochen, natürlich. Aber morgen ist Freitag, und wenn es dunkel wird, kann ich mir vorstellen, wie Du in den Wagen steigst und zum Landhaus rausfährst. Und dann, natürlich, das Wochenende, an das ich nicht zu denken versuche. Du kannst nicht wissen ...«

An diesem Punkt legte sie ihre Füllfeder hin und massierte sich kurz die Augen. Einen Augenblick saß sie mit aufgestützten Ellenbogen am

Tisch, den Kopf in die Hände gelegt. Dann zwinkerte sie energisch, nahm den Füller wieder auf und schrieb weiter.

»Lächerlich, Dir zu sagen, Du sollst auf Dich aufpassen, weil Du nie an die ganzen kleinen Vorsichtsmaßnahmen denkst wie andere, und jedenfalls kann ich nichts tun, um Dich dazu zu bringen. Mein liebes Leben, wie mein Vater meine Mutter nannte, ich vermisse Dich so.«

Sie blieb ein paar Minuten an dem Tisch sitzen, dann atmete sie tief ein und schraubte den Füller wieder zu. Tee, dachte sie. Ich brauche Tee. Und dann einen Spaziergang, einen ganz langen Spaziergang am Seeufer entlang, und wenn ich danach gebadet und mein blaues Kleid angezogen habe, werde ich für den immer so schwierig zu bewerkstelligenden ersten Auftritt im Speisesaal bereit sein. Und dann ist da erstmal die ganze Mahlzeit abzuwickeln, was eine Zeitlang dauern wird, und danach werde ich herumsitzen und mit jemandem plaudern, es kommt nicht drauf an, mit wem, und wenn es nur die Bulldoggendame ist. Und ich muß früh zu Bett, es wird also nicht so schlimm sein. Und ich bin wirklich schon jetzt müde. Sie gähnte, bis ihre Augen tränten, und stand auf.

Zum Auspacken brauchte sie nur ein paar Minuten. Abergläubisch ließ sie fast alle ihre Kleider in der Reisetasche, so daß sie sich sagen konnte, sie könnte sofort wieder weg, falls sich die Gelegenheit böte, obwohl sie wußte, daß sie hier bleiben und obendrein hoffnungslos zerknautschen würden. Es war nicht mehr wichtig. Haarbürste und Nachthemd kamen ins Badezimmer. Sie prüfte ihr Aussehen, das unverändert schien, nahm Tasche und Schlüssel an sich und trat auf einen vor Verlassenheit vibrierenden Korridor hinaus. Blasses Licht fiel durch ein großes Fenster über dem Treppenabsatz. An den Wänden schien eine ferne Erinnerung an schwere Mahlzeiten zu haften. Niemand war zu sehen, aber durch eine Tür weiter unten auf dem Gang konnte sie den schwachen Klang eines Radios hören.

Das Hotel du Lac (Famille Huber) war ein plumpes, würdevolles Gebäude, ein hochangesehenes Haus, das, der Tradition verhaftet, als seine Gäste die Vorsichtigen, Wohlhabenden, Diskreten, Zurückgezogenen, die geachteten Kunden einer früheren Ära des Tourismus willkommen hieß. Es hatte so gut wie keine Anstrengungen gemacht, sich für den Durchreiseverkehr, den es immer verachtete, aufzupolieren. Die Einrichtung war streng, aber von ausgezeichneter Qualität, die Bettwäsche blütenweiß, die Bedienung tadellos. Sein guter Ruf bei Kennern des Fachs zog Lehrlinge von seriösem Charakter an, die ernsthaft am Hotelgewerbe interessiert waren, doch dies war die einzige Konzession, die es in bezug auf Anerkennung seiner Leistungen machte. Soweit die Gäste betroffen waren, war man hier perverserweise gerade stolz darauf, daß es keinerlei Attraktionen gab, so daß jeder Besucher, der sich harmlos nach einem Zimmer erkundigte, durch die Schmalheit der Terrasse, die gedämpfte Stille der Halle, das Fehlen von Lautsprechermusik, Telefonkabinen, Anzeigen von Rundfahrten oder

Hinweistafeln auf die Lustbarkeiten der Stadt erstaunt und abgeschreckt wurde. Es gab keine Sauna, keinen Friseur und schon gar keine Glasvitrinen mit ausgestelltem Schmuck, die Bar war klein und dunkel und lud in ihrer Strenge nicht ein, sich dort lange aufzuhalten. Es wurde einem stillschweigend bedeutet, daß längeres Trinken, ob aus geschäftlichen Gründen oder zur Befriedigung persönlicher Bedürfnisse, nicht *comme il faut* sei und, wenn unbedingt notwendig, entweder in der Zurückgezogenheit der eigenen Suite abgemacht oder in die populäreren Häuser, wo solche Neigungen nicht ungewöhnlich waren, verlegt werden müsse. Nach zehn Uhr morgens begegnete man selten noch einem Zimmermädchen, von dieser Zeit an hatten alle Haushaltsgeräusche zu schweigen; danach war kein Staubsaugen mehr zu hören, keine Rollwagen mit schmutziger Bettwäsche mehr zu sehen. Ein diskretes Rascheln kündigte das Wiedererscheinen der Mädchen an, wenn sie, nachdem die Gäste sich umgezogen hatten und zum Abendessen hinuntergegangen waren, die Betten aufschlagen und die Zimmer aufräumen kamen. Die einzige Reklame, von der das Hotel keinen Abstand nehmen konnte, war die mündliche Empfehlung langjähriger Stammgäste.

Was es zu bieten hatte, war eine milde Form von Asyl, garantierte Stille und der Schutz und die Diskretion, die mit Untadeligkeit einhergehen. Da diese Qualität einer überraschenden Zahl von Leuten ganz und gar nicht anziehend erscheint, war das Hotel du Lac gewöhnlich halbleer und beherbergte zu dieser Jahreszeit am Ende der Saison nur noch eine Handvoll Gäste, bevor es den Winter über schloß. Die wenigen, die von der bescheidenen Zahl der ordentlichen Urlauber aus den Hochsommermonaten zurückgeblieben waren, wurden jedoch mit derselben Höflichkeit und Ehrerbietung behandelt, als wären sie hochgeschätzte Stammgäste, was in einigen Fällen ja auch zutraf. Natürlich wurde kein Versuch gemacht, sie zu unterhalten. Es wurde für ihre Bedürfnisse gesorgt, und mit gleicher Sorgfalt wurde ihr Charakter einer Prüfung unterzogen. Es wurde erwartet, daß sie den Anforderungen des Hotels entsprachen, wie das Hotel den ihren entsprach. Und falls es irgendwelche Probleme geben sollte, würden diese diskret behandelt werden. So war das Hotel du Lac als ein Ort bekannt, der einem vom Leben Mißhandelten oder auch nur Erschöpften einen erholsamen Aufenthalt garantierte. Sein Name und seine Adresse standen in den Karteien von Leuten, zu deren Beruf es gehört, von solchen Orten zu wissen. Bestimmte Ärzte kannten es, viele Rechtsanwälte kannten es, Makler und Vermögensverwalter kannten es. Handelsvertreter kannten es nicht oder hatten es vergessen. Familien, die von der periodischen Abwesenheit eines ihrer lästigeren Mitglieder profitierten, schätzten es sehr. Und das sprach sich herum.

Und natürlich war es ein ausgezeichnetes Hotel. Und seine Lage am Seeufer war reizvoll. Das Klima war nichts Besonderes, aber es brauchte den Vergleich mit anderen, ähnlichen Zufluchtsstätten nicht zu scheuen. Die kleine Stadt hatte nicht viel zu bieten, aber es konnten Wagen gemietet und Ausflüge unternommen werden, und die Spazierwege waren nicht aufregend, aber hübsch. Die Landschaft, die Aussicht, das Gebirge waren eigenartig unaufdringlich, wie auf den Aquarellen einer vergangenen Epoche. Während die Jugend aller Nationen in die Sonne und an die Strände brauste, die Straßen und Flughäfen verstopfte, hielt sich das Hotel du Lac ruhig (und manchmal war es in der Tat sehr ruhig) etwas auf seine Abgeschiedenheit von der Herde zugute, denn es wußte, daß es einen Platz in der Erinnerung seiner alten Freunde innehatte, und wußte auch, daß es nie eine vernünftige Anfrage von seiten eines neuen Gastes ablehnen würde, vorausgesetzt daß dieser neue Gast die Art ungeschriebener Referenzen vorweisen konnte, die ein Hotel dieser Distinktion verlangte, und daß die Empfehlung von jemandem gekommen war, dessen Name bereits in der Kartei der Famille Huber stand, die zum großen Teil bis zum Beginn des Jahrhunderts zurückreichte.

Als sie die breiten, flachen Stufen hinunterschritt, konnte Edith wohlerzogenes Lachen hören, das aus einer Art Salon kam, wo, wie sie vermutete, der Tee eingenommen wurde, dann, als sie wie von diesem Ton angezogen weiterging, ein plötzliches, wütendes Gekläff, schrill und gereizt, das nichts Gutes in bezug auf den künftigen Frieden verhieß. Am Fuß der Treppe kauerte ein sehr kleiner Hund, vor Aufregung bebend, die Augen unter dem Zottelfell verborgen. Als niemand kam, um nachzuschauen, was los war, fing er wieder in voller Lautstärke an, doch versuchsweise, wie ein Kleinkind. Ein langgezogenes, gellendes Geheul, als litte er unvorstellbare Qualen, brachte als Antwort die Rufe »Kiki! Kiki! Unartiger Hund!«, und eine große Frau von außergewöhnlicher Schönheit und mit dem schmalen Kopf eines Tauchervogels stürzte aus der Bar, fiel am Fuß der Treppe auf die Knie, nahm den Hund in ihre Arme, bedeckte ihn mit Küssen und erhob sich wieder mit derselben knochenlos gleitenden Bewegung, drückte den Hund wie ein Kissen an ihr Gesicht und kehrte in die Bar zurück. Eine Pfütze auf der letzten Stufe rief bei dem Hoteldirektor ein rasches Schließen der Augen und ein schnelles Schnippen mit den Fingern hervor. Als ein Page in weißer Jacke mit unbewegter Miene, als geschähe das recht häufig, einen Lappen in Aktion setzte, drückte der Direktor des Hotel du Lac (Famille Huber) Edith gegenüber sein Bedauern darüber aus, daß dieser Zwischenfall ihre Ankunft beeinträchtigte, und äußerte gleichzeitig seine Mißbilligung des schlechten Benehmens von Tieren und, noch wichtiger, derjenigen, die so unklug waren, sie zu halten. Den letzteren würde er natürlich Obdach geben, doch Obdach ohne Komplizenschaft.

Wie interessant, dachte Edith. Diese Frau war Engländerin. Und was für außergewöhnliche Linien! Wahrscheinlich Tänzerin. Und sie nahm sich vor, später darüber nachzudenken.

Der Salon war angenehmer, als ihr Zimmer hätte erwarten lassen, mit einem tiefblauen Teppich ausgelegt und mit vielen runden Glastischen, bequem traditionellen Armsesseln und einem kleinen Klavier ausgestattet, an dem ein älterer Mann mit einer konfektionierten Fliege leichte Potpourris aus Nachkriegsmusicals spielte. Mit Tee im Magen und einem Stück ausgezeichnetem Kirschkuchen vor sich, brachte Edith den Mut auf, sich umzusehen. Der Raum war spärlich besetzt; sie vermutete, daß die meisten Gäste erst zum Abendessen zurückkommen würden. Die mopsgesichtige Dame kaute mit finsterer Entschlossenheit und mit auseinandergespreizten Beinen, ohne auf die in ihren Schoß rieselnden Krümel zu achten; zwei schattenhafte Männer flüsterten in einer Ecke weit hinten miteinander. Ein graues Paar, Mann und Frau oder Bruder und Schwester, überprüften ihre Flugscheine, und der Mann, der noch längst nicht mit seinem Tee fertig war, wurde in kurzen Abständen aus dem Raum geschickt, um nachzusehen, ob der Wagen angekommen war. Obwohl der Salon hell und heiter wirkte, fiel als sein hervorragender Zug die tödliche Stille auf. Edith wurde klar, zu was für einem Schicksal sie verurteilt worden war, und sie seufzte, doch dann gemahnte sie sich daran, daß dies eine ausgezeichnete Gelegenheit sei, um *Unter dem aufgehenden Mond* zu Ende zu schreiben, wenn auch keine, die sie selbst gesucht hatte.

Als sie das nächstemal von ihrem Buch aufschaute – sie hatte noch kein einziges Wort davon erfaßt –, traf ihr Blick auf ein unerwartetes Glanzlicht in Gestalt einer Dame unbestimmten Alters mit strahlend aschblondem Haar, scharlachroten

Nägeln, in einem bezaubernden (und teuren) gemusterten Seidenkleid. Sie schlug mit der Hand den Takt zur Musik, ein Lächeln des Wohlgefallens auf ihrem hübschen Gesicht, während die Serviererinnen, offensichtlich von so einer positiven Erscheinung angezogen, um sie herumflatterten und ihr mehr Kuchen und Tee anboten. Sie schenkte ihnen ein warmes Lächeln und lächelte dann noch wärmer zu dem ältlichen Pianisten hinüber, der, als er aufstand und seine Noten zusammenfaltete, zu ihr herüberkam und etwas murmelte, was sie zum Lachen brachte, ihr die Hand küßte und hinausging. Sein steifer, schmaler Rücken strahlte geradezu von der Anerkennung, die er erhalten hatte. In ihren Sessel gelehnt, mit zum Kinn erhobener Tasse und Untertasse, trank diese Dame ihren Tee mit einer gewissen Zartheit, ja geradezu mit einem Sinn für gewinnende Darstellung, und sie bot auch wirklich ein bezauberndes Schauspiel, so völlig frei war sie von aller Beklemmung, wie sie manche an fremden Orten befällt, und so offensichtlich zu Hause in der Atmosphäre des Hotels, wenn es auch zu drei Vierteln leerstand.

Edith beobachtete sie wie unter Hypnose und voll Bedauern, einen Augenblick dieses Schauspiels verpaßt zu haben. Ringe glitzerten an der Hand, die ein zartes Spitzentaschentuch an die Lippen führte. Als ihr Tisch abgedeckt wurde, wartete Edith begierig darauf, zu sehen, was sie jetzt mit der Lücke zwischen Tee und Abendessen anfangen würde, die für den unerwarteten oder alleinreisenden Hotelgast immer so deprimierend ist. Doch natürlich war diese Dame nicht allein. »Da bin ich«, jubilierte eine junge Stimme, und herein kam ein Mädchen in ziemlich engen weißen Hosen (eher zu eng, fand Edith), die einen wie eine große Victoriapflaume geformten Hintern abzeichneten. »Da bist du ja, Liebstes«, rief die Dame, die ihre Mutter war, sie mußte ihre Mutter sein. »Ich bin gerade fertig. Hast du schon Tee getrunken?«

»Nein, aber das macht nichts«, sagte das Mädchen, das, wie Edith sah, eine blassere Ausgabe der Mutter war, oder besser gesagt, dasselbe Modell wie die Mutter, aber nicht so vollendet auf Hochglanz poliert.

»Aber Liebstes!« rief die ältere Dame. »Du mußt doch Tee trinken! Du mußt völlig erschöpft sein! Klingle doch. Sie können noch welchen machen.«

Als eine der Serviererinnen herantrat, schenkten sie ihr beide ein gewinnendes Lächeln, baten um Tee, offensichtlich in völliger Gewißheit, daß er gebracht werden würde und das sofort, und fielen dann in ein sie ganz in Anspruch nehmendes Gespräch, von dem Edith nur das eine oder andere Wort auffing neben den entzückten Lachsalven, die sie von Zeit zu Zeit aufsteigen ließen. Als das zweite Tablett kam, wandten sie beide ihre lächelnden Gesichter der Serviererin zu, dankten ihr überströmend und nahmen ihr Zwiegespräch wieder auf, obwohl das Mädchen noch etwas am Tisch stehenblieb, als könnte ihre Rolle in dem Ritual vielleicht noch verlängert werden. Doch die Dame in dem Seidenkleid sagte: »Das ist dann alles, meine Liebe«, und versenkte sich in die Betrachtung ihrer Tochter.

Die Tochter mußte um die Fünfundzwanzig sein, dachte Edith, unverheiratet, aber ohne Sorgen deswegen. »Sie hat es nicht eilig«, konnte sie im Geist ihre Mutter mit ihrem hübschen Lächeln sagen hören. »Sie ist ganz glücklich, wie sie ist.« Und die Tochter würde erröten und den Kopf zurückwerfen und so Anlaß geben für schlüpfrige Spekulationen seitens des älteren Herrn, der, da war Edith sicher, so gut wie immer im Gefolge der Mutter anzutreffen war. Ich muß aufhören, sagte sie sich. Ich brauche denen nicht ihr Leben zu erfinden. Sie schaffen das glänzend ohne mich. Und plötzlich spürte sie einen Stich der Sehnsucht nach solch einer Mutter, die so freundlich war und so elegant angezogen und so darauf bestand, daß ihre Tochter ihren Tee bekam, obwohl es fast sechs Uhr war. Sie fühlte auch einen Stich des Neids auf die Tochter, die so selbstsicher war, so selbstverständlich das ihr Gebotene genoß. Und sie waren Engländerinnen, wenn auch nicht vom Typus, mit dem sie vertraut war, und ziemlich wohlhabend, und sie amüsierten sich offenbar prächtig. Sie sahen aus, als täten sie das immer.

Schließlich beschlossen sie, sich zu rühren, und als die Mutter zwei Versuche machte, sich aus ihrem Sessel zu erheben, während ihre Tochter energisch neben ihr herumflatterte, als wüßte sie genau, wann sie eingreifen mußte, sah Edith überrascht, daß die ältere Dame tatsächlich ziemlich steif in den Gelenken war und daß der strahlende Eindruck noch ganz jugendlicher Reife, der aus der Ferne so stark wirkte, nicht anhielt, als sie aufstand. Nachdenklich korrigierte sie ihr respektives Alter, das sie als Ende Fünfzig und höchstens Mitte Zwanzig angesetzt hatte, in Ende Sechzig und Anfang Dreißig. Doch beide sahen sie glänzend aus. Und sie war insgeheim sehr erfreut, als die ältere Dame, der sie – allerdings in einiger Entfernung – gegenübergesessen hatte, sich umwandte und ihr ein freundliches Lächeln des Erkennens schenkte, bevor sie den Raum verließ.

Danach blieb ihr nichts anders übrig, als sich auf einen Spaziergang zu machen.

Durch den stillen Garten, durch ein Eisentor, über die geschäftige Straße und das Seeufer entlang ging sie nun im verdämmernden Licht dieses grauen Tages. Die Stille verschluckte sie, als sie das kurze Stück Stadt hinter sich hatte, und es schien, als könnte sie ewig so weitergehen, ohne irgendeine Unterbrechung, nur ihre Gedanken zur Gesellschaft. Diese Einsamkeit, zu der sie von denen, die es am besten wußten, verurteilt worden war, hatte sie sich nicht vorgestellt. Und das trübe, verhangene, nicht rauhe, aber unfreundliche Wetter: gehörte das noch zusätzlich zu dieser Bewährungszeit einer Unvorsichtigen, die ohne warmen Mantel abgereist war? Der See war völlig still; im Schein einer einsamen Laterne über ihrem Kopf leuchteten die schlaffen Blätter einer Platane smaragdgrün. Ich brauche hier nicht zu bleiben, wenn ich nicht will, beschloß sie. Niemand zwingt mich dazu. Aber ich muß es wenigstens versuchen, schon um mir das Leben leichter zu machen, wenn ich wieder heimkomme. Der Ort ist nicht völlig menschenleer. Ich brauche Erholung. Ich könnte vielleicht eine Woche bleiben. Und für eine so unwissende Person wie mich gibt es hier eine Menge herauszufinden, obwohl natürlich niemand von den Leuten hier in die Art von Literatur paßt, die ich schreibe. Aber diese lange, schmale Frau, die schöne Frau mit dem ungezogenen Hund. Und vor allem das strahlende Paar, das sich hier so wohlzufühlen scheint. Warum sind sie hier? Aber es sind alles Frauen, Frauen, nur Frauen. Und ich rede so gern mit Männern. O David, David, dachte sie.

Ihr Spaziergang am Seeufer entlang erinnerte sie unabweisbar an diese stillen Gänge, die man in Träumen macht, wo Wahnsinn und Unvermeidlichkeit Hand in Hand gehen. Wie in Träumen empfand sie gleichzeitig Verzweiflung und eine Art verhängnisvoller Neugier, als müßte sie diesem Pfad folgen, bis sich ihr sein Ziel enthüllen würde. Ihre Gemütsverfassung an diesem Abend und die Stimmung über dem Weg selbst schienen einen ungünstigen Ausgang zu verheißen: Schock, Verrat, oder mindestens einen verpaßten Zug, zu einem wichtigen Anlaß in Lumpen gekleidet erscheinen, auf der Anklagebank sitzen, ohne zu wissen, was gegen einen vorliegt. Auch das Licht war ein Licht aus Träumen, ein ungewisses Halbdunkel verschattete diesen seltsamen Pilgergang, weder Tag noch Nacht. Sie war sich gewisser physischer Eigenschaften der realen Welt, die sie durchschritt, bewußt: sie ging auf einem völlig geraden Kiesweg, der von zwei Baumreihen auf festgetretenem Grund flankiert war; auf einer

Seite lag der jetzt unsichtbare See, auf der anderen vermutlich die Stadt, aber eine so kleine und wohlgeordnete Stadt, daß nie quietschende Bremsen oder Autohupen oder laute Abschiedsrufe von ihr herübertönen würden. Nur das bescheidene Rauschen eines friedlichen Abendverkehrs heimfahrender Wagen drang von irgendwo hinter den Bäumen, ihren Blicken entzogen, schwach an ihre Ohren. Viel lauter war das Geräusch ihrer eigenen Schritte auf dem Kies, so laut, daß sie sich als Eindringling vorkam und nach einiger Zeit auf der weichen Erde des Wegs ganz unten am See zu gehen begann. Im Licht vereinzelter Straßenlampen wanderte sie unausgesetzt weiter, als wäre sie die einzige, die an diesem stillen Ort unterwegs war. Eine fühlbare Kälte stieg von dem Wasser, das sie nicht mehr sehen konnte, auf, und sie schauderte in ihrer langen Strickjacke. Verdammt, eine gewisse Zeitspanne auf der Erde zu wandeln, dachte sie, und ging grübelnd, aber fügsam weiter, bis sie glaubte, nun dürfe sie haltmachen. Dann wandte sie sich um und ging zurück.

Auf dem Heimweg durch das Zwielicht sah sie das Hotel von weitem hell erleuchtet, trügerisch festlich. Ich muß mich zusammenreißen, beschloß sie, obwohl sie wußte, daß eine andere Art Frau nun mit einem weltklugen Seufzer sagen würde: »Jetzt muß ich mich wohl erstmal schön machen!«

In der stillen Empfangshalle helle Beleuchtung, Gemurmel aus dem Fernsehzimmer und Bratengeruch. Sie ging hinauf, um sich umzuziehen.

Am Empfangsschalter genoß M. Huber senior, im Ruhestand, aber immer noch aktiv, wohlwollend und nur milde dreinredend, den schönsten Augenblick seines Tages. Er öffnete das Fremdenbuch, um nachzusehen, wer abgereist und wer angekommen war. Das Geschäft war natürlich in dieser Jahreszeit äußerst ruhig, das Hotel war in dem Monat vor der Winterpause immer fast leer. Die deutsche Familie war fort, bemerkte er; in der Tat war der Lärm, den sie beim Aufbruch gemacht hatten, bis in sein Wohnzimmer im fünften Stock hinaufgedrungen. Das seltsame ältere Paar von den Kanalinseln war nach dem Tee abgereist. Der Kongreß in Genf würde vielleicht noch einen vereinzelten Gast bringen, jemanden, der beschloß, noch etwas zu bleiben und nach dem Wochenende zurückzufahren. Sonst waren nur die Stammgäste übrig: die Comtesse de Bonneuil, Mme. Pusey und ihre Tochter, die Frau mit dem Hund, deren Namen auszusprechen er sich weigerte, obwohl ihr Mann im englischen Gotha stand, und betreffs deren Behandlung sein Schwiegersohn gewisse Instruktionen erhalten hatte. Ein neuer Gast, Hope, Edith Johanna. Ein ungewöhnlicher Name für eine englische Dame. Vielleicht war sie nicht ganz englisch. Vielleicht nicht ganz eine Dame. Sie hatte natürlich Empfehlungen. Aber in dieser Branche konnte man ja nie wissen.

☆☆☆☆☆☆☆☆☆☆☆☆☆☆☆☆☆☆☆☆

2

Edith hatte zum Abendessen ihren Libertyseidenkittel angezogen und ihre langen, schmalen Füße in schlichte Ziegenlederpumps gezwängt und suchte nun nach Vorwänden, um den Augenblick hinauszuschieben, der sie dazu zwingen würde, in den Speisesaal hinunterzugehen und ihre erste Mahlzeit in der Öffentlichkeit einzunehmen. Sie schrieb sogar ein paar Absätze an *Unter dem aufgehenden Mond* weiter, erkannte jedoch beim Wiederlesen, daß sie denselben Kniff schon in *Der Stein und der Stern* verwendet hatte, und strich sie wieder aus. Und beim Durchstreichen wußte sie plötzlich ganz genau, wie sie weitermachen mußte, wenn sie wieder anfing. Dadurch etwas sicherer geworden, mit der schon andeutungsweise entworfenen Arbeit für morgen, schloß sie die Mappe, nahm ihre Tasche und den Schlüssel und ging entschlossen aus dem Zimmer.

Von demselben, nicht weit entfernten Punkt auf dem Korridor konnte sie wieder das Radio hören und dann einlaufendes Badewasser, und als sie sich der Treppe näherte, strömte ihr plötzlich eine

Wolke rosigen Duftes entgegen und zeigte an, daß hier jemand Toilette machte, der viel auf seine Erscheinung hielt. Die Frau mit dem Hund, dachte Edith. Sie wird sicher ziemlich spät auftauchen, in einer aufregenden Kreation, flachbäuchig und hochmütig, den Hund unter dem Arm. Ich muß versuchen, mit ihr ins Gespräch zu kommen. Es wird ja, dachte sie schmerzlich, nach dem Essen sonst nichts weiter zu tun geben.

Unten war alles öde und verlassen, und sie merkte, daß sie zu früh dran war. Die einzigen Geräusche kamen aus der Bar, wo gedämpftes männliches Gespräch ohne Unterbrechung durch Gelächter oder fröhliche Ausrufe im Gange war. Sie hätte gern einen Gin Tonic getrunken, konnte sich aber nicht dazu entschließen. Sie setzte sich an einen kleinen Tisch im Salon und griff nach einer zerdrückten Ausgabe der *Gazette de Lausanne,* die jemand hatte liegen lassen. Eigenartig, daß sie nicht weggeräumt worden war, dachte sie; das Hotel schien so ordentlich geführt. Doch in diesem Augenblick erschien in der Tür die bulldoggengesichtige Dame, die sie nicht vergessen durfte, mit ihrem Titel anzureden, falls sie überhaupt je in die Lage kommen sollte, mit ihr zu sprechen. Sie trug ein schwarzes Allzweckkleid und hatte ihren blauen Netzschleier mit den Schleifen gegen einen schwarzen ausgetauscht, auf dem ein paar leicht beschädigte Metallplättchen saßen. Sie hob ihren Stock und sagte: »Ah!« Edith hielt mit einem fragenden Lächeln die *Gazette de Lausanne* in die Höhe, Mme. de Bonneuil nickte und begann sich schaukelnd ihren Weg durch das Dickicht unbesetzter Stühle und Tische zu bahnen. Edith stand auf, um ihr entgegenzugehen, doch Mme. de Bonneuil kam erstaunlich schnell voran, und Edith mußte schon am übernächsten Tisch haltmachen. *»Merci«,* sagte Mme. de Bonneuil und hob wieder ihren Stock. *»Je vous en prie«,* antwortete Edith und kehrte zu ihrem Stuhl zurück. Es waren die ersten Worte, die sie seit ihrer Ankunft gesprochen hatte.

Sie lehnte sich zurück, schloß kurz die Augen und gestattete ihrer Angst vor dem vor ihr liegenden Abend, an die Oberfläche zu kommen. Mahlzeiten in der Öffentlichkeit waren unter keinen Umständen nach ihrem Geschmack, selbst wenn sie in Begleitung war. Sie erinnerte sich mit leichtem Schauder an ihre letzte Mahlzeit in England vor ihrer Abreise. Ihr Agent, Harold Webb, hatte sie zum Mittagessen ausgeführt. Er hatte sie ganz offensichtlich aufmuntern wollen, hatte sie seines Vertrauens in sie versichert und ihr sogar mitgeteilt, er habe vor, für ihr nächstes Buch einen höheren Vorschuß auszuhandeln. »Diese andere Sache wird bald vergessen sein«, hatte er gesagt und sich eine ungewohnte Zigarre angezündet. Er war ein sanfter, gebildeter Mann, der wie ein Landarzt aussah und diesen mehr gesellschaftlichen Teil seines Berufs nicht mochte, doch er hatte trotzdem einen Tisch in einem kathedralenartigen Restaurant reservieren lassen, wo die Gäste sich in Ehrfurcht vor den Wundern, die ihnen aufgetragen wurden, duckten. Und nun schlug er sich tapfer mit seinem kompliziert aufgerollten Fischfilet herum, das ihm auf der Speisekarte als das einfachste erschienen war. Edith, die das Perrierwasser bereute, von dem sie immer Blähungen bekam, starrte trübe in die Ferne. Das Gespräch schleppte sich dahin.

»Ich mag die Idee für das neue Buch«, sagte Harold nach einer längeren Pause. »Obwohl ich Ihnen sagen muß, daß der Markt für Liebesgeschichten sich zu wandeln beginnt. Die junge Frau in leitender Stellung, die *Cosmopolitan*-Leserin, das Mädchen mit dem Dokumentenkoffer, verlangt Sex.«

Als keine Antwort kam, spielte er mit dem winzigen Fächer geriebener Möhren auf einem Seitentellerchen herum und kam danach auf seinen Angriff zurück.

»Was nimmt sie wohl auf ihre Geschäftsreise nach Brüssel mit?«

»Glasgow«, meinte Edith.

»Was? Ach so, ja, wahrscheinlich. Aber wie auch immer, sie will etwas, was ihr bestätigt, daß es Spaß macht, emanzipiert zu sein. Sie möchte etwas, das ihrem Ich schmeichelt, wenn sie eine einsame Nacht in einem Hotel verbringt. Sie möchte etwas, das ihren Lebensstil widerspiegelt.«

»Harold«, sagte Edith. »Ich kenne einfach niemanden, der einen Lebensstil hat. Was heißt das denn? Es bedeutet höchstens soviel, daß alles, was man besitzt, zu genau derselben Zeit gekauft wurde, ungefähr vor fünf Jahren, meistens. Und jedenfalls, wenn sie schon so emanzipiert ist, warum geht sie dann nicht an die Bar runter und reißt einen auf? Ich bin sicher, das ist ohne weiteres möglich. Nur, daß eben die meisten Frauen es nicht tun. Und warum tun sie es nicht?« fragte sie mit plötzlich zurückkehrender Sicherheit. »Weil ihnen nämlich die alten Märchen lieber sind, wenn's ernst wird. Sie möchten glauben, daß sie eines Tages entdeckt werden, hinter verschlossenen Türen, gerade wenn sie am schönsten aussehen, und ein Mann für sie über Kontinente gestürmt ist und alles, was vielleicht in seinem Posteingang war, aufgegeben hat, um sie zu gewinnen. Ach! Wenn es nur wahr wäre«, rief sie heftig atmend und eine Kiwischeibe aufspießend, die auf ihrer Gabel steckenblieb, als sie den Kopf senkte und über ihre Behauptung nachdachte. Sie sieht wirklich ganz wie eine aus dem Bloomsburykreis aus, dachte Harold beim Anblick ihrer ausgehöhlten Wangen und gespitzten Lippen.

»Nun, meine Liebe, Sie wissen es sicher am besten«, meinte er, da er sie nach dieser anderen Sache jetzt nicht noch mehr aufregen wollte. »Ich dachte nur, daß ...«

»Und was ist das mächtigste Märchen von allen?« fuhr sie in leicht gellendem Ton fort, der ihn veranlaßte, dem Ober ein diskretes Zeichen zu geben, daß er die Rechnung bringen möge. »Die Schildkröte und der Hase«, sagte sie. »Das lieben die Leute, besonders die Frauen. Es wird Ihnen aufgefallen sein, Harold, daß in meinen Büchern immer das bescheidene Mädchen, die graue Maus, den Helden bekommt, während die hochmütige Versucherin, mit der er eine stürmische Affäre hatte, sich verblüfft aus dem Kampf zurückzieht, um nie mehr wiederzukommen. Die Schildkröte gewinnt jedesmal. Das ist natürlich eine Lüge«, sagte sie freundlich, aber mit Autorität, und die Kiwischeibe rutschte unbeachtet auf ihren Teller zurück. »Im wirklichen Leben gewinnt selbstverständlich der Hase. Jedesmal. Sehen Sie sich doch um. Und jedenfalls ist es meine Ansicht, daß Äsop für den Schildkrötenmarkt geschrieben hat. Das ist ein Axiom«, rief sie mit vor Begeisterung schallender Stimme, »Hasen haben keine Zeit zum Lesen. Sie sind viel zu sehr damit beschäftigt, das Rennen zu gewinnen. Die Propaganda behauptet das Gegenteil, aber nur weil die Schildkröte eben Trost braucht. Wie die Sanftmütigen, die das Erdreich besitzen werden«, fügte sie mit einem raschen Lächeln hinzu. Und nach einer Pause widmete sie sich dem Rest auf ihrem Teller, aß ihn mit einem abschließenden Bissen auf und lehnte sich, immer noch in Gedanken ihrem Thema nachhängend, zurück.

Er überlegte sich, daß sie nicht umsonst eine Professorentochter war, aber daß man sich darauf verlassen konnte, daß sie sehr bald wieder an ihre Arbeit gehen und nach einiger Zeit wahrscheinlich wieder mit einem bescheidenen, aber sicheren Verkaufserfolg herauskommen würde.

»Natürlich«, sagte Edith, während sie wie Badesalz gefärbte Zuckerstücke in ihren Kaffee schaufelte, »könnten Sie mir entgegenhalten, daß der Hase, durch die Propaganda der Schildkrötenlobby beeindruckt, vorsichtiger, umsichtiger und dadurch tatsächlich langsamer werden könnte. Aber der Hase ist immer von seiner Überlegenheit überzeugt, er erkennt einfach die Schildkröte nicht als würdige Gegnerin an. Deswegen gewinnt der Hase eben«, schloß sie. »Im Leben, meine ich. Nie in Romanen. Wenigstens nicht in meinen. Die Tatsachen des Lebens sind zu schrecklich, um in meine Art von Literatur einzugehen. Und meine Leserinnen wollen sie ganz bestimmt nicht darin. Sehen Sie, Harold, meine Leserinnen sind im Grunde tugendhaft. Und was sie betrifft – was *mich* betrifft –, können diese jungen Frauen mit ihrem mehrfachen Orgasmus und dem Dokumentenkoffer anderswohin gehen. Sie werden angemessen bedient werden. Händler dafür gibt es auf jedem Markt.«

»Ich sehe, Sie sind schon wieder in alter Form«, meinte Harold und blätterte ein Bündel Geldscheine hin.

»Vielen Dank für das Mittagessen, Harold«, sagte Edith draußen auf der belebten Straße. Die bevorstehende Trennung von seiner freundlich besorgten, selbstverleugnenden Gegenwart berührte sie nun stärker als bisher. Er war der einzige Mensch, der bestimmt mit ihr in Verbindung bleiben würde, wenn sie einmal fort war. Er war der einzige Mensch – nun gut, fast der einzige –, der wußte, wohin sie ging. Er war leider, leider nicht der einzige, der wußte, warum sie ging. Sie sah ihm flehend in die Augen, im Bewußtsein, daß er viel zuviel Geld für ein Essen ausgegeben hatte, nach dem er in einer Stunde wieder hungrig sein würde. Ihr Appetit dagegen war ihr vergangen, völlig vergangen. Es war ihr völlig gleichgültig, was sie in diesen Tagen aß, da sie sich selbst gleichgültig geworden war. Aber was für herrliche Mahlzeiten hatte sie für David gekocht, diese gloriosen Brutzeleien, diese Gelage, die er immer zu brauchen schien, wenn sie schließlich aus dem Bett kamen, zu so unpraktischen Zeiten, manchmal nach Mitternacht, denn er wartete bis zur letzten Minute, bevor er durch die stillen Straßen nach Holland Park zurückkehrte. »Sowas bekomme ich zu Hause nie«, sagte er manchmal liebevoll, wenn er eine Bratkartoffel aufspießte und sie in den Dotter eines Spiegeleis stippte. Im Nachthemd, eine Pfanne mit gebackenen Bohnen in der Hand, sah sie ihm ängstlich und voller Eifer zu. Mit sachverständigem Auge beurteilte sie den Stand seines Appetits, nahm eine weitere Schüssel und schaufelte einen zitternden Hügel Eierkrem auf seinen Teller. »Ein Essen für Helden«, seufzte er zufrieden, sein hagerer, milchweißer Körper würde auch von einer solchen Diät nie fett werden. »Umwerfend«, sagte er und lehnte sich plumpsatt zurück. »Ist Teewasser aufgesetzt?« Doch wenn er dann noch seinen Tee trank, sah sie schon, wie er schneller, gespannter, eiliger und entschlossener in seinen Bewegungen wurde, und wenn er sich mit der Hand über sein kurzes, dunkelrotes Haar strich, wußte sie, daß der Übergang begonnen hatte und er sich nun gleich anziehen würde. Dann überkam sie das Gefühl, ihn weniger gut zu kennen. Das ganze Geschäft mit den Manschettenknöpfen und der Uhr gehörte zu seinem anderen Leben; das tat er jeden Morgen, während seine Frau die Kinder antrieb, die zu spät in die Schule kommen würden. Und schließlich fühlte sie, daß sie ihn überhaupt kaum kannte, trotzdem beobachtete sie ihn, hinter dem Vorhang verborgen, wie er zu seinem Wagen hinausrannte, ganz hastig jetzt, und in die Nacht davonbrauste. Es war jedesmal, als wäre er für immer gegangen. Aber er war immer zurückgekommen. Früher oder später war er zurückgekommen.

Sie hatte den Eindruck gehabt, daß die Tagesstunden nur aus dem Warten auf ihn bestanden. Und doch gab es fünf ziemlich lange Romane zum Beweis, daß sie ihre Zeit nicht nur damit verbracht hatte, aus dem Fenster zu schauen, wie die Lady von Shalott*. Es war eine Schildkrötenexistenz, das war ihr klar, trotz allen Fleißes. Deswegen schrieb sie eben für Schildkröten, wie sie selbst eine war.

Und jetzt ist mein Schildkrötentum endgültig geworden, dachte sie, öffnete die Augen und blickte ängstlich in dem noch immer leeren Salon um sich. Doch das Erscheinen eines Kellners, der mit einer Serviette über dem Arm in die Tür trat, erfüllte sie mit plötzlicher Entschlossenheit, und wenn auch nur, die Mahlzeit hinter sich zu bringen; denn jetzt wünschte sie sich, allein zu sein, in ihrem Zimmer zu sein, um nachzudenken. Die Wirkung der Tabletten scheint jetzt verpufft, dachte sie, als sie sich beim Aufstehen ziemlich benommen fühlte, der Hals tat ihr von unterdrücktem Gähnen weh. Jetzt zeig mal, ob du tapfer bist, pflegte ihr Vater zu sagen. Und sie zwang sich in den Speisesaal hinüber, bereit, etwas zu essen, denn das würde ihr guttun, und solange es

* »The Lady of Shalott«, Titel eines Gedichts von Alfred Tennyson. A. d. Ü.

ging, in gleichmütiger Seelenverfassung zu bleiben.

Der Speisesaal war wirklich sehr angenehm mit seinen hohen Fenstern zum nun ganz schwarzen Garten hin und den kleinen Sträußchen anspruchsloser Blumen auf jedem makellosen weißen Tischtuch. Er war ebenfalls leer. An einem Tisch in der Ecke saßen vier Männer, anscheinend immer noch in das Gespräch vertieft, das sie schon aus der Bar vernommen hatte. Mme. de Bonneuil, die ununterbrochen und ausdruckslos vor sich hin kaute, hatte eine seltsame Art, ihren Wein zu trinken, in großen Schlucken, als spülte sie sich den Mund aus, und wenn sie einen Gang hinter sich gebracht hatte, saß sie mit den Händen auf dem Tisch da und wartete auf den nächsten. Edith konnte sehen, daß sie schmale Ringe an ihren bräunlichen Wurstfingern trug, einer davon war ein Siegelring, aber mit abgewetzter Prägung. Die Frau mit dem Hund in einer schlaff von ihrem langen Hals und ihren schmalen Schultern herabhängenden Crêpe-de-Chine-Bluse erwies sich als eine Enttäuschung, ihr Auftritt war weit von dem entfernt, was Edith sich für sie ausgemalt hatte. Sie saß zusammengekauert mit etwas zerzaustem Haar auf ihrem Platz an einem Tisch in der Nähe, und der unerschütterliche Page stand in einer weißen Jacke hinter ihrem Stuhl wie ein Lakai. Kiki schnüffelte neben ihr herum und wurde von Zeit zu Zeit hochgenommen und an das Gesicht seiner Herrin gepreßt, ein Gesicht, bemerkte Edith, das nun winzige Anzeichen kommenden Verfalls verriet. Jetzt hatte sie Kiki auf dem Schoß, und die in der Luft herumfahrende Gabel der Frau, die mehr zum Fechten als zum Essen benützt wurde, vermittelte den Eindruck, daß Essen verzehrt wurde, obwohl Edith eine ganze Menge davon das Tischtuch hinabgleiten sah; irgendwie fiel es nie ganz hinunter, denn Kiki sprang vor und schnappte es, fast wie ein dressierter Seehund. Edith hatte den Eindruck, daß Kiki in mehr als einer Hinsicht unschätzbar war. Die Anwesenheit des unbewegten Pagen dagegen schien völlig zwecklos, bis er sich auf ein Nicken des Oberkellners hin vorbeugte, die halb ausgetrunkene Flasche Frascati fortnahm und sie mit festem, unnachgiebigem Schritt in eine entfernte Ecke des Raums trug. Sekunden später kam er im gleichen festen, unnachgiebigen Schritt mit einer großen Portion Eis zurück, die er vor sie hinstellte, und bezog wieder seinen Posten hinter ihrem Stuhl. Die Frau mit dem Hund rollte ihre ausdrucksvollen Augen in Ediths Richtung, zog eine schwer deutbare, feine Grimasse und wandte ihre Aufmerksamkeit wieder ihrem Teller zu. Theatralisch, dachte Edith: eine dieser extrem großen Tänzerinnen, die in ausländischen Variétés damit ein Geschäft machen und sich dann von der Bühne zurückziehen. Aber warum ist sie hier?

Es wurde ihr bewußt, daß das Essen heiß und ausgezeichnet war und sie es zu ihrer großen Überraschung genoß und unter seinem Einfluß von Minute zu Minute ihre Lebenskräfte zurückkehrten. Jetzt schon etwas munterer, schaute sie sich im Saal um, aber es gab wenig zu sehen. Die grauen Männer waren immer noch in ihr Gespräch vertieft; zwei junge Paare, die offensichtlich aus der Stadt zum Essen hierher gekommen waren, hatten an den Fenstern zum unsichtbaren Garten hin Platz gefunden. Ein dicker älterer Herr, es war M. Huber, hatte beschlossen, die Dinge zu überwachen, während er seine Mahlzeit einnahm, und so seine beiden Lieblingsbeschäftigungen zu verbinden; obwohl er fast alles nach seinem Geschmack fand, versäumte M. Huber es nicht, beinahe alle Kellner an seinen Tisch zu rufen, wo sie sich blitzschnelle Ermahnungen anhören mußten und dann wieder an ihre Arbeit zurückgeschickt wurden. Nachsaison, überlegte Edith, und es läßt sich langsam nicht mehr verbergen. Die Frau mit dem Hund stand auf, stolperte, ihre Serviette fiel auf den Boden; dann nahm sie Kiki hoch, bedachte den Pagen in der weißen Jacke, der einen Schritt auf sie zu gemacht hatte, mit einem wundervollen Blick von oben herab und schickte sich mit einem tiefen Atemzug zu einem würdigen Abgang an. Mme. de Bonneuil hatte die Hände auf den Tisch gelegt und rülpste laut. M. Huber schloß kurz die Augen, wie Edith interessiert beobachtete, doch als er sie wieder öffnete, zerknitterte sein Gesicht in einem Ausdruck seliger Freude. Seinem Blick folgend, sah sie den Anlaß. Auf der anderen Seite des Saals stand, in mitternachtsblauer Spitze mit kleinen, glitzernden Diamanten in den Ohrläppchen, die strahlende Dame, die für ihre Tochter Tee bestellt hatte, zögernd am Eingang; dann, als sie sicher war, daß man sie bemerkt hatte und sie bewillkommnen würde, schritt sie leutselig zu ihrem Tisch. Ihre

Tochter in einem ärmellosen schwarzen Kleid folgte ihr, nach rechts und links hin lächelnd, als sammelte sie die Blumensträuße ein.

Das muß ich sehen, dachte Edith und schenkte sich noch ein Glas Wasser ein. Sie war sich bereits mächtiger nichtdiagnostizierbarer Gefühle diesen beiden gegenüber bewußt: Neugier, Neid, Entzücken, Anziehung und Angst, die Angst, die sie immer in Gegenwart starker Persönlichkeiten empfand. Und sie waren unzweifelhaft stark, da gab es keinen Zweifel, obwohl ihre Anwesenheit hier problematisch war. Sie schienen für Besseres bestimmt. Dies wurde auch dadurch offenbar, daß von allen Seiten Kellner herbeieilten, um ihnen die Stühle hinzurücken. Speisekarten wurden geschwenkt, lachende Bemerkungen ausgetauscht. Durch diese Vorgänge völlig in den Schatten gestellt, schaute die Frau mit dem Hund, wieder mit einer ihrer undeutbaren Grimassen, über die Schulter zu ihnen zurück. Edith fiel auf, daß die beiden Damen, obwohl sie beim Hinausgehen an ihnen vorübergekommen war, sie völlig ignoriert hatten. Wieder regte sich halbbewußt eine winzige Angst in ihr. Aber sie waren der Beobachtung wert; richtige Ballungen von Energie waren sie, und auch von Charme. Und sie waren nicht nur bezaubernd anzusehen, sie hatten auch einen entsprechend phantastischen Appetit. Während sie munter miteinander plauderten, aßen sie sich mit blinkenden Bestecken begeistert durch vier Gänge durch; gleichzeitig wurden für den nächsten Tag Pläne geschmiedet. »Auf wieviel Uhr hast du den Wagen bestellt?« konnte Edith hören, und

»Erinnere mich daran, diese Schuhe zurückzubringen, Mummy.« Dann lehnten sie sich wie viele gierige Frauen mäkelig in ihre Stühle zurück, als hätten sie den Speisen kaum Beachtung geschenkt. Die machen einem ganz schön was vor, dachte Edith.

Und doch war sie gezwungen, ihnen, als sie hinausgingen, zu folgen, als bescheidenes und oft zum Anhalten gezwungenes Begleitboot in ihrem rosigen, parfümierten Kielwasser (denn das war, wie sie jetzt erkannte, die Quelle des Duftes gewesen, den sie auf dem Gang gerochen hatte). Und als sie im Salon ihre Plätze einnahmen, setzte sie sich in ihre Nähe, als könnte sie ein wenig Unerschrockenheit, ein wenig Selbstvertrauen aus ihrem so völlig ungezwungenen Auftreten schöpfen. Während sie darauf warteten, daß der Kaffee gebracht wurde, prüften sie streng ihre Gesichter in den Spiegelchen ihrer Puderdosen; Korrekturen wurden vorgenommen, Lippen frisch bemalt, und die aschblonde Dame hob den Kopf, um dem ältlichen Pianisten zuzulächeln, der jetzt mit weiteren Potpourris unbestimmter Herkunft zurückgekommen war. »Ach Noël«, rief die aschblonde Dame nachsichtig aus, als sein zahmes, korrektes Spiel ertönte. »Was für ein Genie dieser Junge doch war!«

Dieser *Junge*? Edith machte sich deutlich, daß sie wohl noch einmal ihre Schätzung des Alters der Dame würde revidieren müssen, doch noch bevor sie dazu kam, sah sie die Tochter aufstehen, sich ihr schwarzes Kleid über die ausladenden Hüften hinunterstreichen und auf sie zutreten. Ihr ziemlich breites, gerötetes, helles Gesicht neigte sich fragend über Edith, und sie sagte: »Mummy läßt fragen, ob Sie nicht mit uns Kaffee trinken möchten?«

Und natürlich war es eine Erlösung, eine Erlösung von dem bevorstehenden Abend, und Edith erhob sich freudig, folgte der Tochter, grüßte die Mutter mit einer leichten Verbeugung und sagte: »Wie freundlich von Ihnen. Ich heiße Edith Hope und bin heute erst angekommen. Ich ...«

»Ich bin Mrs. Pusey«, sagte die Dame. »Iris Pusey.«

»Sehr angenehm. Sind Sie schon lange hier ...«

»Und das ist meine Tochter Jennifer.«

Sie setzten sich, einander erwartungsvoll zulächelnd. Der Kaffee kam. Mrs. Pusey beugte sich vor und nahm ihre Tasse. »Ich sagte zu Jennifer, geh und bitte die Dame dort zu uns. Ich hasse es, jemanden so allein zu sehen. Vor allem am Abend.« Sie lehnte sich in ihrem Sessel zurück. Edith lächelte wieder.

»Ich sagte, sie hat so traurige Augen.«

☆☆☆☆☆☆☆☆☆☆☆☆☆☆☆☆☆☆☆☆

3

Am nächsten Morgen absolute Stille.

Edith erwachte in einem rosigen Dämmerlicht. Sie setzte sich vorsichtig in dem ungewohnten Bett auf und spähte auf ihre Uhr, um zu sehen, wie spät es war. Sie hatte angenommen, es sei noch sehr früh; sie erinnerte sich, daß sie vor einiger Zeit schon einmal wach geworden war und ein Stück weiter unten auf dem Gang leise eine Tür hatte gehen hören. Aber sie sah zu ihrer Überraschung, daß es fast acht Uhr war, und ein Lichtstrahl, der zwischen den kalbfleischfarbenen Vorhängen hereinfiel, schien das Versprechen eines Schönwettertags zu enthalten. Sie klingelte nach dem Frühstück, stand auf und zog die Vorhänge auseinander. In ihrem langen weißen Nachthemd trat sie auf den kleinen Balkon hinaus und erschauerte in der kalten Luft. Aber der Nebel auf der Seeoberfläche hob sich, und vor sich, in weiter Entfernung, konnte sie einen dunklen, grauen Umriß erkennen, der zusehends an Form und Volumen gewann. Der Berg! Unten lag ein kleines Schiff ruhig am Landungssteg, und der Küchenchef kam in seiner gestreiften Hose und seiner weißen Jacke hinaus, um die Tageslieferung frisch gefangener Fische entgegenzunehmen.

Der unerschütterliche Page, der hinter dem Stuhl der Frau mit dem Hund gestanden hatte, erschien mit ihrem Frühstückstablett und ließ es aus Schulterhöhe auf ihren kleinen Tisch hinabgleiten.

»*Merci*«, sagte sie mit einer ihr noch unvertrauten Stimme, da sie eine Zeitlang außer Gebrauch gewesen war. »*Il fait froid?*«

»*Il a neigé cette nuit sur la montagne*«, erwiderte er sachlich.

Für jemanden so Junges schien er seine Aufgaben sehr ernst zu nehmen. Er war vielleicht achtzehn, sein Haar war grausam kurz geschnitten, und er hatte den gesetzten Ausdruck und auch das Sachverständige eines viel älteren Bedienten, des vornehmen Dieners eines vornehmen Herrn, des Vertrauten, bei dem Geheimnisse gut aufgehoben waren, des Ehrenmanns und würdigen Vasallen seines Lehnsherrn.

»*Comment vous appelez-vous?*« fragte sie freundlich.

Er wandte sich an der Tür um und lächelte, wobei er einen abgebrochenen Schneidezahn und die vertrauensvollen Augen eines Jungen zeigte, der sich strenge Pflichten auferlegt hat, aber froh ist, wenn man ihm dabei entgegenkommt.

»*Alain*«, antwortete er. »*Je m'appelle Alain.*«

Edith trank ihren Kaffee und dachte über den vergangenen Abend nach. Nun, etwas war zustandegebracht worden; die Leute fingen an, Namen zu haben. Das Hier und Jetzt, das tägliche Leben, begann System anzunehmen. Die Dimension des Schreckens, die dieser Gedanke mit sich brachte – als könnte die allzu gute Kenntnis dieses Orts ihrer Anwesenheit hier Wirklichkeit und Gültigkeit verleihen –, verschwand schnell unter der außerordentlichen Menge von Tatsachen, höchst amüsanten Tatsachen, die bei ihrer Begegnung mit Iris und Jennifer Pusey ans Licht gekommen waren. Eigentlich nur mit Iris Pusey, denn Jennifer war so sehr ein Spiegelbild ihrer Mutter, daß sie, obwohl sie in ihrer eigenartig aufdringlichen körperlichen Präsenz soviel Platz einnahm, nicht viel für sich selbst zu sagen hatte. Und Edith hatte ein-, zweimal den Eindruck gehabt, daß Jennifer hinter ihrem breiten lächelnden Gesicht ganz woanders war.

Jedenfalls beherrschte Iris die Szene: Iris war eindeutig der Star. Und wie viele Stars konnte sie nur in einer dominierenden Position ihre Funktion ausüben; sie bestritt die Unterhaltung, so daß von Edith nicht verlangt wurde, über sich zu berichten. Nachdem sie kurz Gegenstand von Mrs. Puseys Mitgefühl gewesen war, wurde ihr nun die Rolle von Mrs. Puseys Vertrauten zuteil. Und was für eine Menge es zu erzählen gab, überlegte Edith. Was für geschäftige Leben manche Leute doch führten. Iris Pusey verwandte ihr kurzes alljährliches Erscheinen im Hotel du Lac nur zu einem Zweck; sie war zum Einkaufen gekommen. Und sie war in der Lage, das zu tun, dank der Tatsache, daß ihr seliger Mann umsichtig gewisse Geldsummen auf einem Konto bei einer Schweizer Bank deponiert hatte, das auf ihren Namen lief.

Edith hatte dies alles in der ersten halben Stunde erfahren, die sie in Mrs. Puseys Gesellschaft verbrachte. Eine halbe Stunde genügte, damit die Spielregeln festgesetzt, der stillschweigende Vertrag von beiden Parteien ausgehandelt wurde. Als Gegenleistung für ihre Erlösung von dem traurigen Schicksal, das von Mrs. Pusey so mitfühlend beobachtet worden war, hatte Edith sich verfügbar zu halten, wenn sie nicht anderweitig beschäftigt war – und diese Beschäftigung würde sorgfältiger Prüfung unterzogen werden –; sie sollte eine Zuhörerschaft stellen für Mrs. Puseys Meinungen, Erinnerungen, Charakterdeutungen oder allgemeine Ansichten der kleinen Probleme des Lebens. Edith war dazu nur allzu gern bereit, nicht wegen ihrer schlimmen Lage, die sie zwar als unabänderlich, aber nicht ganz ernst ansah, sondern weil Mrs. Pusey ihr die Gelegenheit bot, den Umgang mit einer fremden Spezies zu analysieren und zu genießen. Denn in dieser bezaubernden Frau, die so völlig achtbar war in ihrem glücklichen Begehren, die Herzen für sich einzunehmen, so ganz von ihrer Weiblichkeit in Anspruch genommen, die ihr immer die höchsten Freuden des Lebens geschenkt hatte, spürte Edith Gier, Rohheit, finstere Glut. Ihre Wahrnehmung dieses Willens, sich vollzufüllen und zu triumphieren, hatte in ihr das leise Gefühl der Schwäche hervorgerufen, als sie Mrs. Pusey und Jennifer beim Abendessen beobachtet hatte. Sie hatte auch bemerkt, wie verschieden ihr Appetit von dem dieser Frauen war, und das fast als eine Bedrohung empfunden. Aber diesen Gedanken schob sie als lächerlich von sich (auch, weil es vielleicht zu schmerzlich war, darüber nachzudenken), als sie kaffeetrinkend in der angenehmen Gesellschaft von Jennifer und Mrs. Pusey saß und sich im Hochsommerlicht der Selbstachtung der beiden sonnte, das freundliche Strahlen auf alle in ihrem Umkreis warf. Und für Edith lag in dieser seltsamen Nahtstelle ihres Lebens etwas Tröstliches in Mrs. Puseys Existenz an sich; die Frau war so wohlgelaunt, so gierig, von solcher Gemütsruhe, schien so völlig fähig, sich alle ihre Wünsche zu erfüllen, daß sie auch in anderen kühne Gedanken an Besitz und Reichtum ermutigte. Sie war, fand Edith, eine Verkörperung des weiblichen Ideals, zu dessen Billigung sich heute keine Frau mehr herablassen konnte, denn Mrs. Pusey war nicht nur selbst eine bezaubernde Frau, sie wußte solche Neigungen auch bei anderen zu schätzen (oder urteilte sie auch unter demselben Gesichtspunkt ab). Sie besaß unerwartete Seiten der Einfühlung und Großzügigkeit. Zum Beispiel sah sie ihre Tochter nicht als Rivalin, wie eine weniger selbstsichere Frau das hätte tun können, sondern als Nachfolgerin, die für die Starrolle, die eines Tages rechtmäßig auf sie übergehen würde, erzogen werden mußte. Es gab tatsächlich eine physische Nähe zwischen Mutter und Tochter, die alles, was Edith je gekannt hatte, überstieg, und es gab auch Liebe auf beiden Seiten, obwohl Edith diese Liebe als ein wenig unrealistisch ansah. Denn trotz Jennifers körperlicher Kompaktheit, die schon an

Üppigkeit grenzte, war es klar, daß ihre Mutter sie immer noch für ein kleines Mädchen hielt. Und Jennifer, inzwischen wohl aus Gewohnheit und auch aus Zuneigung, benahm sich immer noch, als wäre sie eins.

Das Ergebnis von alledem war, daß Edith sich wieder von neuem die Frage stellte, welches Verhalten einer Frau am angemessensten ist, die Frage, um die es in fast allen ihren Romanen ging, die Frage, die sie mit Harold Webb zu diskutieren versucht, die sie nicht zu beantworten gewußt hatte und die sie nun als geradezu lebenswichtig erkannte. Die Erregung, die sie daher angesichts der Gelegenheit, das Problem aus erster Hand zu studieren, empfand, wurde durch die Tatsache nur noch erhöht, daß alles, was Mrs. Pusey bis jetzt gesagt hatte, von äußerster Trivialität war. Offensichtlich waren da Tiefen verborgen, die ihre ausdauernde Beobachtung verdienten.

Mrs. Pusey hatte die Debatte schicklich mit einer Erwähnung ihres Mannes eröffnet, der jetzt leider tot, aber immer noch ihr geistiger Ratgeber war und ihr stets vor Augen stand.

»Ein wundervoller, wundervoller Mann«, hatte sie nach dieser Mitteilung gesagt und Daumen und Zeigefinger der Rechten kurz über die Nasenwurzel gepreßt.

»Nicht, Mummy«, bat Jennifer und streichelte den Unterarm ihrer Mutter.

Mrs. Pusey lachte zitternd ein wenig auf. »Sie kann es nicht ertragen, wenn ich mich von meinen Gefühlen übermannen lasse«, sagte sie zu Edith. »Es ist ja gut, Liebling, ich bin ja vernünftig.« Und sie zog ein feines weißes Batisttaschentuch hervor und betupfte sich die Mundwinkel.

»Ach, aber Sie können sich nicht vorstellen, wie ich ihn vermisse«, vertraute sie Edith an. »Er hat mir alles gegeben, was ich nur wünschen konnte. Die ersten Ehejahre waren wie ein Traum. Er sagte immer: ›Iris, kauf es doch, wenn es dich glücklich macht. Ich gebe dir einen Blankoscheck! Und kauf nicht immer nur etwas für das Haus. Kauf doch etwas für dich!‹ Aber natürlich kam mein schönes Heim für mich an erster Stelle. Wie ich dieses Haus geliebt habe!« Und wieder wurden Daumen und Zeigefinger an die Nasenwurzel gelegt.

»Wo wohnen Sie denn?« fragte Edith im Bewußtsein, daß das eine armselige, nüchterne Frage war.

»Aber, meine Liebe, ich spreche doch von unserem ersten Haus in Haslemere. Ach, ich wünschte, ich hätte die Fotos hier. Vollständig von einem Architekten entworfen war es. Mein Traumhaus. Aber ich darf nicht zu viel davon sprechen, weil Jennifer dann traurig wird, nicht wahr, Liebling? Ach ja, es hat ihr das Herz gebrochen, daß wir von Green Tiles wegzogen.«

Ich kann es mir genau vorstellen, dachte Edith. Parkettböden, Wandschränke, Panoramafenster. Jedes nur denkbare Gerät in der Küche. Gärtner zweimal wöchentlich. Die Frau des Gärtners, treu ergeben in einer weißen Kittelschürze, täglich. Unten ein Umkleideraum für die Herren, wenn sie eine Partie Golf gespielt hatten. Ein Patio, fügte sie hinzu.

»Aber als mein Mann dann ins Hauptbüro kam

und ich sah, wieviel er würde reisen müssen, setzte ich meinen Willen durch. Warum sollte er sich aufreiben, sagte ich mir, nur seiner albernen kleinen Frau zuliebe, die ein stilles Leben auf dem Land liebt? Und jedenfalls wußte ich, daß er mich als Gastgeberin brauchen würde. Ich wußte das, bevor es ihm selbst klar wurde. So sind wir nach St. John's Wood, Montrose Court, umgezogen. Und natürlich ist es eine schöne Wohnung, und ich habe eine ausgezeichnete Haushälterin. Und es ist groß genug, so daß Jennifer ihre eigene Suite hat. Sie kann alle ihre Freunde einladen; ich lasse sie ganz unbehelligt. Und die Läden sind sehr gut.«

Sie betupfte wieder ihre Mundwinkel. »Selbstverständlich wird mir alles ins Haus geliefert«, setzte sie hinzu.

Und nachdem sie so Edith ihrer bequemen Lebensumstände zu Hause versichert hatte, fing sie an, ihren Lebensstandard auf Reisen zu beschreiben. Es war klar, daß Mrs. Pusey und Jennifer als Reisegefährtinnen völlig übereinstimmten. Das Ausland war für sie hauptsächlich eine Fundgrube für Luxusgüter. Sie waren umfassend vertraut mit solchen Urlaubsorten, die noch nicht lange, aber endgültig aus der Mode waren; daher ihre Anwesenheit hier, obwohl das auch durch das Bankkonto erklärt wurde und durch die Tatsache, daß Mr. und Mrs. Pusey M. Huber kennengelernt hatten, als sie »in den alten Zeiten« eine Autofahrt von Montreux hierher gemacht hatten. Doch offenbar war Mr. Pusey oft zu Hause gelassen worden, um seinen wie immer auch gearteten Beschäftigungen nachgehen zu können, während Jennifer und ihre Mutter Erholungsreisen nach Cadenabbia oder Luzern, Amalfi oder Deauville oder Menton, Bordighera oder Estoril unternahmen. Einmal, nur einmal, nach Palma, aber das war anscheinend ein Fehler. »Ich konnte doch nie Hitze ertragen. Danach entschied mein Mann, das Mittelmeer sei nichts für uns, jedenfalls nicht in der Hochsaison. Natürlich war das vor all diesen Gesellschaftsreisen. Ein hübscher Ort. Aber die Hitze war gräßlich. Ich saß die ganze Zeit in der Kathedrale und versuchte, ein bißchen Kühle zu finden. Nie wieder.«

Nein, fuhr Mrs. Pusey fort, sie zog kühleres Wetter vor. Und sie haßte Menschenmengen. Und M. Huber empfing sie so aufmerksam. Natürlich hatten sie immer dieselbe Suite. Die im dritten Stock mit dem Seeblick.

»Dann, denke ich, wohnen wir auf demselben Korridor«, meinte Edith. »Meine Zimmernummer ist 307.«

»Ach ja«, sagte Mrs. Pusey. »Das kleine Zimmer ganz hinten. Natürlich gibt es in so einem Hotel wie diesem nur wenige Einzelzimmer.« Sie sah Edith nachdenklich an. »Wenn wir zusammen hinaufgehen, können Sie mal reinschauen und sehen, wo wir sind«, meinte sie. Dann rückte sie mit Anstrengung an den Rand ihres Sessels vor, versuchte aufzustehen und war schließlich nach zwei Fehlstarts auf den Beinen, schüttelte Jennifers Arm ab und brachte sich auf ihren zarten Knöcheln ins Gleichgewicht. Diese Frau geht auf die Siebzig zu, dachte Edith.

Aber es schien dann nicht mehr so, als sie dem wohlgestalteten mitternachtsblauen Rücken und der rosigen Duftwolke in den Aufzug und dann wieder hinaus den Korridor entlang folgte. Während Jennifer vorgehen durfte, um die Tür zu öffnen, schickte sich Mrs. Pusey an, die Honneurs zu machen.

Sie hatten wirklich eine Suite: ihre beiden Schlafzimmer waren vom Gang her getrennt zu betreten, doch, wie Mrs. Pusey andeutete, waren sie immer in dem kleinen Salon zu finden, der die Räume verband und gemütlich mit den Annehmlichkeiten angefüllt war, die sich selbstsichere Leute an fremden Orten gestatten: Farbfernseher, Obstkorb, Blumen, mehrere halbe Champagnerflaschen. Und als sie in ihr Schlafzimmer voranging, wies Mrs. Pusey mit einem Lächeln auf ein dicht mit Spitzen überkrustetes Negligé aus austernfarbenem Satin hin, das über eine Stuhllehne drapiert war. »Meine Schwäche«, gestand sie. »Ich liebe eben schöne Sachen. Und in Montreux ist so ein guter Laden. Deswegen kommen wir jedes Jahr wieder her.«

Sie schaute Edith von neuem prüfend an und lächelte. »Sie sollten sich auch etwas Hübsches kaufen, während Sie hier sind, Liebste. Eine Frau ist sich das schuldig, hübsche Sachen zu haben. Und wenn sie sich gut fühlt, sieht sie auch gut aus. Das sage ich Jennifer immer. Ich achte stets darauf, daß sie wie eine Königin ausgestattet ist. Nicht wahr, Liebling?«

Und sie breitete die Arme aus, Jennifer lief hinein und schmiegte ihr Gesicht an das ihrer

Mutter. »Ah«, lachte Mrs. Pusey. »Sie liebt ihr dummes Mütterchen, nicht wahr, Liebling?« Und sie umarmten sich zärtlich und gingen, immer noch umschlungen, zur Tür, um Edith hinauszugeleiten. »Bleiben Sie nicht so für sich, Liebste«, sagte Mrs. Pusey. »Sie wissen, wo Sie uns finden.« Und die Tür fiel zu.

Zu wiederholten Malen diese Nacht, als die spartanische Härte der Matratze ihren sowieso leichten Schlaf noch unruhiger machte als gewöhnlich, mußte Edith an dieses Gespräch zurückdenken. Sie dachte auch an die Aladinshöhle, als die sie die Suite der Puseys mit ihren lässig ausgebreiteten Luxusartikeln empfunden hatte. Aber am meisten dachte sie an das reizende Tableau von Mutter und Tochter, wie sie sich umarmt hielten und Edith ihre rosigen Gesichter zugewandt hatten. Als sie sie so sahen, war ihnen das ganze Ausmaß von Ediths Einsamkeit bewußt geworden, und das hatte sich in ihren Mienen widergespiegelt, die vor Bestürzung und Mitleid ganz unschuldig geworden waren. Sie hatte fast das Gefühl, sich dafür entschuldigen zu müssen, als sie ihnen mit einer steifen kleinen Verbeugung (und das brachte wieder eine andere Assoziation und Erinnerung mit sich) Gute Nacht gewünscht hatte und nachdenklich in ihr Zimmer gegangen war. Und sie hatte beschlossen, zu lernen und es in Zukunft besser zu machen, so daß dieser besondere Gefühlskomplex nicht wieder angerührt werden würde.

Am nächsten Morgen, als sie ihren Tweedrock und die lange Strickjacke angezogen hatte, überlegte Edith, daß sie möglicherweise ein bißchen nachlässig gewesen war in bezug auf die Erscheinung, die sie der Welt präsentierte. Und daß sie vielleicht, wenn die Welt kein großes Interesse an ihrer Erscheinung gezeigt hatte (»Und woran arbeiten Sie jetzt?« wurde sie auf Partys gefragt), selbst daran schuld war. Sie hatte es versäumt, die Höhen des Konsumismus zu erklimmen, die ihr anscheinend doch genauso offen standen wie jedermann sonst. Dem konnte nun abgeholfen werden. Wenn eine Frau sich gut fühlt, sieht sie auch gut aus, sagte sie sich, als sie auf den Gang hinaustrat. Und als sie die Hotelhalle durchquerte, durch die Drehtür hinausging und sich mit einem tiefen Atemzug für ihren Auftritt in der Welt rüstete, sagte sie sich diesen Leitsatz noch einmal vor. Natürlich wird mir alles ins Haus geliefert, fügte sie hinzu.

Aber nach ungefähr zehn Minuten stand es fest, daß das Ausland, selbst ein so kleiner Urlaubsort in der Nachsaison, für sie nicht dasselbe war wie für Iris Pusey oder sogar Jennifer. Wo sie Luxusgüter sahen, sah Edith nur Bewahranstalten. Nach der »Pension Lartigue (Dir. Mme. Vve. Lartigue)« kam die »Clinique Les Mimosas (Dr. Privat)«. Ein kleiner, käfigartiger Garten enthielt zwei Männer, die an einem wackeligen Klapptischchen Schach spielten, von sechs völlig stummen Zuschauern beobachtet. Enttäuscht, aber immer noch ruhig, ging sie weiter, bis sie zu einem großen Café kam, dessen Glasfenster teilweise beschlagen waren. Sie trat ein, setzte sich und nahm ein Notizheft aus ihrer Tasche, um sich an etwas halten zu können. Doch was sie hier sah, war beruhigender. Leises

Plaudergesumm schwebte über einer Anzahl robust aussehender Frauen, erhitzte Serviererinnen trugen Teller mit Kuchen von einer Theke zu den Tischen, Kaffee wurde bestellt und nachbestellt. Irgendwo weiter hinten konnte Edith ein vertrautes Winseln hören; als sie aufschaute, sah sie die große Frau ein Stück Makrone abbrechen und es Kiki ins Mäulchen stopfen. Als sie Edith entdeckte, hob die große Frau ihre kleine Silbergabel zu einem kurzen, schweigenden Gruß. Edith nickte und lächelte. Was in aller Welt tat diese Frau hier? Mrs. Pusey würde es sicher wissen. Und was tu ich selbst hier, dachte sie, unterdrückte diesen Gedanken aber, bezahlte und ging.

Auch auf dem Rest ihres Spaziergangs deutete nichts auf sybaritisches Leben hin. Ein kleiner Eckladen, offensichtlich eine Art Gemischtwarenhandlung, hatte auf dem Gehweg drei völlig schmucklose Körbe Stangenbohnen ausgestellt. Auf dem Bahnhofsplatz kaufte sie eine drei Tage alte Ausgabe der *Times*. Und als sie zum Hotel zurückkam, konnte sie gerade noch sehen, wie Mrs. Pusey und Jennifer zeremoniös in den Fond einer altmodischen Limousine komplimentiert wurden. Nun ging es zweifellos nach Montreux, um Jennifer wie eine Königin auszustatten. Edith kehrte langsam ins Hotel zurück, fuhr im Aufzug hinauf, traf im Korridor auf eine frische Parfümwolke und setzte sich nachdenklich an den kleinen Tisch in ihrem Zimmer.

»Liebster David«, schrieb sie.

»Nun, hier ist jede Menge los. Ein Wirbel von Aktivität geradezu. Und ein weltfremdes Geschöpf wie ich hätte sich wohl angesichts der Vornehmheit der feinen Gesellschaft hier verschüchtert zurückgezogen, hätte nicht eine achtbare Duenna es freundlich unter die Fittiche genommen: Mrs. Iris Pusey aus Montrose Court, vormals aus Haslemere. Man ist der Ansicht, daß ich mich als annehmbare Gesellschaft für ihre Tochter Jennifer erweisen werde, obwohl Jennifer offenbar für Höheres bestimmt ist. Nichtsdestotrotz hat Jennifer keine Eile, ihre Mutter zu verlassen, so versichert mir ihre Mutter jedenfalls, und in der Zwischenzeit tun wir alle ganz friedlich so, als werde der richtige Mann im gegebenen Augenblick schon noch kommen. Im Moment gibt es aber gar keine Männer. Von Mrs. Puseys Mann abgesehen (der keinen anderen Titel oder andere Bezeichnung zu haben scheint und auch keine braucht, wie mir zu verstehen gegeben wird), sind wir unter uns.

Sie ist schon die interessanteste Person hier, obwohl auch eine schöne Frau mit einem Hund da ist, die vielversprechend aussieht. Ihr Mann ist ein großes Tier in Brüssel, habe ich gehört. Aber wir haben noch nicht miteinander gesprochen. Mrs. Pusey ist dafür sehr redselig, was ein Glück ist, da ich sonst ...« (diesen Satz strich sie durch).

»Ich finde Mrs. Pusey wunderbar. Sie ist eine ganz und gar heitere, äußerst selbstsichere Frau, die, wie sie lachend andeutet, schlicht das Beste aus dem gemacht hat, was der liebe Gott ihr gegeben hat. Sie hat offensichtlich eine Menge Geld, und ich wüßte zu gern, wo es hergekommen ist. Als mein Mann ins Hauptbüro versetzt wurde –

der Grund für den tragischen Abschied von Haslemere damals –, wo genau kam er da eigentlich hin? Wovon war dieses Hauptbüro Hauptbüro? Es gibt eine Nuance in Mrs. Puseys Benehmen und selbst etwas – wage ich es zu sagen? – in Jennifers äußerer Erscheinung, das mich auf die Idee bringt, daß mein Mann zu der Kategorie von Mann gehört haben könnte, die einen Laden einen Einzelhandelsaußenposten nennt. Aber er war offenbar ein Mensch der klugen Entscheidungen. Abgesehen davon, daß er einen Teil seiner Beute auf einer Schweizer Bank deponiert hat, war er es, der begriff, daß das Mittelmeer in der Hochsaison nichts mehr war. Nichts für sie, meine ich. Ob er sich wohl hie und da zu einem einsamen Saufgelage weggeschlichen hat? War er geheimes Mitglied im Marbella Club? Ich hoffe es, aber ich habe keinerlei Beweise dafür.

Übrigens, ich habe zwar Mrs. Pusey zuerst für eine Dame gehalten, das dann aber hinuntergestuft: Mrs. Pusey ist eindeutig eine Frau. ›Ganz Frau‹, nannte mein Mann sie immer. (Aber er war ein Kavalier alter Schule.) Und die Frau mit dem Hund muß zur Dame erhoben werden, richtiger, zu einer Lady. Sie, beziehungsweise ihr ebenfalls abwesender Mann, ist ein Mitglied der herrschenden Klasse, obwohl Mrs. Pusey nicht viel von seinem Titel hält. Mrs. Pusey hegt offenbar eine Abneigung gegen Lady X (ich weiß ihren Namen noch nicht). Es wird interessant sein, zu erfahren, warum.

Aber sonst haben wir jetzt alle Namen: Mrs. Pusey und Jennifer natürlich, und der Junge, der das Frühstück bringt, heißt Alain, und das hübsche blonde Servierfräulein beim Fünfuhrtee Maryvonne ...«

Edith legte ihren Füller hin. Sie konnte über Mrs. Pusey und Jennifer schreiben, was sie nur wollte, in ihrer Erinnerung stand doch immer das Bild der beiden liebevoll umschlungenen Frauen, als sie Edith zum Gutenachtgruß an die Tür brachten. Denn da war Liebe, Liebe zwischen Mutter und Tochter, und körperliche Nähe und inniges Einverständnis darin, wie hübsch sie beide waren. Nichts davon hatte sie selbst gekannt. Ihre seltsame Mutter, Rosa, war eine harsche, enttäuschte Frau gewesen, eine einstige Schönheit, die erfolglos gegen ihr Schicksal wütete und sich absichtlich gehen ließ, schlampig und höhnisch, und ihre blasse, stille Tochter verspottete, wenn sie bescheiden ihr aromatisch duftendes Schlafzimmer betrat und eine Tasse Kaffee brachte, die ihre Mutter vorsätzlich umschüttete. »Zu schwach! Zu schwach, ihr alle miteinander!« schrie sie dann und seufzte vor Sehnsucht nach Wien, wo sie noch jung und strahlend gewesen war, und nicht dick und schlampig wie jetzt. Und sie weinte nach ihrer toten Schwester Anna.

Wenn sie an Mrs. Puseys strahlenden Charme dachte, überfielen Edith schmerzliche Erinnerungen. Sie waren schlecht gealtert, die bezaubernden Schaffner-Schwestern, ihre Mutter Rosa, ihre Tante Anna. Viele der Studenten, die in der düsteren Wohnung ihrer Mutter ein Zimmer gemietet hatten, während sie Material für ihre Doktorarbeiten über Klimt oder Schnitzler oder den Jugendstil oder alle drei sammelten, hatten sie zu ihren Sklaven gemacht. Doch obwohl die Schwestern ohne Verzug und jung geheiratet hatten, waren sie bald bitter enttäuscht. Die Studenten, die in der Fremde so attraktiv gewesen waren, verwandelten sich nur allzu bald in ruhige Universitätsdozenten. Das akademische Leben von Reading, Nottingham, Ohio State, Kingston hatte so vollendeten Wiener Koketten mit ihren Strategien, Taktiken, Launen und ihrem unendlichen Begehren, zu triumphieren, wenig zu bieten. Als die Schwestern viele Jahre später wieder einmal mit ihrer Kusine Resi zusammenkamen, überboten sie einander mit Geschichten von schrecklicher Langeweile, von Gatten, die zu unbedeutend geworden waren, um sie noch zu interessieren, von sinnlosen Tagen, die sie gar nicht erst auszufüllen versuchten. Langeweile und Enttäuschung gähnten aus allen ihren Poren; in dem dunklen Wohnzimmer ihrer Mutter wurde die Luft stickig vor Mißmut und Häßlichkeit. Sie waren jetzt schwere Frauen, grausam in Korsetts gezwängt, mit schlecht nachgezogenen Augenbrauen und breiten, harten Busen. Sie steigerten sich in eine retrospektive Wut hinein, hoben die Stimmen, ihre Kaffeetassen schwappten über. »Schrecklich! Schrecklich!« riefen sie. »Ach, du Schreck!«

Die siebenjährige Edith, die sich hinter Großmama Ediths Sessel versteckt hatte, hörte mit Erleichterung den Schlüssel ihres Vaters in der Tür klicken und lief ihm weinend entgegen. Der brutale Klang der unverständlichen Worte verletzte sie. Ihr Vater erriet, was los war, lächelte blaß und schlug einen Spaziergang vor. Er führte sie ins Kunsthistorische Museum und versuchte, ihr die Bilder zu erklären, aber sie drückte ihr nasses, rotes Gesicht an seine Hand und wollte nicht zuhören. Und als er sehnsüchtig vor einem Bild stehenblieb, auf dem Männer unter einer heißen Sonne in einem Kornfeld lagen, brach sie wieder in Tränen aus, und er bückte sich zu ihr herunter und strich ihr das Haar aus der Stirn. Jetzt, Edith, hatte er gesagt und ihr die Augen mit seinem Taschentuch getrocknet, jetzt zeig mal, ob du tapfer bist.

Und er war ziemlich jung gestorben, erst Anfang Fünfzig war er gewesen, ihr armer kleiner Professor, und die höhnische Rosa war ohne ihn zusammengebrochen. Kein Tag verging, ohne daß sie, immer schmutziger und reizbarer werdend, sein Andenken beleidigte. Doch als auch sie nicht lange nach ihm starb, hatte Edith unter ihren Papieren einen vergilbten Fetzen von einem Brief in ihres Vates sorgfältigem Akademikerdeutsch gefunden; es war nur der erste Satz einer Einladung, wozu, würde sie nun nie mehr erfahren, und er sprach von früheren, glücklicheren Tagen. In feiner, schräggeneigter Schrift standen da die Worte: »Gnädiges Fräulein, würden Sie mir die Ehre erweisen ...«, der Rest des Briefs war abgerissen.

Edith rieb sich die Augen und griff wieder zu ihrem Füller.

»Mein liebes Herz, Du kannst nicht wissen, wie sehr ich an Dich denke und mich nach Dir sehne und darauf warte, Dich wiederzusehen.«

Dies strich sie sorgfältig aus und legte es beiseite.

Dann nahm sie die Mappe mit dem Manuskript von *Unter dem aufgehenden Mond,* zog die Blätter heraus, las den letzten Abschnitt wieder und beugte gehorsam den Nacken unter ihr tägliches Pensum Phantasie und Lüge.

☆☆☆☆☆☆☆☆☆☆☆☆☆☆☆☆☆☆☆☆

4

»Ich glaube, Sie haben einen Bewunderer«, sagte Mrs. Pusey mit einem kleinen Auflachen.

Edith erwiderte nichts, und das schien auch gar nicht erwartet zu werden, denn Mrs. Pusey, in einem mandelgrünen Leinenmantel und -rock und mit ihren Tagesperlen, hatte sich von ihr abgewandt, um Maryvonne zu rufen: es war kein heißes Wasser mehr da.

Benommen und hohläugig war Edith nach mehreren Stunden mit *Unter dem aufgehenden Mond* aus ihrem Zimmer aufgetaucht und hatte den Salon leer gefunden; nur Mme. de Bonneuil saß da und las durch eine Lupe winzige Portionen der *Gazette de Lausanne.* Die dichte, warme Stille im Haus zeigte an, daß sie zu spät zum Mittagessen und zu früh zum Tee gekommen war. Sie ging, immer noch leicht betäubt von der unternommenen Anstrengung, durch die Halle und trat durch die Drehtür in einen Nachmittag von so reifer Schönheit hinaus, daß sie nicht mehr verstand, wie sie sich das hatte entgehen lassen können. Eine Herbstsonne, mild wie Honig, vergoldete den See;

winzige Wellen flüsterten am Stand, ein weißer Dampfer fuhr in der Richtung von Ouchy vorüber, und vor ihren Füßen auf dem Sandweg lag die grüne Igelform einer aufgeplatzten Kastanie, in der die braune Frucht leuchtete.

Das Café mit den beschlagenen Fenstern, die jetzt blank im Nachmittagslicht gleißten, war fast leer. An einem stillen Tischchen sitzend, schloß Edith einen Augenblick in einem Sonnenstrahl die Augen und empfand reines Wohlbehagen. Die Zeit löste sich auf, Empfindungen weiteten sich. Sie trank Kaffee – essen konnte sie in dieser nachklingenden Erregung durch die Gefühle ihrer erfundenen Gestalten noch nichts –, lehnte sich dann wieder mit geschlossenen Augen in ihren Stuhl zurück und genoß die wohlverdiente Ruhe nach ihren obskuren, nicht bemerkbaren Anstrengungen. Als sie die Augen wieder öffnete, bot sich ihr das außerordentliche Schauspiel der Frau mit dem Hund, die weit drüben am Seeufer ihren langen, schmalen Körper beugte und streckte und von Zeit zu Zeit den schlanken Arm in die Luft warf; ihr zerzaustes Haar glänzte, und durch die Scheiben war ihr seltsamer Ruf »Kiki! Kiki!« zu hören, während das Hündchen sein neurotisches Temperament vergessen zu haben schien und nach Stöckchen rannte. Angesichts der einsamen Energie der Frau, der eigenartigen Wildheit und Konzentration ihrer Gesten schlug Ediths Stimmung wieder in Zaghaftigkeit um, und sie ging, von neuem der Melancholie der Verbannung anheimgefallen, ins Hotel zurück.

Dort wurde gerade der Tee serviert, und zu

Ediths Überraschung war eine Anzahl Menschen da, die sie noch nicht gesehen hatte. Mehr junge Kellner, als sie bis jetzt bemerkt hatte, eilten an Tische, an denen in angeregtem Gespräch glänzend gelaunte Männergruppen saßen; einer oder zwei schauten auf, als sie vorüberkam, und wandten sich dann wieder den dringenderen Angelegenheiten zu, die sie von dem Genfer Kongreß zu einem letzten zwanglosen Treffen hierher geführt hatten, bevor sie alle auseinandergingen. Zum ersten Mal erlebte Edith das Hotel als reichbevölkerten Organismus, dessen Personal nur darauf wartete, bei angemessenem Anlaß seriös und beflissen zu bestimmter Stunde in Aktion zu treten. Dies, schien es, war jetzt der Fall. M. Huber saß lächelnd und nickend am Empfang, war seinem Schwiegersohn im Weg und machte schwierige Änderungsvorschläge für das abendliche Menü.

Zu dieser belebten Szene trat, mit leicht gekrauster Nase wegen des ungewohnten Zigarettenrauchs, Mrs. Pusey, spät wie immer und vielleicht ein wenig müde nach einem Tag, der nicht die befriedigende Einkaufsquote gebracht hatte. Sie waren auf der Suche nach einer besonderen Art Bluse gewesen, mit Hohlsaumarbeit, erklärte sie Edith, die wie magnetisch angezogen an Mrs. Puseys Tisch gekommen war, aber es hatte eine Enttäuschung gegeben. Die kleine Frau, die diese Blusen machte, war einfach verschwunden, ohne sie irgendwie davon in Kenntnis gesetzt zu haben, obwohl sie doch genau wußte, daß Mrs. Pusey und Jennifer jedes Jahr herkamen und ihr immer einen größeren Auftrag gaben. *Und* ihr eine Weihnachtskarte schickten. »Aber da sehen Sie es«, sagte Mrs. Pusey. »Die alten Zeiten der treuen Ergebenheit sind vorbei, selbst in der Schweiz. Das ist nicht mehr meine Welt.« Sie lächelte ein wenig. »Nein, alles hat sich verändert, und nicht zum Besseren. Aber eines werde ich *nicht* tun, ich werde nicht meine Ansprüche hinunterschrauben. Ich habe immer das Beste verlangt. Es ist ein Instinkt, glaube ich. Wie mein Mann immer sagte, nur das Beste ist gut genug.«

»Mummy«, rief Jennifer leidenschaftlich. »*Du* bist das Beste.« Sie ergriff die Hand ihrer Mutter, und die beiden Augenpaare leuchteten im tapferen Glanz der Leidtragenden auf, und obwohl das Leid nur durch die Untreue einer Hohlsaumstikkerin verursacht worden war, dachte Edith, konnte sie kaum etwas Tröstendes dazu sagen. Während die für sie so außerordentliche Gemeinschaft zwischen Mutter und Tochter wieder demonstriert wurde, studierte sie Jennifer, die ihr immer ausdruckslos vorkam wie ein leeres Fenster, obwohl alle ihre Gesten energisch und alle ihre Äußerungen emphatisch waren. Jennifer, das mußte sie anerkennen, war ein prachtvolles Exemplar, ein großartiges Zeugnis für die Sorge ihrer Mutter. Ihr breites, helles Gesicht, das bei ihren eher klein geratenen Zügen vielleicht ein wenig leer wirkte, glänzte in der frischen Gesundheit eines arglosen Kindes. Alles an ihr leuchtete. Ihre hellblauen Augen, ihre regelmäßigen, leicht einwärts gebogenen Zähne, ihre makellose Haut, alles schimmerte auf seine Weise, so daß das blonde

Haar im Vergleich dazu fast stumpf schien. Ihr etwas pummeliger, unraffinierter Körper wurde, wie Edith sah, durch ganz und gar nicht unraffinierte Kleider zur Geltung gebracht, die eine Spur zu eng waren; Jennifer schaffte es, den Eindruck zu vermitteln, sie wachse noch aus ihnen heraus. Alles an ihr war so teuer, wie das Geld ihrer Mutter es erlaubte, aber im Stil ganz anders als Mrs. Puseys gepflegte Eleganz. In ihren marineblauen Leinenhosen und dem etwas zu eng anliegenden weißen Pullover war Jennifer entschieden *gamine*. Edith fragte sich, wie alt sie war. Sie sah sehr jung aus, wie Mrs. Pusey ja auch, aber irgendwie, ohne daß sie sagen konnte, warum, wirkten sie beide nicht von heute. Sie sprachen fast ständig von vergangenen Zeiten, von Zeiten des Glanzes, Glücks, Erfolgs, des Vertrauens und der Sicherheit, die ihrer Gesprächspartnerin fern und geheimnisvoll erscheinen mußten. Edith machte sich bewußt, wie äußerst einseitig Gespräche mit den Puseys wohl immer sein würden. Sie rückten ihre Vergangenheit so entschieden in den Mittelpunkt wie ihre Gegenwart und erwarteten auf eine merkwürdige Weise, daß beiden die gebührende Ehre erwiesen werde. Sie verlangten keinerlei Auskünfte; nachdem es feststand, daß Edith allein war, hatten sie sie mit Beschlag belegt, und dies nicht nur aus Freundlichkeit, sondern weil es ihnen zustatten kam, ein Beweis, fand Edith, für ihr weltkluges Denken. Und da die meisten Sätze von Mrs. Pusey mit dem Wort »natürlich« begannen, hatten sie einen Tenor ruhiger Vertraulichkeit, der irgendwie jeden Versuch im Keim erstickte, eine eigene

Meinung laut werden zu lassen. Sie fand das alles amüsant und sehr erholsam; das letzte, was sie wollte, war über sich selbst zu sprechen. Nein, nur das nicht. Aber sie gestand sich ein, daß Jennifers fröhliche, aber hartnäckige Verweigerung jeglichen Austauschs sie irritierte. Schließlich, dachte sie, sind wir fast im gleichen Alter, wenn sie auch ein paar Jahre jünger ist. Wie alt mag sie sein? Zweiunddreißig? Dreiunddreißig? Vielleicht vierunddreißig? Und doch gehört sie zu ihrer Mutter, als wäre Mrs. Pusey in eine unfreundliche, spießige Welt verschlagen worden und es wäre Jennifers Pflicht, sie davor zu schützen. Es wäre interessant zu erfahren, was Jennifer von den paar Leuten hier hielt, dachte Edith, als sie ihr unentwegtes Lächeln beobachtete, während Mrs. Pusey redete.

An diesem Punkt ihrer stillen Betrachtungen wurde sie durch die angenehme Stimme eines Mannes unterbrochen, der sagte: »Verlieren Sie das nicht!« und ihr das Notizheft überreichte, das ihr unbemerkt vom Schoß gerutscht sein mußte, als sie Jennifer betrachtete. Verdutzt schaute sie auf und sah einen großen Mann in einem hellgrauen Anzug zu ihr herunterlächeln. Sie murmelte ihren Dank und erwartete, er würde weggehen, sie konnte ihn schließlich kaum bitten, sich zu setzen und ihnen Gesellschaft zu leisten. Doch »Sind Sie Schriftstellerin?« erkundigte er sich in einem ganz leicht amüsiert klingenden Ton. Als ob er *wüßte*, dachte Edith etwas verwirrt, obwohl die Vermutung, daß jemand an einem Ort wie diesem hier Schriftsteller sein könnte, wohl kaum als ernst gemeint zu verstehen war. Jedenfalls wollte sie das hoffen. Sie setzte ein zerstreutes Lächeln auf, um weiteren Fragen zu entgehen, und er zog sich, immer noch mit amüsierter Miene, zurück und folgte seinen Freunden oder Kollegen nach draußen, weg von den Teetischen, in die frische Luft.

»Sie haben, scheint es, einen Bewunderer gefunden«, sagte Mrs. Pusey. Und als das nachbestellte heiße Wasser kam, setzte sie hinzu: »Er hat Sie nicht aus den Augen gelassen, seit Sie hereingekommen sind. Ich habe es sofort bemerkt.« Sie sagte das schelmisch, aber ihre Augenlider senkten sich, als ob dies nun noch zu den Enttäuschungen des Tages hinzukäme. Jennifer, sah Edith, lächelte immer noch glasig.

Es war Zeit, hinaufzugehen und sich umzuziehen, aber sie blieben kraftlos sitzen. Edith fühlte sich durch eine Art Loyalität gezwungen, Mrs. Pusey nicht zu verlassen, obwohl es ihr nicht ganz klar war, warum Loyalität im Spiel sein sollte. Sie verharrten in grüblerischem Schweigen; kein vertrauliches Wort wurde ihr geschenkt, keines erwartet. Genau, was ich wollte, ermahnte sich Edith, doch plötzlich sehnte sie sich danach, mit David zu sprechen; die Tatsache, daß ihr, so spöttisch es auch gemeint sein mochte, ein Mann ins Bewußtsein gerufen worden war, hatte quälend ihre Sehnsucht geweckt. Sie schaute auf ihre Uhr und berechnete ängstlich die Zeit; wenn sie jetzt hinauflief, konnte sie ihn vielleicht, bevor er wegging, noch erreichen. In den *Rooms,* dachte sie, von Liebe und Schrecken überwältigt.

»Ich muß jetzt zurück in die *Rooms*«, waren die

ersten Worte gewesen, die sie ihn bewußt hatte sagen hören, und das Geheimnisvolle daran hatte sie fasziniert. Sie wiederholte sich den erstaunlichen Satz im Geist, und Bilder von Innenhöfen mit plätschernden Brunnen und schweigenden Dienern in Gazehosen, die Sorbets servierten, tauchten auf. Oder von breiten Diwanen in weiß gekalkten Häusern, deren Fensterläden die Nachmittagshitze aussperrten, von träumerischer, in dunklen Farben glühender Muße wie bei Delacroix. Oder von ernsten Händlern mit klickenden Bernsteinperlen in Souterraincafés. Von türkischen Bädern, einem gekachelten Hammam, auf dessen Wänden der Widerschein vom Wasser spielte, von Frieden.

»Was sind Sie von Beruf?« erkundigte sie sich mit aufgerissenen Augen, den Blick immer noch auf ihre Visionen gerichtet.

»Ich bin Auktionator«, antwortete er. Und dann hatten sie beide eine Weile geschwiegen.

Sie waren sich auf einer der irritierenden kleinen Einladungen ihrer Freundin Penelope Milne begegnet. »Aperitif vor dem Mittagessen nächsten Sonntag«, kündigte die unerbittliche Stimme am Telefon an. »Laß mich bloß nicht im Stich! Du kannst ja am Nachmittag arbeiten, wenn du willst. Ich halte dich nicht auf.«

Doch, das tust du, dachte Edith. Da du zu geizig bist, um etwas zu essen anzubieten, und da es mir etwas ausmacht, um halb drei oder wann immer ich mit hämmerndem Kopfweh wieder zu Hause bin, zu essen, ist mein Tag doch verdorben. Und Penelope hatte so eine merkwürdige Einstellung in bezug auf Essen für ihre Gäste. Sie betrachtete es irgendwie als unziemliche Unterwürfigkeit. Ihre Gesellschaft war nur auf die uralte Weise zu erkaufen, mit Blumen, Theaterkarten und Einladungen zu intimen Mahlzeiten in den besten Restaurants, wo sie sich hervorragend auskannte. Für Penelope waren Männer Eroberungen, Attribute, aber auch Feinde; sie gehörten der Spezies an, der man nie mehr Zeit und Aufmerksamkeit schenken durfte, als sie ihrer Meinung nach verdiente. Ihr Umgangston mit solchen Männern war kokett, spöttisch, nie ernst. Sie machte Propaganda für kurze Affären, die schnell abzuwickeln waren, mit lachender Unbetroffenheit auf beiden Seiten. Sie schien stolz darauf zu sein, daß bei ihr ein Name den andern ablöste. Sie beherrschte die Liebeskunst vollendet, wie Edith sah. Und sie beklagte ausgiebig Ediths ereignisloses Leben und war deutlich der Meinung, Edith schreibe eben über die Freuden, die ihr die Wirklichkeit versagte. Sie war großzügig mit Angeboten, Edith verschiedenen Strohwitwern aus ihrer Bekanntschaft vorzustellen – meinen »Abgelegten«, wie sie sie lachend bezeichnete –, und war pikiert, wenn Edith meinte, sie sei kein Umgang, wenn sie an einem Buch arbeitete. Edith wußte, wieviel Spaß es ihr gemacht hätte, ein Treffen zu dritt zu arrangieren. Sie hätte Edith mit vielen scherzenden Anspielungen auf ihre eigenen Erfolge bei dem liebenswerten Kandidaten angeleitet, hätte sie sogar zu einem Restaurant ihrer Wahl gebracht, dem Abgelegten etwas ins Ohr geflüstert und dann streng zu Edith gesagt: »Ich rufe dich morgen früh an.« Und doch betrachtete sie Männer als verächtliches Geschlecht, und ihre Augen blitzten, wenn sie Anekdoten von ihren Eroberungen bei den verschiedenen Ausschußsitzungen erzählte, die den eigentlichen Stoff ihres gesellschaftlichen Lebens bildeten. »Dieser schreckliche kleine Typ«, pflegte sie jemanden abzutun, der die Regeln ihres Spiels nicht kannte.

Sie war eine gutaussehende Frau von Fünfundvierzig und würde noch viele Jahre so bleiben. Sie und Edith hatten die Lage ihrer Häuser gemeinsam, sie wohnten an den entgegengesetzten Enden der winzigen Terrasse, die sie verband, und teilten daher gewisse häusliche Einrichtungen, die im Fensterputzer bestanden (der nicht verpaßt werden durfte; sie hatten jede den Schlüssel der anderen) und in Mrs. Dempster, ihrer hochdramatischen, unvorhersehbaren Putzfrau. Sie hatten sich abgesprochen, daß, sollte die eine von ihnen einmal krank sein, die andere einkaufen und kochen würde. Dieser Fall war noch nicht eingetreten, aber der Gedanke war für beide eine Beruhigung. Wenn Edith müde, gähnend und verspannt nach ihrem stillen Tag die Schreibmaschine wegschob, konnte sie zu Penelope hinübergehen, und es machte ihr Spaß, sie in der Kleiderfrage für den nächsten Ausgang zu beraten. Und Penelope, die zwar nie auf Ediths Arbeit einging, pflegte sie auf ihren nur allzu häufigen Einladungen nach vorn zu schieben, als wäre sie ein Kind, und zu sagen: »Natürlich kennen Sie Edith Hope. Sie schreibt.« So war ihre Freundschaft.

An jenem besonderen Sonntag hatte Penelope

eine ganze Menge Leute zusammengetrommelt, und es waren viele da, die Edith nicht kannte. Sie hatte sich damit abgefunden, die nötige Zeitlang herumzustehen (Penelope mochte es nicht, wenn man sich setzte), als der klingende Satz in ihr Bewußtsein drang. Sie drehte sich um und sah einen großen, hageren, fuchshaarigen Mann, der sich gerade eine Handvoll Erdnüsse nahm; sie konnte an seinem Rücken erkennen, daß er ruhelos und ungeduldig war und darauf brannte, endlich wegzukommen. Jede Entschuldigung war ihm recht. Daher diese unwahrscheinliche, unplausible Bemerkung, die, nach Penelopes Protest, eher etwas zu geläufig durch einen Bericht über einen neuen Katalogzugang, um den er sich dringend kümmern müsse, ergänzt wurde.

Immer noch erfüllt von ihren Visionen vom Hammam, den arabischen Cafés, der mediterranen Siesta, murmelte Edith, als er entschlossen zur Tür schritt, etwas abwesend: »Könnten Sie mir diese *Rooms* beschreiben?«

Sein Blick senkte sich aus beträchtlicher Höhe an seiner langen Nase vorbei zu ihr herab. »Ein fünfstöckiges Lagerhaus in der Chiltern Street«, sagte er.

Dann schaute sie zu ihm hinauf, und sie tauschten Auge in Auge einen absichtsvoll ausdruckslosen Blick. Sie schlug die Lider nieder, und er ging. Mehr wurde nicht gesagt.

Später, als sie Penelope beim Gläserspülen half, fragte sie: »Dieser große Mann, was macht der eigentlich?«

»David Simmonds? Der leitet jetzt den Familienbetrieb. Simmonds. Das Auktionshaus. Die machen jetzt viel von den größeren Landhausverkäufen. Er ist doch reizend, nicht? Er ist immer ein bißchen scharf auf mich gewesen, aber in letzter Zeit ist es so schwer, ihn mal zu erwischen. Er hat sich übrigens nach dir erkundigt.«

»Woher kennst du ihn?« fragte Edith.

»Ich war mit seiner Frau zusammen auf der Schule«, sagte Penelope. »Priscilla, du weißt schon. Du bist ihr hier ein Dutzendmal begegnet. Du weißt doch, Edith. Groß, blond, sehr hübsch. Sie konnte heute nicht mitkommen.«

Edith erinnerte sich an sie: groß, blond, sehr hübsch. Eine Frau mit einem fast unverschämt sicheren, ungezwungenen Auftreten. Laute, unbekümmerte Stimme. Sie war ihr einmal in der Porzellanabteilung bei Peter Jones begegnet und hatte beobachtet, wie sie mit einem Verkäufer im Schlepptau dahinstürmte wie eine privilegierte Oberstufenschülerin durch den Gemeinschaftsraum.

Penelope nahm ihre mit einer Guinnessreklame bedruckte Plastikschürze ab und zerrte an ihren Gummihandschuhen. »Ich fürchte, ich muß dich jetzt rausschmeißen, Edith. Richard sagte, er wolle zurückkommen und mich irgendwo hier in der Nähe zum Essen ausführen.«

An ihrem Fenster beobachtete Edith, wie Richard auftauchte und mit lobenswerter Munterkeit die Straße hinunterrannte. Lebhaft, dachte sie. Elegant. Guter karierter Anzug, ein bißchen zu eng über dem breiten Rücken. Seine geäderte Hand winkte. Sie stellte sich David vor und lächelte unwillkürlich. Und sie setzte sich hin, um auf ihn zu warten.

Sie wußte, daß er kommen würde, und als er nach zwei oder drei Stunden kam, brauchten sie nichts zu sagen. Sie schauten sich lange und fest an. Im Bett schliefen sie danach beide eng umschlungen sofort ein, und als sie fast gleichzeitig aufwachten, lachten sie vor Wohlbehagen. Von da an war es, als wüßte sie alles von ihm; die einzige Überraschung war sein herrlicher, ständiger Appetit. Sie hatte nun immer eine Menge zu essen im Haus.

Sie waren vernünftige Leute. Niemand sollte darunter leiden. Sie war stolz darauf, sich nichts zu vergeben, so daß er nie etwas von ihren leeren Sonntagen, den langen ereignislosen Abenden, den in letzter Minute abgeblasenen Ferien erfuhr. Innerlich fluchend, wenn er wieder nach einem turbulenten, unharmonischen Wochenende den Wagen für die lange Rückfahrt von Suffolk bepackte, dachte er an ihr kleines Haus, an seine Stille, das grüne Dämmerlicht ihres Wohnzimmers. Sie war zu früh ins Bett gegangen und dachte an ihn mit seiner Familie, an ihre Gewohnheiten, Streitereien, Vergnügungen. An seine Kinder.

Und als sie nun im Hotel du Lac wieder daran dachte, spürte sie den Schmerz in ihrer Kehle, der Tränen voranging (aber sie war ja so geschickt darin, sie zu verbergen), und eine Entschuldigung murmelnd, tat sie den unerhörten Schritt, den Salon vor Mrs. Pusey zu verlassen. Sie würde nicht anrufen. Sie war schließlich, wenn auch nicht mehr in Ungnade, auf Bewährung hier.

Die Tränen, die sie vergossen hatte, schienen ihre Sicht klarer gemacht zu haben. Als sie sich, ungefähr zwei Stunden später, zum Abendessen setzte, sah sie, daß die Lichter heller, der Raum belebter, die Tische voll besetzt waren. Es war angenehm, nach diesen Tagen im Serail wieder unter Männern zu sein, die das Hotel lebendig machten und die Kellner auf Trab brachten. Der Mann in Grau, der ihr das Notizheft aufgehoben hatte, erhob sich halb von seinem Stuhl, als sie sich setzte, nickte und widmete sich dann wieder der Aufgabe, seine Seezunge zu zerlegen. Die Frau mit dem Hund sah hinreißend aus in einem wallenden geblümten Chiffonkleid, dessen schmale Träger auf ihren schönen Elfenbeinschultern zu winzigen Schleifchen geknüpft waren. Edith war dankbar für die Wärme, das Essen, die aufmerksame Bedienung; sie war sehr müde und sicher, daß sie heute nacht tief schlafen würde.

In schwarzem Chiffon stand Mrs. Pusey zögernd im Türrahmen, wie von der Aufregung überwältigt und als traue sie sich kaum, unbegleitet zu ihrem Tisch zu gehen. Jennifer stand ruhig abwartend hinter ihr. Erst als M. Huber auf sie zueilte und ihr galant die Hand entgegenstreckte, lächelte Mrs. Pusey und ließ sich hereinführen. Die Frau mit dem Hund prustete auf, doch Mrs. Pusey ließ sich nicht herab, das zu bemerken.

Edith, die sich wieder einmal anonym vorkam und sich damit abgefunden hatte, gelang ein angemessen unauffälliger Abgang. Und als sie als erste aus dem Speisesaal in dem verlassenen Salon saß, fühlte sie, wie ihre hartbeanspruchte prekäre Würde wieder der Traurigkeit von vorhin zu erliegen drohte. Der Pianist, der sich zum Spielen hinsetzte, nickte ihr kurz zu. Sie nickte zurück und dachte, wie beschränkt doch ihre Ausdrucksmittel geworden waren: ein Nicken für den Pianisten oder Mme. de Bonneuil, Zuhören, wenn Mrs. Pusey redete, die erfundenen Äußerungen in ihrem Roman, an dem sie schrieb, und dabei immer das Warten auf eine Stimme, die stumm blieb, während sie kaum etwas vernahm, was ihr etwas bedeutete. Angesichts der tristen Tragweite dieser Lage zwinkerte sie mit den Augen und gelobte sich, tapfer zu sein, es von jetzt an besser zu machen, nicht nachzugeben. Aber es war nicht leicht.

Beim Kaffeetrinken im Salon fühlte sich Edith durch ihren Kummer wie entleert, gehorsam und kindlich wie schon so oft seit ihrer Kinderzeit, vielleicht seit damals, als sie mit ihrem Vater ins Kunsthistorische Museum gegangen war. Und mit kindlichem Eifer, es recht zu machen, stand sie auf, als das Zeichen gegeben wurde, um sich an Mrs. Puseys Tisch zu setzen.

Der Mann in Grau hatte sich ganz in der Nähe niedergelassen, und obwohl er vorgab, eine Zeitung zu lesen, war es nur allzu deutlich, daß er ihrem Gespräch zuhörte. Vielleicht ist er ein Detektiv, dachte Edith ohne großes Interesse.

»Wissen Sie, Liebste«, sagte Mrs. Pusey, als sie ihr Make-up restauriert und Komplimente für ihr Aussehen entgegengenommen hatte. »Sie erinnern mich an jemand. Ihr Gesicht ist mir sehr vertraut. Wer kann das bloß sein?«

»Virginia Woolf?« schlug Edith vor, wie immer bei solchen Anlässen.

Mrs. Pusey schenkte dem keine Beachtung. »Es wird mir gleich einfallen«, meinte sie. »Unterhaltet euch solange miteinander, ihr Mädchen.« Und sie legte Daumen und Zeigefinger der Rechten an die Nasenwurzel und ihre Miene wurde so ernst, daß die allzeit besorgte Jennifer Edith nicht mehr zuhörte und ihre Aufmerksamkeit ihrer Mutter zuwandte. Edith lehnte sich in ihrem Sessel zurück und hörte dem Pianisten zu, auf den sonst niemand achtete, bis sich Jennifers Gesicht in ihr Blickfeld senkte. »Mummy sagt, sie möchte gern fernsehen, wir gehen hinauf.« Sie wandte sich wieder ihrer Mutter zu und beobachtete das immer schwierige Manöver des Aufstehens. Wieder fragte sich Edith, wie alt sie sein mochte.

An der Tür drehte sich Mrs. Pusey theatralisch um und sagte: »Jetzt ist es mir eingefallen! Jetzt ist mir eingefallen, an wen mich Edith erinnert.«

Edith sah, daß über den Rücken des Manns in Grau, der immer noch hinter seiner Zeitung saß, ein leichtes Zucken lief.

»Prinzessin Anne!« rief Mrs. Pusey. »Ich wußte doch, ich würde darauf kommen. Prinzessin Anne!«

☆☆☆☆☆☆☆☆☆☆☆☆☆☆☆☆☆☆☆☆☆

5

Doch der Schlaf wollte sich diese Nacht nicht ohne weiteres einstellen. Zwischen abgerissenen Träumen zuckten über den Bildschirm in Ediths Kopf kurze audio-visuelle Botschaften, die sie später würde entschlüsseln müssen. Die schmalen Knöchel und unerwarteten Abendschuhe des Mannes in Grau. Sein Entschluß, sie wußte nicht mehr, wann es gewesen war, die unglaubhafte Zeitung zusammenzufalten, aufzustehen, sich leicht zu recken und einem Kollegen in die Bar zu folgen. Die ungewohnten Lachsalven, die von dort bis in den Salon herüber zu hören waren. Die Frau mit dem Hund, wie sie eine Stunde später, hilflos vor Lachen und ziemlich zerzaust, bei dem Mann in Grau und seinem Freund eingehängt, aus der Bar auftauchte. Kikis winziger Kopf, der sich anklagend ob dieser Abtrünnigkeit in die Höhe reckte, während er mit seinem runden Körperchen den Weg zu versperren suchte. Ein kleiner Wortwechsel zwischen M. Huber und seinem Schwiegersohn angesichts dieser Szene. Der nervöse Rückzug des Pianisten. Sein besänftigendes Lächeln in die

Runde, das nur Mme. de Bonneuil mit einem leichten Nicken beantwortete.

Was das zu sagen hatte, blieb in vieler Hinsicht rätselhaft. Sie war nicht sicher, ob sie wirklich unten geblieben war und die Szenen, die jetzt vor ihr aufstiegen, beobachtet hatte oder ob sie aus irgendeinem überreizten Winkel ihres Gehirns entstanden. Sie war sich bewußt, daß sie eine unruhige Nacht hatte, daß sie, wollte sie nicht ganz aufwachen, sich diesen seltsamen, halb geträumten, halb erinnerten Bildern aussetzen mußte. Alles schien so lebendig und voller Bedeutung. Aber die Bedeutung war verborgen. Sie dehnte voll Unbehagen die Glieder, Gefangene ihres gestörten Schlafs. Irgendwo, auf irgendeiner Ebene ihres Bewußtseins, hörte sie eine Tür zugehen.

Als sie, später als gewöhnlich, aufwachte, hatte sie das altbekannte, todsichere Vorherwissen, daß der kommende Tag abgeschrieben werden mußte. Sie hatte von ihrer unruhigen Nacht einen schmerzenden Kopf und eine instinktive Abneigung gegen Essen und jede Art von Gesellschaft davongetragen. Auch die winzigsten Geräusche schienen laut: polternd wurde ein Servierwagen den Gang hinuntergerollt, und die hohen Stimmen der Zimmermädchen klangen unerträglich schrill. Als sie, schwerfällig wie eine Invalide, in die Badewanne gestiegen war, verordnete sie sich äußerste Vorsicht für heute. Sie mußte der drohenden Depression zuvorkommen. Schreiben kam nicht in Frage. Gönn dir Ruhe, riet sie sich: versuche, nicht zu denken. Schließ die Türen.

Die aufgezogenen Vorhänge enthüllten wieder einen strahlenden Tag, der Berg war mit seinen Schneesäumen so klar zu sehen, als läge er nur ein paar Meter weit weg. Der Verkehr schien aufgehoben, etwas anderes bereitete sich vor. Draußen im Garten stellten Kellner in sauberen weißen Jacken kleine Tische und Stühle unter dem Glasdach der Terrasse auf und beredeten sogar gerade, ob es ratsam wäre, die orangefarbenen Markisen hinunterzulassen; die Sonnenhitze war schon durch die Scheibe zu spüren. Irgendwo in der Ferne läutete bimmelnd eine Glocke. Sonntag, dachte sie überrascht.

Den Umständen angemessene Pläne, wie sie sie ja zu machen gewohnt war, wurden jetzt notwendig. Vielleicht konnte sie sich einfach in die Sonne setzen und lesen. Sie würde dabei wohl kaum gestört werden. In anderen Zimmern wurden zweifellos genau in diesem Augenblick auch Pläne geschmiedet: sie konnte sich die Gespräche vorstellen. Mrs. Pusey und Jennifer würden vielleicht das Auto bestellen, um irgendwohin zu fahren, über irgendeine Panoramastaße und dann als Höhepunkt in ein Schlemmerlokal. Die Männer aus Genf würden sich zu einem Ausflug zusammentun, vielleicht über den See nach Evian. Mme. de Bonneuil würde zu den wenigen gehören, die blieben, sie würde stumm die Zeitung lesen wie gewöhnlich. Die große, dünne Schöne mit dem Hund war tagsüber nie sichtbar, und es war unmöglich, sie sich bei irgend etwas anderem außer beim Eisessen und Rauchen vorzustellen, als wäre sie ein Schulkind, das Ausgang hat. Edith hielt es für wahrscheinlich, daß sie den Tag ganz für sich haben würde, und die Aussicht war ihr beinahe angenehm. Sie steckte so tief in der Handlung ihres Romans, dessen Hauptzweck es war, die allzu realen Umstände, über die sie keine Kontrolle hatte, fernzuhalten, daß sie eine Mattigkeit empfand, die jede Begeisterung, jede Initiative, jede Entspannung auszuschließen schien. Literatur, die altbewährte Trösterin der sich unbehaglich Fühlenden, würde ihr zu Hilfe kommen müssen, aber die Wahl eines Buchs stellte sie vor Schwierigkeiten. Denn wenn sie schrieb, konnte sie nur etwas schon Gelesenes wiederlesen, und in ihrem erschöpften Zustand bewirkte eine dem bloßen Auge unsichtbare fiebrige Erregung eine Entfremdung selbst des ganz Vertrauten. Wörter wurden entstellt: »Frucht« wurde zum Beispiel zu »Furcht«. Sie fürchtete, etwas, was ihr teuer war, da hineinzuziehen, und mußte daher mit Bedauern Henry James ausscheiden. Es durfte nichts zu Großes sein, und etwas zu Leichtgewichtiges würde nicht genügen. In keinem Fall konnte sie sich konzentrieren. Schließlich nahm sie einen Band Kurzgeschichten mit dem schönen Titel *Ces plaisirs, qu'on nomme, à la légère, physiques.* Colette, die schlaue alte Füchsin, würde ihr durchhelfen.

Auf der Terrasse herrschte Stille, doch sie war nicht leer. An einem Ende saß Mme. de Bonneuil in einem vorn leicht fleckigen beigen Jackenkleid und einem verbeulten beigen Hut. Sie hatte ihren Stock zwischen die Beine gestellt und sah gespannt auf die Straße hinaus; auf dem Tisch neben ihr stand griffbereit eine große braune Tasche. Am anderen Ende lag, völlig still und unbeweglich, unter einer riesigen Sonnenbrille die Frau mit dem Hund auf einer Liege.

Der schöne Tag war mit Anzeichen seiner Vergänglichkeit durchsetzt: es war der letzte Sommertag. Die Sonne schien von einem wolkenlos blauen Himmel herab, Astern und Dahlien standen unbeweglich in dem klaren Licht, einem Licht ohne Glut und Glanz. Die Bäume hatten bereits das dunkle schwere Laub des heuer außergewöhnlich warmen Augusts und frühen Septembers verloren und traten in der Dürre ihrer gelbwerdenden Blätter, die von Zeit zu Zeit geräuschlos niederschwebten, schärfer umrissen hervor. M. Huber, der aus dem Salon ins Freie trat, rieb sich die Hände vor Befriedigung. Heute mußten viele Ausflugsgäste zum Essen und zum Tee einkehren. Aber im Augenblick war alles ruhig. Niemand sprach. Nur hin und wieder machte eine fallende Kastanie ein kleines Geräusch.

Der Mann in Grau, der heute etwas Helleres und noch Eleganteres trug und, wie Edith mit Entzücken sah, einen Panamahut in der Hand hielt, kam in den Garten hinaus und schaute sich um. Als er die Frau mit dem Hund entdeckte, ging er zu ihr hinüber, beugte sich über ihren hingestreckten Körper und fragte sie offensichtlich scherzend etwas: Ein matt erhobener sehr weißer Arm und ein langer, schlaff dargebotener Handrücken waren die Antwort. Er nickte zu Edith und auch zu Mme. de Bonneuil herüber und machte sich dann auf seinen Weg. Wieder war sein verstohlendes Lächeln zu sehen.

Als er um die Ecke bog, setzte sich die große Frau mit einem Ruck auf, lehnte sich in Ediths Richtung und flüsterte dringlich: »Hören Sie! Hören Sie! Entschuldigung, ich weiß Ihren Namen nicht. Würden Sie ein Engel sein und herkommen und sich zu mir setzen? Ich will nicht, daß dieser Mann heute noch einmal in meine Nähe kommt, und ich kann ihn nicht einfach wegschicken, ohne eine Szene zu machen, wozu ich übrigens fast Lust hätte, das dürfen Sie mir glauben.«

Gehorsam und mit nur ganz leisem Bedauern klappte Edith ihr Buch zu, ging die Terrasse hinunter und ließ sich auf einem kleinen Stuhl am Kopfende der Liege nieder. Wirklich ein schöner, friedlicher Tag, dachte sie. Na gut, wenigstens hat sie den Hund nicht bei sich.

»Monica«, sagte die Frau und streckte ihr die schmale, knochenlose Hand hin.

»Edith«, sagte Edith und schüttelte sie vorsichtig. Ich lasse mich besser nicht allzu weit ein, sagte sie sich.

»Ich habe mich schon gefragt, wer Sie sind«, meinte Monica. »Ich hätte gern mit Ihnen gesprochen, aber Sie waren ja immer mit Mama Pusey zusammen, und ich kann schon den Anblick dieser Frau nicht ertragen.«

»Wo ist sie?« fragte Edith und wünschte, die andere würde ihre Stimme dämpfen. Sie erwartete halb und halb, daß Mrs. Pusey plötzlich auftauchen würde, in Weiß gekleidet, mystisch und wunderbar, um ihre Begriffe von Ordnung und Rang wieder zurechtzubiegen und die legitimen Zerstreuungen des Tags einzuleiten.

»Keine Ahnung. Jedenfalls kann sie heute nicht auf Unterhosenkauf gegangen sein. Pardon, ich meine natürlich *Lingerie.*« Sie sprach das Wort mit übertriebenem französischem Akzent aus. »Obwohl ich sie für durchaus imstande halte, jemanden aufzuwecken und sich den Laden öffnen zu lassen, bloß weil sie noch ein paar tausend übrige Francs bei sich hat.«

»Sie scheint eine Menge Geld zu haben«, murmelte Edith in neutralem Ton, wie sie hoffte. So müssen sich Bediente fühlen, überlegte sie, wenn sie in der Küche unten klatschen.

»Einen Haufen«, sagte die andere. »Handel, natürlich. Daddyschatz hat ihnen einen Sackvoll hinterlassen. Wein«, fügte sie hinzu und befriedigte so Ediths Neugier. »Er war Sherry-Importeur. Und das Lustige dabei ist, daß das alte Mädchen Sherry nicht riechen kann. Sie mag nur Champagner. Na ja, wer eigentlich nicht?«

Edith, die sich an den letzten Anlaß erinnerte, bei dem sie Champagner getrunken hatte, schauderte.

»Was nicht in Ordnung?« fragte Monica.

Ich bin müde, dachte Edith. Ich muß vorsichtig sein. Ich werde doch jetzt nicht dieser trägen Luxusfrau, die ich sowieso nur langweilen würde, mein Herz ausschütten. Leichte Konversation, nur das wird von mir verlangt.

»Alles bestens«, sagte sie. »Aber wo ist Kiki?«

Monicas Gesicht verzog sich. »In Ungnade. Im Badezimmer eingeschlossen. Aber man kann von einem kleinen Hund doch nicht verlangen, daß er sich so gut benimmt, wie wenn er seine eigenen

Sachen um sich hätte. Und die Schweizer hassen Hunde. Da stimmt was nicht bei ihnen, wenn Sie mich fragen.«

»Sind Sie schon lange hier?« erkundigte sich Edith.

»Eine Ewigkeit«, seufzte Monica. »Aus gesundheitlichen Gründen.«

»O, das tut mir leid. Waren Sie krank?«

»Nein«, erwiderte die andere. »Schauen Sie, sollen wir eine Tasse Kaffee trinken, ja?« Mit herrscherlicher Gebärde winkte sie einen schattenhaften Kellner heran. »Es ist so nett, jemanden zu haben, mit dem man reden kann«, sagte sie. Sie schien in Sekundenschnelle eine lange verlorene Lebhaftigkeit zurückzugewinnen, und als der Kaffee kam, schenkte sie schwungvoll und achtlos ein, obwohl sie dann nur einen kleinen Schluck aus ihrer Tasse trank und sich fast sofort mit einem Feuerzeug, aus dem eine zwei Zoll hohe Flamme schoß, eine ungeheuer lange Zigarette anzündete. Alles an ihr schien übertrieben: ihre Größe, die Länge ihrer außergewöhnlichen Finger, ihre tragende Stimme, die riesigen, austernfarbenen Augen, die heute, wie Edith hinter ihren dunklen Brillengläsern sehen konnte, leicht gerötet waren. Ein Zusammenbruch, entschied sie. Oder ein tragischer Todesfall. Gib acht, was du sagst!

Monica wies mit dem Kinn auf die Zigarette. »Verboten, natürlich. Strikte Vorschriften. Zur Hölle damit.« Sie inhalierte, als wollte sie mehrere Meter tief tauchen. Nach ein paar Sekunden flatterten zwei Rauchfähnchen aus ihren vollkommenen Nüstern. Vielleicht ein Schatten auf der

Lunge, korrigierte Edith ihre Vermutungen. Und wie schön sie ist! Noch schöner, als ich zuerst dachte.

Das Geräusch von Rädern auf dem Kies ließ sie die Köpfe drehen. Mme. de Bonneuil rappelte sich mit einem Lächeln auf den Falten ihres Bulldoggengesichts aus ihrem Stuhl hoch. Eine Autotür knallte, und ein Mann marschierte munter in den Garten, hinter ihm eine Frau in einem roten Kleid, die mit ihren hochhackigen Sandalen in den Rasen einsank. *»Eh bien, maman«,* rief der Mann, künstlich fröhlich. Küsse wurden ausgetauscht.

»Die arme alte Flunder«, sagte Monica in kaum leiserem Ton. »Sie lebt nur für diesen Sohn. Sie würde alles für ihn tun. Und er kommt sie einmal im Monat besuchen, fährt sie im Auto rum, bringt sie zurück und vergißt sie.«

»Warum ist sie hier?« fragte Edith.

Monica zuckte die Achseln. »Es ist seine Idee. Er hält ihre Manieren für zu bäurisch, um ihr zu gestatten, unter demselben Dach zu leben wie seine schreckliche Frau, die übrigens Friseuse war, bevor sie sich ihren ersten Mann angelte. Der hier ist ihr zweiter. Mme. de Bonneuil hatte ein schönes Haus in der Nähe der französischen Grenze; es ist außerdem eine ganz gute Familie. Natürlich wollte die Schwiegertochter das Haus für sich. Deswegen mußte das alte Mädchen gehen. Sie kann natürlich die Frau nicht ausstehen. Sie verachtet sie; Recht hat sie. Sie lebt hier, weil sie den Sohn nicht unglücklich sehen will.«

»Woher wissen Sie das alles?« fragte Edith verwundert und beeindruckt.

»Sie hat es mir erzählt«, sagte Monica, den Rauch der nächsten Zigarette inhalierend.

»Ich habe sie noch kein einziges Wort sagen hören«, meinte Edith nachdenklich.

»Na ja, es ist schwierig für sie.« Auf Ediths fragenden Blick hin erklärte Monica: »Sie ist nämlich stocktaub. Was für ein Leben!«

Sie beobachteten, wie der Mann und seine Frau Mme. de Bonneuil hinten in den Wagen verfrachteten. Ein unerfreuliches Paar, dachte Edith. Der Mann war stämmig gebaut, dunkelhäutig, mit Sonnenbrille. Er sah aus wie ein Croupier, der bis zum Anbruch der Nacht dienstfrei hat. Die Frau war viel jünger, schwarzhaarig, sie wirkte sinnlich und teuer. Sie wird noch einmal heiraten, dachte Edith, als das Auto wegfuhr. Dann kann Mme. de Bonneuil vielleicht wieder nach Hause. Aber es schien unwahrscheinlich.

Monica, überlegte sie später, als sie das Seeufer entlangschlenderten, weiß viel mehr als ich; es ist richtig, daß sie einer Sphinx gleicht. Der Vormittag in ihrer Gesellschaft war recht angenehm verlaufen. Aber sie wunderte sich darüber, daß Monica unbedingt ins Café gehen und noch einmal Kaffee trinken und Kuchen essen wollte. »Es ist doch fast Mittagessenszeit«, protestierte sie. Eine schiefe Grimasse verzerrte einen Augenblick lang Monicas Gesicht. »Ach, kommen Sie doch«, bat sie. »Es ist Sonntag. Und ich kann diesen schrecklichen Fisch nicht mehr sehen.«

Als sie Monica zusah, wie sie entschlossen ihre Gabel in ein Eclair senkte, machte sich Edith voller Demut bewußt, daß sie keine gute Menschenkennerin war. Sie konnte einen Charakter erfinden, aber die im wirklichen Leben konnte sie nicht entziffern. Für das Leben brauchte sie jemanden, der es ihr erklärte. Und diese Frau war sehr nett, wirklich sehr nett. Obwohl sie auch Mißbilligung hervorrief, wie sie sehen konnte. M. Huber hatte abfällig das Gesicht verzogen, als er sie mit Edith im Schlepptau in Richtung Café steuern sah.

»Wer mir rätselhaft bleibt«, sagte Edith schamlos, als Monica sich zurücklehnte und gierig den Rauch ihrer nächsten Zigarette einsog, »ist Jennifer.«

Monicas schöne ovale Augen wurden ausdruckslos. »Jennifer«, wiederholte sie. Und nach einer Pause: »Jennifer, das können Sie mir glauben, ist absolut geradeheraus.«

Edith sah auf ihrer Uhr, daß es fast eins war, und sagte fest: »Wir müssen gehen.« Monicas Gesicht verfinsterte sich zu ihrem gewohnten eigensinnigen Schmollen. Kein Theater, bitte, dachte Edith. »Kommen Sie«, forderte sie Monica auf und streckte ihre Hand aus, als die andere mit hochgezogenen Schultern unbeweglich sitzen blieb. »Sie sind viel schöner, wenn Sie lächeln. Und das Wetter ist so herrlich. Wollen Sie nicht mit mir zurückgehen?« Langsam, widerstrebend ließ sich Monica zur Tür führen, ein kleines Lächeln wollte sich nicht ganz durchsetzen. Da steckt ein Geheimnis dahinter, dachte Edith.

Als sie zum Hotel du Lac zurückkamen, fanden sie Mrs. Pusey und Jennifer in Gesellschaft des Unbekannten mit dem Panamahut auf der Terrasse sitzen. Eine Flasche Champagner lehnte in einem Kübel auf dem Tisch.

»Da ist sie ja«, rief Mrs. Pusey mit melodischer Stimme. »Kommen Sie und setzen Sie sich zu uns, Liebste. Wir haben schon nach Ihnen Ausschau gehalten.« Sie ignorierte Monica, die ihre Lippen aufwarf, die Sonnenbrille aufsetzte und sich verächtlich auf ihre Liege schwang.

Edith ärgerte sich wegen dieses Betragens ihrer neuen Freundin gegenüber und zögerte, wurde aber durch das Erscheinen von Servietten tragenden Kellnern in den Eingängen erlöst. Mrs. Pusey (die tatsächlich in Weiß war) sah sie und begann, sich auf das Aufstehen zu konzentrieren. Der Mann mit dem Panama hatte ihr den Arm geboten, und mit Jennifer, die ihrer Mutter die Jacke brachte, setzten sie sich in Richtung Speisesaal in Bewegung.

»Kommen Sie, Monica«, drängte Edith. Aber Monica zog die Mundwinkel hinunter, hob wieder eine schlaffe Hand und schlief demonstrativ ein.

Der Nachmittag blieb golden und mild. Die Schönheit dieses vollkommenen Tages brachte sie alle auf die Terrasse zurück, wo Edith, der Monica ein steinernes Profil und festgeschlossene Augen zeigte, sich den Puseys und dem Mann mit dem Panama anschloß, der ihr als Mr. Neville vorgestellt wurde. Eine Stunde verstrich in Stille, denn Mr. Neville hatte aus unbekannter Quelle englische Sonntagszeitungen besorgt und sie freundlich reihum geliehen. Doch nachdem Mrs. Pusey zerstreut die farbigen Magazinbeilagen durchgeblättert hatte, seufzte sie und sagte: »Was für eine häßliche Welt. Gier und Sensationen und billiger Sex. Geschmacklosigkeiten, nichts als Geschmacklosigkeiten . Lauf schnell nach oben und bring mir ein Buch, ja, Liebling?«

»Ja«, fuhr sie fort, als Edith und Mr. Neville sich höflich, aber hartnäckig bemühten, diese Unterbrechung nicht zu beachten. »Ich fürchte, ich bin ein romantischer Mensch.« Sie lächelte, als nach dieser Verkündigung der *Observer*, die *Sunday Times*, der *Sunday Telegraph* widerstrebend auf den Tisch niedersanken. »Sehen Sie, ich wurde dazu erzogen, an die richtigen Werte zu glauben.« Los geht's, dachte Edith und schluckte ein kleines Gähnen hinunter. »Liebe bedeutet für mich Ehe«, sprach Mrs. Pusey weiter. »Romantische Liebe und Verehrung gehören zueinander. Eine Frau muß einen Mann dazu bringen können, daß er sie anbetet.« Mr. Neville bekundete durch ein Nicken, daß er höflich diese Ansicht in Betracht zog. »Nun, vielleicht habe ich besonderes Glück gehabt«, setzte Mrs. Pusey mit einem kleinen Lachen hinzu; sie senkte den Blick und zupfte die Schleife ihrer Seidenbluse zurecht. »Mein Mann hat mich vergöttert. Danke, Liebes«, sagte sie, als Jennifer ihr ein broschiertes Buch mit einem ins Auge fallenden Jugendstil-Profil auf dem Einband überreichte. »Das ist eine Geschichte, wie sie mir gefällt«, fuhr sie fort. Sie konnte selbst beim Lesen noch reden, bemerkte Edith.

»Sonne um Mitternacht«, las Mr. Neville laut und feierlich. »Von Vanessa Wilde. Die Autorin war mir bis jetzt nicht bekannt«, sagte er zu Edith und

beobachtete sie von der Seite, wie sie weit auf den See hinausblickte.

»Ich finde allerdings nicht, daß es eine ihrer besten ist«, meinte Mrs. Pusey.

Edith verspürte einen Stich im Autorenherzen. Dabei war ich gerade mit dieser hier sehr zufrieden, dachte sie. David war in den Sommerferien, erinnerte sie sich, lag irgendwo schlechtgelaunt mit seiner Frau an einem griechischen Strand. Ich stellte mir vor, er hätte riesigen Spaß, und schrieb zehn Stunden am Tag, um nicht mehr an ihn denken zu müssen. Ich war ziemlich stolz auf mich. Das ist jetzt drei Jahre her, schon drei Jahre.

Als sie bleich wurde und ihre Augen sich in der Erinnerung verschleierten (»Du brauchst eine Brille«, Edith, sagte Penelope in solchen Augenblicken), beugte sich Mr. Neville vor.

»Wenn ich für diese Damen Tee bestellt habe«, sagte er, »würden Sie dann wohl gern ein bißchen spazierengehen? Das Wetter ist zu herrlich, um es nicht zu nutzen. Es ist vielleicht der letzte schöne Tag.« Edith zögerte. »Ja, gehen Sie doch, Liebste«, sagte Mrs. Pusey mit ferner Stimme, als wollte sie zeigen, wie sehr sie in ihr Buch vertieft war.

Ein voller Tag, dachte Edith, dankbar für das Schweigen ihres Begleiters, als sie langsam hinter dem Städtchen das Seeufer entlang wanderten. Die düstere, harte Silhouette der Burg ragte wie ein Gegengewicht zu der glitzernden Wasseroberfläche auf einer Landzunge in den See hinein, als wollte sie den Weg versperren. Bald würde sie die Sonne verdecken, und ihr massiver Umriß würde noch dunkler werden und auf sie zuzurücken scheinen. Unwillkürlich machten sie halt, sie hatten keine Lust, diese rituelle Sonnenfinsternis zu beobachten. Sie gingen zum Geländer und lehnten sich darüber. Der Tag verlor jetzt ganz langsam seine Farben, das Himmelsblau verblaßte zu dem neutralen Weiß, das das Ende des Nachmittags bedeutet. Unversehens überkam Edith die Traurigkeit, die mit dem Einbruch des Abends einhergeht. Ihr Begleiter sah sie an. »Sollen wir uns einen Augenblick setzen?« schlug er vor und führte sie zu einer Steinbank. Er kreuzte seine eleganten Knöchel und bat um die Erlaubnis, sich eine kleine Zigarre anzünden zu dürfen.

»Nun, Mrs. Woolf«, sagte er, »ich glaube nicht, daß wir uns richtig vorgestellt worden sind. Philip Neville«, fügte er hinzu.

Edith richtete einen forschenden Blick auf ihn und wurde sich zum erstenmal seiner Person oberhalb der Knöchel außer dem Profil, das er ihr gewöhnlich zeigte, wenn er Mrs. Pusey zuhörte, gewahr.

»Oder darf ich Sie Vanessa Wilde nennen?« fuhr er fort.

Zum erstenmal seit Wochen lachte Edith. Der so lange nicht mehr vernommene Ton überraschte sie. Als sie einmal angefangen hatte, konnte sie nicht mehr aufhören. Mr. Neville schaute mit erfreuter Miene ihrem Ausbruch zu. Schließlich fing er an mitzulachen und hatte immer noch sein Lächeln auf dem Gesicht, als Edith sich schließlich die Augen wischte.

»Das, wenn ich das sagen darf, war eine beträchtliche Verbesserung im Vergleich zu dem Gesicht, das Sie sonst machen.«

Edith sah ihn überrascht an. »Ich war mir nicht bewußt, daß sich irgend jemand für das Gesicht, das ich mache, interessiert«, sagte sie. »Ich dachte eher, ich würde nur als Zuhörerin gebraucht, wie eine Gliederpuppe für einen Maler; beide kann man wieder wegtun, wenn sie nicht länger nötig sind.«

»Und Sie halten sich für eine Gliederpuppe?«

»Nein. Die andern halten mich dafür.«

»Und man verlangt von Ihnen, daß Sie zu sehen, aber nicht zu hören sind?«

»Ich soll zuhören, nicht reden.«

»Für jemanden, der nicht redet, sprechen Sie aber Bände.«

»Ich war mir nicht bewußt...«

»Sie sind äußerst würdevoll. Ich meine nicht, daß Sie Gesichter schneiden. Ich kann mir nicht vorstellen, daß Sie so etwas überhaupt tun.«

»Seien Sie sich dessen nicht zu sicher«, sagte Edith, plötzlich düster werdend.

»Nein, nein. Ich sehe Sie nicht als jemanden, der sich gehen läßt. Ich meine, wenn ich jünger und trendfreudiger wäre, würde ich wahrscheinlich sagen, ich könnte die Signifikanzen Ihres Diskurses dekodieren.«

Edith lächelte widerwillig.

»So ist es besser. Ich würde sagen, Sie langweilen sich ziemlich.«

Die Einfachheit, fast Freundlichkeit dieser Bemerkung ließ ihr die Röte in die Wangen steigen. Sie atmete tief ein und nickte mit glänzenden Augen.

»Sehen Sie«, sagte er. »Sehen Sie. Ich schlage also vor, daß wir demnächst einmal ausgehen. Kennen Sie die Berge hier im Süden?«

Sie schüttelte den Kopf.

»Weinland«, sagte er. »Und es gibt ein paar sehr gute Restaurants. Ich rufe Sie an, wenn ich darf.«

Sie gingen zum Hotel zurück. Auf der Terrasse brachen Mrs. Pusey und Jennifer gerade auf. Unverbindliches Nicken wurde ausgetauscht. Von Monica war nichts zu sehen. Mit jetzt ängstlich gewordenem Lächeln saß Mme. de Bonneuil da, während ihr Sohn und ihre Schwiegertochter mit lauten Stimmen, die sie nicht hören konnte, eigene Angelegenheiten besprachen. Schließlich stand ihr Sohn auf eine energische Kopfbewegung und ein *»On s'en va?«* seiner Frau hin munter auf und schickte sich zum Gehen an. Seine Frau hielt ihrer Schwiegermutter die Wange hin und trippelte zum Wagen. Mme. de Bonneuil versuchte, ihren Sohn noch einen Augenblick zurückzuhalten, doch die Autohupe ertönte, und er schrie *»J'arrive«* und küßte seine Mutter geräuschvoll auf beide Backen. Mme. de Bonneuil blieb auf der Terrasse stehen und schaute in die Richtung, in der ihr Sohn verschwunden war, bis die Stille, in der sie ihre Tage verbrachte, selbst für Edith und Mr. Neville fühlbar wurde.

Diesen Abend beim Essen an ihrem einsamen Tisch spürte Edith, daß sie von Zeit zu Zeit immer noch lächelte. Sie trank ihren Kaffee mit den Puseys und entschuldigte sich früh. Sie war wirklich angenehm müde und ein wenig zufriedener als sonst.

»Jennifer«, drängte Mrs. Pusey, »bitte doch diesen netten Mr. Neville, sich zu uns zu setzen. Er ist ganz allein, der arme Mann.«

Doch Mr. Neville konnte und würde für sich selbst sorgen, dachte Edith und ging lächelnd zur Tür hinaus.

Der Mond schien, bemerkte sie, als sie ihre dicken Vorhänge aufzog und auf ihren Balkon hinaustrat, und die Luft war wie Milch. Sie saß eine kleine Weile, von vielen Gedanken bewegt, draußen. Eine schöne Nacht war es, angenehm, ruhig. Ruhiger als die meisten. Sie fühlte sich wohl, und als sie schließlich hineinging und sich vor dem Spiegel das Haar bürstete, dachte sie, ich werde heute nacht besser schlafen.

Aber ein schriller Schrei vom Gang her und das Geräusch rennender Füße versetzten sie jäh in ein Bewußtsein von Gefahr. Sie lauschte, bewegungslos, alte Ängste wachten wieder auf. Stille ... Als sie vorsichtig ihre Tür öffnete, sah sie Licht aus der Suite der Puseys strömen und hörte Stimmen. Mein Gott, dachte sie. Ein Herzanfall. Und sie zwang sich zu dem Entschluß, ihre Hilfe anzubieten.

Es war Jennifers Tür, die offenstand, und Jennifer selbst hockte lachend und stöhnend mit angezogenen Beinen auf ihrem Bett. Die Träger ihres Satinnachthemds waren ihr von den runden Schultern geglitten. Ihre Mutter, in einem blaßrosa Seidenkimono, stand in der Tür, die Hand auf den Mund gepreßt. In der Ecke kauerte Mr. Neville und fummelte mit einer Zeitung herum, dann ging er zum Fenster und warf etwas hinaus.

»So, jetzt können Sie ruhig sein«, sagte er. »Es sind keine Spinnen mehr da.«

Und er blickte kurz zu Edith herüber.

Mrs. Pusey trat auf ihn zu und legte eine Hand auf seinen Arm.

»Wie können wir Ihnen nur danken?« hauchte sie. »Sie hatte schon immer solch entsetzliche Angst vor Spinnen, schon als sie noch ganz klein war.«

Aber jetzt war sie nicht mehr ganz klein, überlegte Edith, die gerade einen ganz neuen Eindruck von Jennifer gewonnen hatte. Eine Odaliske, dachte sie. Und das Nachthemd hatte eine ganze Menge sehr erwachsenes Fleisch enthüllt.

Auf dem Korridor winkte sie Mr. Neville Gute Nacht. Er hatte wieder einmal sein verstohlenes Lächeln aufgesetzt.

Später in dieser Nacht stimmte Kiki, der von seiner langen Rekonvaleszenz erwacht war und Hunger hatte, ein Gewinsel an, das bis zum Morgengrauen dauerte. Als Edith endlich in den Schlaf hinüberglitt, war ihr, als höre sie eine Tür gehen.

☆☆☆☆☆☆☆☆☆☆☆☆☆☆☆☆☆☆☆☆☆

6

»Liebster David,

mein Inkognito ist gelüftet, doch davon später.

Es tut mir leid, daß ich die letzten beiden Tage nicht geschrieben habe, aber die Wüste des Hotel du Lac steht auf einmal im Flor seltsamer neuer Beziehungen. Ich fürchte, Mrs. Pusey und Jennifer können nicht länger auf mich als Zuhörerin für ihre Einkaufssagas zählen (immer ein Triumph: das Beste, das Feinste, was auch immer es sein mag), denn ich gehe jetzt selbst auf Einkaufsbummel. Zu dieser ungewohnten Aktivität hat mich meine neue Freundin Monica (Lady X) angespornt; sie ist nämlich selig, einen Vorwand zu haben, um in einem Mietwagen in irgendeinen kleinen Ort, den sie kennt, flitzen zu können und mich mit Sachen zu behängen, die weit mehr nach ihrem Geschmack sind als nach meinem. Ich denke in der Tat manchmal, daß sie und Mrs. Pusey viel mehr miteinander gemeinsam haben als jede von ihnen mit mir, aber aus irgendeinem Grund stehen sie nicht gut miteinander und benützen mich als Pufferstaat. Ich bin einer gewissen Balkanisierung unterworfen. Ich kann nicht sagen, daß das alles mich tief beschäftigt, aber ich habe ein sehr schönes blaues Seidenkleid gekauft und denke, es wird Dir gefallen. Monica sagt, ich sähe um Jahre jünger darin aus. Ich will lieber nicht daran denken, wie ich ausgesehen haben muß, als ich hier ankam.

Monica selbst ist eine anregende, wenn auch anspruchsvolle Gesellschaft. Und ich habe herausgefunden, warum sie hier ist. Monica hat nämlich, was höflich als Eßprobleme bezeichnet wird: jedenfalls bezeichnet sie es so. Man liest ja immer wieder in Zeitschriften Artikel darüber. In der Praxis bedeutet es, daß sie im Speisesaal ekelhaft in ihrem Essen herummanscht, vor Mißmut fast die Haltung verliert und schließlich das meiste zu Kiki hinunterschmuggelt, der auf ihrem Schoß sitzt. Zwischen den Mahlzeiten sieht man sie in einem Café beim Bahnhof Kuchen essen. Die Geschichte, die dahintersteckt, ist interessant. Ihr adeliger Gatte hat sie im dringenden Bedürfnis nach einem Erben mit der Auflage hierher verschickt, endlich in betriebsfähigen Zustand zu kommen. Sollte dies nicht klappen, wird Monica ihre Papiere abholen und das Feld räumen müssen, damit Sir John anderweitig disponieren kann. Natürlich ist sie sauer. Sie ißt Kuchen, wie andere auf Sauftour gehen. Aber sie ist sehr traurig, weil sie sich wirklich nach einem Kind sehnt, und ich glaube nicht, daß sie je eins bekommen wird. Sie ist so schön, so dünn, so überzüchtet. Ihr Becken ist schmal wie bei einem Windhund.

Unsere Spaziergänge sind bis jetzt nach einem

festen Muster verlaufen. Wir wandern durch die Stadt, wo sie verächtlich über die – zum Teil sehr teuren – Sachen in den kleinen Geschäften die Nase rümpft. Dann, wenn wir zu Hafenegger kommen, beschließt sie, daß sie dringend eine Tasse Kaffee trinken muß. Es ist, wie wenn man mit einem Kind aus ist; sie bleibt einfach stehen und weigert sich, einen Schritt weiter zu tun, und dann läuft Kiki los, und hinein geht's. Die Tasse Kaffee eskaliert zu mehreren Stück Kuchen, denn sie bemüht sich erst gar nicht, mir etwas vorzumachen. Sie sagt, in meiner Gesellschaft fühlt sie sich sicher (wer eigentlich nicht), und dann kommt wieder die Litanei von ihrem Dilemma. Sie haßt und fürchtet ihren Mann, aber nur, weil er sie nicht behütet hat, und sie sieht sich zu Einsamkeit und Verbannung verdammt. Darin ist sie hellsichtig. Ich kann sie mir in einigen Jahren als Frau mit einem Monatswechsel vorstellen, der dafür bezahlt wird, daß sie im Ausland lebt, in so einem Hotel, in verschiedenen Hotels du Lac, ihr schönes Gesicht hohlwangig und böse geworden, der Hund immer unter ihrem Arm. Ihre letzte Zuflucht wird ein erbarmungsloser Snobismus sein, der schon jetzt zu Tage tritt. Sie verachtet die Familie ihres Mannes als emporgekommene Eisenhändler (einer seiner Vorfahren soll zu Beginn des neunzehnten Jahrhunderts irgendein kleines, aber entscheidendes industrielles Gerät erfunden haben) und tut sich etwas auf ihre eigene, besonders untüchtige Sippe zugute. Sie ist, was Iris Pusey eine Mitgiftjägerin nennen würde. Aber es ist unwahrscheinlich, daß sie noch einmal etwas erjagen wird, und ihr edelgeschnittenes Gesicht wird traurig, wenn sie ihre Zukunftsaussichten betrachtet.

Natürlich nimmt das alles viel von der Zeit in Anspruch, die ich eigentlich meinem Buch widmen wollte, aber ich habe mir überlegt, daß ich ja ein wenig länger bleiben könnte. Das Wetter ist immer noch schön.

Und ich bekomme etwas Bewegung, was ich dringend brauchte. Ein Mann hier, ein gewisser Mr.Neville, der dem Porträt des Herzogs von Wellington, das vor einiger Zeit aus der National Gallery gestohlen wurde, ähnlich sieht, hat mich gestern auf einen langen Spaziergang mitgenommen...«

Edith legte den Füller hin, denn es wäre nicht anständig gewesen, weiterzuschreiben. Rohe, kleinliche Gedanken lauerten in den Winkeln ihres Gemüts und warteten nur darauf, die Oberhand zu gewinnen. Es war wirklich nicht nach ihrem Geschmack, sich so ausführlich mit dem Reden über Kleider oder der Berechnung des Einkommens oder der Chancen anderer Frauen zu beschäftigen: derartige Diskussionen waren ihr immer schal vorgekommen. Und doch wurde sie unweigerlich in solche Gespräche hineingezogen, und wenn sie auch keine aktive Rolle dabei spielte, ging sie doch nicht ganz fleckenlos daraus hervor. Monica, zum Beispiel. Mit Monica betrat sie eine traurige Welt streitsüchtiger Herausforderungen, des Höhnens, Spottens und Herabsetzens. Das ganze üble Geschäft der sexuellen Fallenstellerei wurde durch Monicas Weigerung, sich zu benehmen, wie es einer Ehefrau geziemt, aufgedeckt: aus reiner Anmaßung suchte sie den Stolz ihres Mannes zu verletzen, ihn so zu demütigen, daß er bei ihr blieb, oder falls nicht, seinen Ruf zu ruinieren. Und obwohl sie sich einfach treiben ließ, während er andere Interessen, andere Pläne verfolgte, wartete sie auf ihn, wie man auf einen Feind lauert; wenn sie sich wieder treffen würden, würde sie durch Beleidigungen und Beschimpfungen die Raserei wiedererwecken, die einmal zwischen ihnen gewesen war. Und bis er kam, gab sie sein Geld aus, verschwendete seine Zeit, brütete über ihrer Rache. Und wie die große Abenteurerin, die sie einmal gewesen war, brauchte sie eine weibliche Begleitung, eine sanfte, angenehme Folie, eine Frau, der sie sich anvertrauen konnte und deren Meinung sie nicht ernst zu nehmen brauchte.

Und für Mrs. Pusey, überlegte Edith, erfüllte sie dieselbe Funktion. Sie fing an, Mrs. Pusey und mit ihr Jennifer in einem erheblich härteren Licht zu sehen als zu Anfang. Mrs. Pusey hatte die Art Erfolg gehabt, der sich Monica höhnisch verweigerte: bourgeois, sinnenfroh, vorzeigbar. Mrs. Puseys Hinweis auf ihren Mann waren Edith immer weniger geheuer, vielleicht weil sie so offen nur Mrs. Puseys Narzißmus dienten: Mr. Pusey, der immer noch keinen Namen hatte, wäre auch ohne Beruf und Wohnort geblieben, wären diese nicht durch zufällige Indizien belegt gewesen. Sein Charakter, seine Vorlieben und Abneigungen, selbst sein Aussehen waren in einen Schleier des Geheimnisses gehüllt. Es blieb immer noch dunkel und undatiert, wie er aus dem Leben geschieden war, aber Edith hatte inzwischen diese Enthüllung fürchten gelernt, weil sie wußte, wieviel Trost- und Sympathiebezeugungen dann von ihr verlangt werden würden. Ich habe auch eine Vergangenheit, dachte sie mit einer ihr sonst nicht eigenen plötzlichen Empörung. Ich habe auch meine Toten und meine Trennungen, und einige sind noch ganz frisch. Aber ich habe gelernt, sie zu verdecken und zu verbergen. Meine Wunden vorzuzeigen, hieße für mich Gefühlsduselei, derer ich mich später schämen müßte.

Doch nicht so sehr der seelenruhige Exhibitionismus störte Edith an Mrs. Pusey, als vielmehr eine gewisse Geilheit, die sie ab und zu durchblikken ließ. Mrs. Puseys Bereitschaft zum Kokettieren, selbst wenn kein Mensch da war, mit dem sie hätte flirten können, war für Edith irgendwie beunruhigend, obwohl es mit solcher Hemmungslosigkeit geschah, daß es hätte harmlos scheinen müssen. Bei den seltenen Gelegenheiten, wenn Mrs. Pusey einmal allein dasaß, hatte Edith sie bei allen möglichen Listen, die Aufmerksamkeit auf sie lenken sollten, beobachtet. Immer schuf sie irgendeinen kleinen Vorwand, der es ihr erlaubte, Geschäftigkeit zu entfalten, so daß ihr unweigerlich jemand zu Hilfe eilen mußte. Sie gab so lange keine Ruhe, bis sie der Zuwendung der Person, die sie im Augenlick brauchen konnte, sicher war. Und der Kult, den sie mit sich und ihren körperlichen Reizen trieb, die sie so bedenkenlos wie unschuldig in den Vordergrund rückte, war das bei einer Frau ihres Alters nicht fast abstoßend? Diese Entschlossenheit, nie das Feld zu räumen, nicht einmal für Jennifer, die im Vergleich zu den leuchtenden Augen ihrer Mutter, dem hocherhobenen Haupt, dem leidenschaftlichen Interesse, was sie als nächstes anziehen sollte, ganz überschattet und passiv wirkte. Und diese schon ziemlich gewagten, exotischen Deshabillés, auf die Edith in ihrem Schlafzimmer einen Blick hatte werfen dürfen, konnte man die lachend als eine harmlose Schwäche, als Spielerei einer Frau, die sich gern schmückte, abtun? Was sie ja sicher, ganz zweifellos, waren. Edith spürte alte Vorurteile in sich aufsteigen, als sie so nachdachte. Ihre Mutter, die Wienerin Rosa, hätte keinerlei Zweifel gehabt. Sie hätte Mrs. Pusey einmal scharf angeschaut und ihr hartes Lachen gelacht; sie hätte auf einen Blick das Temperament erkannt, das sie an einer Frau am meisten bewunderte. Wie oft hatte sie mit ihrer Schwester und ihrer Kusine in den alten Tagen das Thema beredet, wenn sie, kaum außer Hörweite ihrer Mutter und Tante, ihre Eroberungen und Rivalinnen besprachen. *Très portée sur la chose,* hätten sie übereinstimmend in ihrem scheußlichen Französisch, das sie als Geheimsprache benützten, festgestellt. Und Rosa hätte die Lippen aufgeworfen, nicht aus Verachtung, sondern aus rachsüchtiger Reue über ihr eigenes vergeudetes Leben, das doch voller Liebhaber und Verwicklungen hätte sein müssen und dafür von einem immer stummer werdenden Ehemann und einem stillen Kind in Beschlag genommen worden war.

Und Mrs. Pusey haßte Monica, in der sie beides, Opposition und Mißerfolg, spürte. Für Mrs. Pusey war Monica nicht nur eine Mitgiftjägerin, sondern die Art Frau, mit der sie freiwillig nie verkehren würde. Die Höhen spöttischer Distinktion, die Monica so mühelos erreichte, wurden von Mrs. Pusey als »Fassade« abgetan. Sie sagte nicht, was hinter der Fassade lag, aber sie ließ durchblicken, daß sie es wußte.

Es war der Umgang mit dem eigenen Geschlecht, überlegte Edith, der viele Frauen in die Ehe trieb. So war es bei ihr gewesen. Die Sanftheit ihres geneigten Kopfes hatte die Vertraulichkeiten, mit denen Penelope Milne sie täglich zu beglücken suchte, nicht abzuwenden vermocht und, noch schlimmer, auch die Fragen nicht, die Penelope sich ihr zu stellen erlaubte. Gelassen widmete sich Edith ihrem Garten und ihrem Schreiben, zeigte sich gegenüber Mitleid, Sympathie und Neugier verschlossen, schwieg still und sehnte sich nach David.

Sie hielten sie für eine alte Jungfer oder zumindest für eine männerlose Frau. Lebenslustige Junggesellinnen ihrer Bekanntschaft drehten in Verzweiflung die Augen zum Himmel, wenn sie antwortete, nein, es gebe niemanden in ihrem Leben, und kamen nie darauf, daß sie log. Sie log gut, unauffällig: manchmal dachte sie, daß die lange Zeit, die sie auf das Aushecken ihrer Romanhandlungen verwendet hatte, sie auf dieses schließlich Wirklichkeit gewordene Abenteuer vorbereitet habe, die erzählte Geschichte zum Leben erwacht sei. David, wußte sie, log nicht so gut, ja, machte sogar bei einer dieser gefährlichen Auseinandersetzungen mit seiner Frau Andeutungen, daß er sich ja anderweitig umtun könne.

Seine Frau lachte höhnisch, sie wußte, wie viele Verantwortungen auf ihm lasteten – Häuser, Kinder, berufliche Position –, die er nicht abschütteln konnte. Seine Freunde waren ihm gegenüber nachsichtig: er war ein attraktiver Mann, und sie gestanden ihm die Freiheit zu, sich ein bißchen zu amüsieren. Aber sie hatten ihn mit einer Reihe kecker junger Sekretärinnen im Verdacht oder mit den Ehefrauen anderer Männer. Auf sie kamen sie nicht.

Sie kannte seine Frau natürlich, richtete es aber so ein, sie nie sehen zu müssen. Von Natur aus zurückgezogen, wie sie war, fand sie es nicht überraschend, daß man sie ihrem Schicksal überließ. Einmal war sie zu einer Einladung zum Abendessen gegangen – sie hatte sich dazu gezwungen, weil sie es für eine gesellschaftliche Pflicht hielt –, ohne zu wissen, daß Priscilla kommen sollte. Aber schon vor dem Wohnzimmer hatte sie ihr triumphierendes Lachen gehört und in diesem Augenblick der Verwirrung nicht gewußt, ob es größeren Mut kosten würde, wieder zu gehen oder dazubleiben. Ihre Schritte trugen sie ohne ihr Zutun weiter, und sie fand sich mit einem Glas in der Hand dasitzend und allem Anschein nach völlig normal wirkend wieder. Sie benahm sich gut, ganz so, wie sie wußte, daß es von ihr erwartet wurde: ruhig, höflich, zurückhaltend. Während sie zu ihrer Linken einem netten Mann mittleren Alters zuhörte (und ihre Gastgeberin sie mit erfreuter Besitzermiene beobachtete), schaute sie über den Tisch und sah seine Frau mit hochgeröteten Wangen eine Menge trinken und rechthaberische Reden führen. Sexy, dachte sie schmerzlich. Aber trotzdem unzufrieden. Ihr Nachbar hielt ihr ein Feuerzeug für die Zigarette, die sie genommen hatte, hin, und sie wandte sich ihm mit ihrem gewohnten ernsten Lächeln zu. Später, als der Abend allmählich zu Ende ging, sah sie, daß David einen Arm auf die Lehne des Stuhls seiner Frau gelegt hatte und sie mit nun schwimmenden Augen und ganz rosigem Gesicht still geworden war. Sie sah, daß sie diese Nacht miteinander schlafen würden, und stand ziemlich unvermittelt auf und dankte ihrer Gastgeberin für den reizenden Abend.

»Aber Teuerste, müssen Sie schon gehen? Es ist doch noch ganz früh.«

»Sie müssen mich entschuldigen«, sagte sie. »Ich möchte gern noch etwas fertig machen ...«

»Arme Edith! Sogar Nachtarbeit. Aber Ihre Bücher sind so schön. Wir sind hier alle begeisterte Leser von Ihnen, Teuerste. Aber wie kommen Sie denn jetzt nach Hause?«

Ihr Tischnachbar bot ihr an, sie zu fahren, und sie gingen zusammen weg. Auf der Rückfahrt von Chesham Place war sie ziemlich still. Der Mann, der ihr als Geoffrey Long vorgestellt worden war, schwieg auch, aber sie empfand seine Gegenwart irgendwie als freundlich und tröstlich. Sie bat ihn dann, nicht auszusteigen, aber er solle doch einmal an einem Abend vorbeikommen und ein Glas bei ihr trinken, tauschte mit ihm Telefonnummern aus und winkte ihm zum Abschied aus ihrem winzigen Vorgarten nach. Dann riß sie einen Lavendelzweig ab, zerdrückte ihn zwischen den

Fingern und sog den aromatischen Duft ein. Und schließlich ging sie ins Haus. O David, David, dachte sie.

Sie wußte, daß er ein Mann war, der sich nichts versagen konnte. Und daß sie dieser Nachsicht mit sich selbst ihre Rolle verdankte. Daß sie das nicht vergessen durfte.

Als sie am nächsten Morgen ihre Gastgeberin anrief, erfuhr sie, daß der Abend nach ihrem Weggehen noch ziemlich ausgeartet war. Jedenfalls wurde ihr das angedeutet. »Priscilla kann schon ganz schön ausfallend werden. Der arme David hat es manchmal schwer mit ihr. Aber sie hängen natürlich doch sehr aneinander.« Sie stellte sich Szenen vor, Wutausbrüche, Beschimpfungen. Aber ihre Gastgeberin sagte jetzt: »Ich freue mich so, daß Sie sich so gut mit Geoffrey verstanden haben. Es geht ihm nicht besonders, seit seine Mutter gestorben ist. Ihr müßt sehr bald mal beide wiederkommen.« Doch sie dachte, sie würde bestimmt nicht wieder dahin gehen, und entschlossen, Geoffrey diesen fähigen Kupplerinnenhänden allein zu überlassen, sagte sie, sie müsse jetzt von der Bildfläche verschwinden, bis ihr Buch fertig sei, aber sie würde sich freuen, wenn ihre Gastgeberin einmal zum Tee vorbeikäme. Der Garten sei jetzt so schön.

Das war vor vier Jahren gewesen. Und die unangenehme Erinnerung an David von diesem Abend war fast sofort danach ausgelöscht worden, als Penelope, die gern ihre Truppen sammelte, ob die sich nun dieser Funktion bewußt waren oder nicht, Edith zu einer Auktion zu Simmonds mitnahm. Sie hatten David mit seinem Lagerhausverwalter, Stanley, angetroffen: in Hemdsärmeln saßen die beiden in stiller Harmonie auf Kisten und hatten auf einer dritten Kiste zwei Teebecher und einen Teller mit schreiend bunt gefärbten Konfitürentörtchen stehen. Als er auf die Füße sprang, zeigte David Penelope, die ihn mit bitteren Vorwürfen überschüttete, ein lächelndes, aufmerksames Gesicht, hinter dem er, wie Edith wußte, an ganz etwas anderes dachte. Edith hatte beobachtet, wie Penelope kleidsam errötete, aber zu viel sprach, als seine Augen auf ihr ruhten. »Halb drei, David«, hatte Stanley gemahnt. Und als Penelope sich abwandte, um ein paar wohlwollende Worte mit Stanley zu sprechen, zwang sich Edith, keine Miene zu verziehen, als David, der gerade in sein Jackett schlüpfte, ihre Aufmerksamkeit auf sich lenkte und kaum merklich ein Auge zukniff. So hatten sie sich wortlos auf ein dringendes Wiedersehen geeinigt.

Als sie ihn ein paar Minuten später sah, war er ganz Geschäftsmann. In Stuhlreihen zusammengedrängt und in kindlichen Gehorsam zurückversetzt, schauten sie wie zu einem Lehrerpult empor. Auf der Tribüne kündigte David mit dem Hammer in der Hand an: »Posten fünf. *Die Zeit enthüllt die Wahrheit.* Francesco Furini zugeschrieben. Was wird geboten?«

In ihrem kalbfleischfarbenen Zimmer im Hotel du Lac saß Edith mit den Händen im Schoß da und fragte sich, was sie dort eigentlich tat. Und dann erinnerte sie sich und zitterte. Und dachte voller Scham an ihre kleinen Ungerechtigkeiten, an ihre unwürdigen Gedanken gegenüber diesen vortrefflichen Frauen, die ihr Freundinnen gewesen waren und denen sie nichts enthüllt hatte. Ich bin den Frauen gegenüber zu herzlos gewesen, dachte sie, weil ich sie besser verstehe als die Männer. Ich weiß, wie wachsam sie sind, wie geduldig, wie sehr sie es nötig haben, sich als erfolgreich hinzustellen. Sie dürfen nie einen Mißerfolg zugeben. Ich weiß das alles, weil ich eine von ihnen bin. Ich bin unfreundlich, weil sie mich an Mutter und ihre Gemeinheiten erinnern und weil ich ständig vor neuen Gemeinheiten auf der Hut bin. Aber die Frauen sind nicht alle wie Mutter, und es ist natürlich dumm von mir, mir das einzubilden. Edith, würde Vater sagen, denk ein wenig nach. Du hast eine falsche Gleichung aufgestellt.

Sie ließ, von einem Gefühl der Unwürdigkeit überwältigt, den Kopf sinken. Ich habe den Namen von Virginia Woolf umsonst angenommen, dachte sie.

Sie saß lange so da, dann stand sie demütig auf, glättete sich das Haar, nahm ihre Tasche und ging zum Tee hinunter.

Die einzige Person, die im Salon Tee trank, war Mme. de Bonneuil; sie wischte sich mit ihren alten braunen Händen die Krümel vom Kleid. Edith lächelte ihr zu und bekam ein Nicken zurück. Das Hotel hatte sich seit dem Wochenende geleert. Das Wetter war immer noch schön, aber nicht mehr so überzeugend, als verlöre es allmählich an Wärme und Licht. Auf der Terrasse hatte die milde Sonne etwas Verhangenes, das in Dunst überging, als der jetzt kürzer gewordene Nachmittag langsam versank. Die Wärme war feucht und kündigte Regen an. Wieder einmal verschwamm der Berg im Nebel.

»Da sind Sie ja, Liebste«, sagte Mrs. Pusey. »Sie sind in diesen letzten Tagen ja beinahe eine Fremde geworden. Jennifer dachte schon, sie hätten uns ganz verlassen. Nicht wahr, Liebling?«

Jennifer hob das Gesicht von Mrs. Puseys abgelegtem Band *Sonne um Mitternacht* und lächelte ein friedliches, sattes Verdauungslächeln zwischen zwei Mahlzeiten.

»Sie hätten uns schlicht vergessen, dachten wir«, bestätigte sie. »Mummy war ganz bestürzt.«

Beschwichtigungen murmelnd, sank Edith in ihren Korbsessel und fragte sie, was sie heute getan hätten. Und sie wurde durch glückliche Mienen und einen Schwall entzückend belangloser Auskünfte belohnt.

☆☆☆☆☆☆☆☆☆☆☆☆☆☆☆☆☆☆☆☆

7

»Man spürt die Nähe der Gletscher kaum«, meinte Edith angenehm beeindruckt.

»Nein«, stimmte ihr Mr. Neville zu. »Aber sie sind auch gar nicht so nah.«

Sie saßen vor einem kleinen Restaurant unter einer weinüberwucherten Pergola und hatten eine Flasche gelben Wein auf dem Tisch zwischen sich stehen. Von ihrem schattigen Sitz aus konnten sie auf einen kleinen menschenleeren Platz hinaussehen, der in der Sonne des Frühnachmittags leuchtete. In dieser Höhe war der Dunst unten am See nicht mehr vorstellbar: alle Halbtöne und fließenden Übergänge, das ganze zahme Wohlbefinden in Milde und Wärme waren in der unerbittlichen Klarheit dieser Bergluft ins Reich des Kränklichen verbannt. Hier oben war die Atmosphäre beides, heiß und kalt, strahlend und dunkel: heiß in der Sonne, kalt im Schatten, strahlend, als sie hochgestiegen waren, und dunkel, als sie rastend in dem kleinen Wirtshaus und Café gesessen hatten, bis Mr. Neville gefragt hatte: »Könnten Sie noch ein wenig weiter?« und sie wieder losgegangen waren, bis hinauf zum Gipfel des hohen Berges, wie es Edith schien, obwohl die goldenen Früchte in den terrassenförmig angelegten Obstgärten auf ihrem Weg diese Annahme widerlegten. Jetzt saßen sie nach dem Mittagessen friedlich da, die einzigen beiden Personen, die diese wenigen Quadratmeter ebenen Kopfsteinpflasters betrachteten, und die einzigen Geräusche waren das schwache Jaulen eines Wagenmotors in der Ferne und leise Radiomusik, die von tief hinten im Restaurant kam, vielleicht aus der Küche, vielleicht aus dem kleinen Hinterzimmer, in das sich der Wirt zurückgezogen hatte, um seine Zeitung zu lesen, bevor er das Lokal zum Abendessen wieder öffnete.

Aber wer kam eigentlich hier herauf? In Ediths Vorstellung schienen Mrs. Pusey und Monica und Mme. de Bonneuil, das ganze Hotel mit seinem ältlichen Pianisten und seinen zuverlässigen Mahlzeiten am anderen Ende des Universums zu liegen. Und auch das sanfte, vorsichtige Geschöpf, das sie am Seeufer gewesen war, war verschwunden, hatte sich bei dem Anstieg in diese Höhenluft aufgelöst, und durch einen unerklärlichen kristallisierenden Prozeß hatten sich neue Komponenten herausgebildet und etwas Härteres, Klareres, Entschiedeneres, Realistischeres ergeben, das fähig war, Unterhaltung zu genießen und sogar zu erwarten.

»Wer kommt hier herauf?« fragte sie.

»Leute wie wir«, antwortete er.

Er war ein Mann von wenigen Worten, aber diese wenigen waren sorgfältig gewählt, wohl abgewogen und mit Sachkenntnis geäußert. Edith, an die grüblerischen Monologe gewöhnt, die die meisten rationaler Rede für angemessen halten, und darüber hinaus ans Austüfteln der klugen, ja gelehrten Passagen, die den Gestalten ihrer Bücher so spontan von den Lippen gingen, lehnte sich in ihrem Stuhl zurück und lächelte. Das Gefühl, durch Worte unterhalten zu werden, begegnete ihr selten. Die Leute erwarten von Schriftstellern, daß sie für *ihre* Unterhaltung sorgen, überlegte sie. Sie meinen, Schriftstellern sollte das Bewußtsein genügen, ihre Aufgabe zur Befriedigung ihres Publikums zu erfüllen. Wie Schausteller an den Höfen des Mittelalters, Zwerge, Gaukler. Und was ist mit *uns*? Niemand denkt daran, *uns* zu unterhalten.

Mr. Neville beobachtete, wie es kurz über Ediths Gesicht zuckte, und bemerkte: »Es würde Ihnen gut tun, wenn Sie mir sagen würden, was los ist.«

»Oh, denken Sie, daß das wahr ist?« fragte sie heftig atmend. »Und selbst wenn, garantieren Sie mir, daß die Wirkung sofort zu spüren sein wird? Wie bei diesen obskuren Anzeigen für Salben, die Erleichterung verschaffen sollen? Es ist nie so richtig klar, wovon«, fuhr sie fort. »Obwohl manchmal eine winzige Zeichnung eines korrekt gekleideten Herrn dabei ist, der sich in der Nierengegend den Rücken hält.«

Mr. Neville lächelte.

»Ich nehme an, es ist das Versprechen, das zählt«, sprach Edith fast hitzig weiter. »Oder vielleicht einfach nur das Angebot. Wie auch immer, ich weiß nicht mehr, wovon ich gerade geredet habe. Achten Sie nicht darauf!« setzte sie hinzu. »Mein Leben scheint sich hauptsächlich auf einer unterirdischen Ebene abzuspielen. Und der Tag heute ist zu schön, um sich mit alldem zu befassen.« Ihr Gesicht hellte sich auf. »Ich genieße das hier so«, sagte sie.

Sie sah in der Tat aus, als täte sie das, dachte er. Ihr Gesicht hatte seinen gewohnten leicht schafsähnlichen Ausdruck, dieses ängstliche Flehen um Billigung und Verständnis, verloren und war amüsiert und aristokratisch geworden. Was in aller Welt tut sie bloß hier, fragte er sich.

»Was in aller Welt tun Sie bloß hier?« fragte Edith.

Er lächelte wieder. »Warum sollte ich denn nicht hier sein?«

Sie gestikulierte mit erhobenen Handflächen. »Nun, das Hotel ist doch kaum ein Ort für Sie. Es scheint für Frauen reserviert. Für eine besondere Art von Frauen. Verbannte oder Verlassene, Frauen, die dafür bezahlt werden, daß sie von der Bildfläche verschwinden oder harmlosen weiblichen Beschäftigungen nachgehen, Kleiderkaufen zum Beispiel. Schon der Tenor der Gespräche dort schließt Männer aus. Sie müssen sich ja zu Tode langweilen.«

»Sie, nehme ich an, sind hergekommen, um ein Buch zu Ende zu schreiben«, sagte er freundlich.

Ihr Gesicht bewölkte sich. »Das stimmt«, sagte sie und goß sich noch ein Glas Wein ein.

Er tat, als bemerkte er dies nicht. »Nun, ich mag das Hotel sehr gern. Ich war einmal mit meiner

Frau hier. Und da ich auf dem Kongreß in Genf war und keine Eile hatte, nach Hause zurückzukommen, dachte ich, ich wollte mal sehen, ob es noch das alte ist. Das Wetter war gut, und so bin ich ein wenig geblieben.«

»Dieser Kongreß«, sagte sie. »Entschuldigen Sie, aber worüber war der eigentlich?«

»Elektronik. Ich habe eine ziemlich bedeutende Elektronikfirma, die erstaunlich gut floriert. Eigentlich funktioniert sie fast von allein, dank meinem ausgezeichneten Stellvertreter. Und ich bin immer weniger dort, obwohl ich für alles, was läuft, verantwortlich bleibe. Aber so kann ich einen großen Teil meiner Zeit auf meinem Gut sein, und das mache ich viel lieber.«

»Wo ...?«

»In der Nähe von Marlborough.«

»Und Ihre Frau?« erkundigte sie sich vorsichtig. »Ist sie nicht mitgekommen?«

Er richtete sich die Manschetten seines Hemds. »Meine Frau hat mich vor drei Jahren verlassen«, sagte er. »Sie ist mit einem zehn Jahre jüngeren Mann durchgegangen und trotz aller Voraussagen immer noch strahlend glücklich.«

»Glücklich«, wiederholte Edith langsam. »Wie wunderbar! Oh, das tut mir leid. Das war eine taktlose Bemerkung. Sie müssen mich für sehr dumm halten.« Sie seufzte. »Ich bin wirklich ziemlich dumm, fürchte ich. Weltfremd. Schriftsteller werden im allgemeinen in zwei Kategorien eingeteilt«, fuhr sie, tief verlegen wegen seines Schweigens, fort. »In übernatürlich weise und abnorm naive, als hätten sie keine wirklichen Erfahrungen, auf die sie zurückgreifen könnten. Ich gehöre zur zweiten Kategorie«, setzte sie hinzu und errötete angesichts der ausgesprochenen Wahrheit. Die Stimme versagte ihr.

»Jetzt sehen Sie unglücklich aus«, bemerkte er nach einer kleinen Pause, in der er ihr Zeit gelassen hatte, bis über die Ohren rot zu werden.

»Ja, ich denke, ich bin ziemlich unglücklich«, gab sie zu. »Und das enttäuscht mich so.«

»Denken Sie viel über das Glücklichsein nach?« fragte er.

»Die ganze Zeit.«

»Darin, wenn ich das sagen darf, tun Sie Unrecht. Sie sind vermutlich verliebt«, bemerkte er und bestrafte sie so für ihre Unachtsamkeit von eben. Plötzlich herrschte Feindseligkeit zwischen ihnen, wie er es hatte erreichen wollen, denn Feindseligkeit lindert Verzweiflung. Edith richtete vor Ärger glänzende Augen auf ihn und sah nur sein unbewegtes Profil. Er war anscheinend in die Beoachtung eines Schmetterlings versunken, der sich flügelschlagend auf dem Rand eines der Geranientöpfe niedergelassen hatte, die den bescheidenen Raum vor dem Gasthaus abgrenzten.

»Es ist ein großer Fehler«, hob er nach einer Weile wieder an, »Glück mit einer einzigen Situation im Besonderen, mit einem Menschen im Besonderen zu verwechseln. Seit ich mich von alledem befreit habe, hat sich mir das Geheimnis der Zufriedenheit enthüllt.«

»Bitte, sagen Sie mir, was das ist«, forderte sie ihn in trockenem Ton auf. »Ich wollte das immer schon wissen.«

»Ganz einfach dies. Ohne gewaltige Gefühlsbesetzung kann man tun, was immer einem gefällt. Man kann Entscheidungen treffen, es sich anders überlegen, seine Pläne ändern. Ohne die ängstliche Besorgnis, ob dieser andere Mensch auch alles hat, was er begehrt, ob er nicht unzufrieden, ärgerlich, unruhig, gelangweilt ist. Man kann so nett oder so grob sein, wie man will. Wenn man so weit ist, das einzige tun zu können, was einem von frühester Kindheit an abgewöhnt wurde – einfach zu tun, was einem Spaß macht –, gibt es keinen Grund mehr, warum man je wieder unglücklich sein sollte.«

»Oder vielleicht auch völlig glücklich.«

»Edith, Sie sind eine Romantikerin«, sagte er lächelnd. »Ich darf Sie doch Edith nennen, hoffe ich?«

Sie nickte. »Aber warum muß ich mich eine Romantikerin heißen lassen, nur weil ich die Dinge nicht so sehe wie Sie?«

»Weil Sie sich durch das, was Sie gern glauben würden, täuschen lassen. Haben Sie nicht erfahren, daß es eine vollkommene Harmonie zwischen zwei Menschen, so sehr sie auch beteuern, einander zu lieben, einfach nicht gibt? Haben Sie nicht begriffen, wieviel Zeit und Aufwand verschwendet werden, wieviel endlose, mythologische Qualen entstehen, nur weil sie einfach nicht miteinander auskommen? Haben Sie nicht gesehen, wie eine leichte Hand manchmal, tatsächlich fast immer, mehr ausrichtet als die tiefste Leidenschaft?«

»Ja, das habe ich gesehen«, sagte Edith finster.

»Dann meine Liebe, lernen Sie, davon Gebrauch zu machen. Sie können sich nicht vorstellen, wie vielversprechend die Welt auszusehen beginnt, wenn Sie einmal beschlossen haben, sie ganz für sich allein zu genießen. Und wieviel gesünder Ihre Entscheidungen sind, wenn Sie einmal ganz selbstsüchtig werden. Es ist die einfachste Sache der Welt, zu entscheiden, was Sie tun wollen – oder eher, was Sie nicht wollen – und dann nur danach zu handeln.«

»Das mag für bestimmte Sachen wahr sein«, sagte Edith. »Aber für andere nicht.«

»Sie müssen lernen, die anderen abzuschreiben. Innerhalb Ihrer eigenen Reichweite können Sie viel mehr erreichen. Sie können den Mittelpunkt in sich selbst finden, und das zu lernen, ist eine wundervolle Lektion. Auf sich selbst zentriert zu sein, kann ein völlig neues Leben bedeuten.«

»Aber wenn Sie lieber Ihr Leben mit jemandem teilen?« fragte Edith. »Nehmen wir mal an, Ihr eigenes Leben langweilt Sie und Sie möchten das eines anderen leben. Einfach um des Reizes der Neuheit willen.«

»Sie können nicht das Leben eines andern leben. Sie können nur Ihr eigenes leben. Und denken Sie daran, es gibt keine Strafe. Was immer man Ihnen erzählt hat, daß nämlich Selbstlosigkeit gut sei und Bosheit schlecht, war falsch. Das ist eine Lehre für Knechte und führt zur Resignation. Und meine Politik – das wird Sie überraschen – wird Ihnen soviel Freunde verschaffen, wie Sie nur wollen. Die Leute fühlen sich bei niedrigem moralischem Standard wohl. Es sind die Skrupel, die sie vertreiben.«

Mit einem einsichtigen Nicken gab sie ihm diesen Punkt zu. Dieses gefährliche Evangelium, das sie unten im Tal abgelehnt hätte, schien mit dem Wein, der strahlenden Sonne, der berauschenden Luft hier oben in Einklang zu stehen. Es war etwas falsch daran, das wußte sie, aber im Augenblick interessierte es sie nicht, herauszufinden, was. Nicht so sehr seine Argumente verführten sie, als vielmehr die Gewalt seiner Sprache, seine ungewöhnliche Beredsamkeit. Und ich habe ihn für schweigsam gehalten, staunte sie.

»Deswegen genieße ich den Umgang mit unserer lieben Mrs. Pusey so«, fuhr Mr. Neville fort. »Ihre unkomplizierte Gier hat etwas Herzerquikkendes. Und es macht einen so froh zu wissen, daß sie die Mittel gefunden hat, sie zu befriedigen. Und, wie Sie sehen, ist sie bei prächtiger Gesundheit und Laune: kein Altruismus hat ihre Verdauung beeinträchtigt, kein Gewissen ihren Nachtschlaf gestört, und sie genießt jeden Augenblick ihres Lebens.«

»Ja, aber ich bezweifle, ob das alles so gut für Jennifer ist«, meinte Edith. »Oder gut genug, sollte ich besser sagen. In ihrem Alter sollte das Leben einem mehr zu bieten haben als Kleider kaufen.«

»Jennifer«, sagte Mr. Neville mit seinem feinen Lächeln. »Auf ihre Art ist Jennifer aus demselben Holz geschnitzt, da bin ich ganz sicher.«

Sie lehnte sich zurück und hob das Gesicht in die Sonne. Sie war leicht benommen, weniger vom

Wein als angesichts der Horizonte, die ihr dieses wichtige Gespräch eröffnete. Und sie war verführt, verführt durch die Möglichkeit, zu tun, was sie wollte, einfach weil sie es wollte. Als Advokat des Teufels war Mr. Neville vollkommen. Und doch, das wußte sie, stimmte etwas nicht ganz in seiner Beweisführung, wie ja auch etwas mit seinen Gefühlen nicht stimmte. Sie setzte sich wieder aufrecht und griff von neuem an.

»Dieses Leben mit seinem niedrigen moralischen Standard, das Sie verteidigen«, fragte sie, »können Sie das wirklich empfehlen, anderen, meine ich?«

Mr. Nevilles Lächeln vertiefte sich. »Ich denke, meine Frau würde das tun. Und darauf wollen Sie doch hinaus, nicht wahr? Toleriere ich den niedrigen moralischen Standard in anderen?«

Edith nickte.

Er nahm einen Schluck Wein.

»Ich habe gelernt, diese anderen sehr gut zu verstehen«, antwortete er.

Ausgezeichnet, dachte Edith. Das war eine tadellose Leistung. Er hat meine Gedanken erraten und mir ein Antwort gegeben. Keine befriedigende Antwort, aber eine ehrliche. Und ganz auf seine elegante Art. Mr. Neville ist wohl, was früher einmal ein Mann von Welt genannt wurde. Sein Benehmen hat Grazie, durch und durch. Er ist gut angezogen, dachte sie, als sie den Panamahut und das Leinenjackett betrachtete. Er sieht sogar gut aus: ein Gesicht aus dem neunzehnten Jahrhundert, fein, zurückhaltend, volllippig, mit einem Anflug von bläulichem Bartschatten unter der gesunden Haut. Ein herzloser Mann, glaube ich. Rasend intelligent. Vornehm. O David, David.

Mr. Neville bemerkte die winzige Veränderung in ihrer Haltung ihm gegenüber und lehnte sich über den Tisch.

»Sie täuschen sich, wenn Sie meinen, Sie könnten nicht ohne Liebe leben, Edith.«

»Nein, ich täusche micht nicht«, sagte sie langsam. »Ich kann ohne Liebe nicht leben. Oh, ich meine nicht, ich würde verfallen, wunderliche Symptome bekommen, zur Karikatur werden. Ich meine etwas viel Ernsteres als das. Ich meine, daß ich ohne nicht *gut* leben kann. Ich kann weder denken noch handeln noch sprechen noch schreiben, wenn mir Liebe fehlt. Ich fühle mich aus der Welt der Lebendigen ausgeschlossen. Ich werde kalt, fischartig, unbeweglich. Als würde ich implodieren. Meine Vorstellung vom absoluten Glück ist, den ganzen Tag in einem sonnenwarmen Garten zu sitzen, zu lesen oder zu schreiben, und mich völlig sicher zu fühlen in dem Bewußtsein, daß der Mensch, den ich liebe, am Abend zu mir nach Hause kommen wird. Jeden Abend.«

»Sie sind eine Romantikerin, Edith«, wiederholte Mr. Neville mit seinem Lächeln.

»Sie sind es, der sich täuscht«, erwiderte sie. »Ich habe mir genau diesen Vorwurf fast mein ganzes Leben lang anhören müssen. Ich bin keine Romantikerin. Ich bin ein Haustier. Ich seufze und sehne mich nicht nach extravaganten Gefühlsbezeugungen, nach der großen Liebesgeschichte, nach der Liebe, in der einem die Welt untergeht.

Nein, ich sehne mich nach der Einfachheit der alltäglichen Gewohnheiten. Bei schönem Wetter ein Abendspaziergang, Arm in Arm. Kartenspielen. Zeit zum Plaudern. Zuammen ein Essen kochen.«

»Die Katze in den Garten lassen?« schlug Mr. Neville vor.

Edith schoß einen Blick purer Abneigung zu ihm hinüber.

»Das ist besser«, sagte er.

»Nun, Sie finden das offenbar sehr komisch«, sagte sie. »Natürlich wird so etwas in Swindon viel besser gehandhabt, oder wo war es, als Sie...? Entschuldigung! Das hätte ich nicht sagen dürfen. Das war äußerst grob von mir, wie entsetzlich...«

Er schenkte ihr noch ein Glas Wein ein.

»Sie sind eine gute Frau«, sagte er. »Das merkt man nur allzu leicht.«

»Wieso merkt man das?« fragte sie.

»Gute Frauen glauben immer, sie seien schuld, wenn jemand verletzend wird. Schlechte Frauen fühlen sich an nichts schuld.«

Edith atmete heftig und fragte sich, ob sie betrunken sei oder einfach durch die Neuheit dieses Gesprächs unvorsichtig geworden.

»Ich hätte gern Kaffee«, kündigte sie mit, wie sie hoffte, nietzscheanischer Direktheit an. »Nein, lieber Tee. Ich hätte gern ein Kännchen ganz starken Tee.«

Mr. Neville schaute auf seine Uhr. »Ja«, sagte er. »Es wird spät. Wir sollten bald an Aufbruch denken. Wenn Sie Ihren Tee getrunken haben«, fügte er hinzu.

Edith trank ihren Tee in grimmigen Schlucken, ohne zu wissen, daß die in ihren gegenwärtigen Umständen so ungewohnte Gedankenanstrengung ihr die Wangen gerötet und die Augen glänzend gemacht hatte. Ihr sonst so streng gebändigtes Haar hatte sich gelöst und lag ihr unordentlich im Nacken, und mit einer ungeduldigen Gebärde zog sie die letzten Haarnadeln, die es zusammenhielten, heraus, fuhr mit den Fingern durch und ließ es sich ins Gesicht fallen. Mr. Neville, der sie mit leicht gespitzten Lippen wohlgefällig beobachtete, nickte.

»Lassen Sie mich Ihnen sagen, was Sie brauchen, Edith.«

Nicht noch einmal, dachte sie. Ich habe Ihnen gerade gesagt, was ich brauche, und ich weiß besser als Sie, was es ist.

»Ja, ich weiß, Sie denken, Sie wissen das besser als ich«, sagte er, als sie alarmiert den Kopf hob. »Aber Sie täuschen sich. Sie brauchen nicht mehr Liebe, Sie brauchen weniger. Die Liebe hat Ihnen nicht besonders gut getan, Edith. Die Liebe hat Sie zurückhaltend, verschwiegen und scheu gemacht, vielleicht auch unehrlich?«

Sie nickte.

»Die Liebe hat Sie ins Hotel du Lac geführt, in der Nachsaison, wo Sie mit den anderen Frauen zusammensitzen und über Kleider reden. Ist es das, was Sie wollen?«

»Nein«, sagte sie. »Nein.«

»Nein«, sprach er weiter. »Sie sind doch eine gescheite Frau, zu gescheit, um nicht zu wissen, was Sie versäumen. Diese kleinen häuslichen Freuden, das Kartenspielen, von dem Sie reden, das würde doch bald reizlos.«

»Nein«, wiederholte sie. »Nie.«

»Doch. Ihre romantische Einstellung würde zwar die trüben Gedanken eine Zeitlang in Schach halten, aber die Gedanken wären dann doch stärker. Und dann würden Sie entdecken, daß Sie eine Menge mit allen den anderen unzufriedenen Frauen gemeinsam haben, und Sie würden plötzlich großen Sinn im Feminismus finden und es ablehnen, irgend etwas anderes zu lesen außer Frauenbüchern ...«

»Ich schreibe sie«, erinnerte sie ihn.

»Nicht die Sorte«, sagte er. »Sie schreiben von Liebe. Und Sie werden nie etwas anderes schreiben, fürchte ich, wenn Sie nicht anfangen, sich selbst unbarmherzig zu betrachten.«

Edith spürte, wie ihr die Haare im Nacken zu knistern begannen. Sie hatte sich das viele Male selbst gesagt, aber immer hatte sie ihr eigenes Urteil verwerfen können. Jetzt erkannte sie die Stimme der Autorität, als hätte man ihr bestätigt, daß sie krank sei, obwohl es ihr doch fast gelungen war, sich einzureden, sie bilde sich die Symptome nur ein.

»Wollen Sie wirklich den Rest Ihres Lebens damit verbringen, mit frustrierten Frauen über Ihre Gebärmutter zu reden?« fuhr er unerbittlich fort.

»Ich glaube kaum, daß meine Gebärmutter so viel hergibt«, sagte sie mit einem unglücklichen Lachen.

»Oh, darüber könnten Sie im gegebenen Augenblick zu jammern anfangen. Allerdings bezweifle ich, daß irgend jemands Gebärmutter einer näheren Prüfung standhalten würde.«

»Sagen Sie«, meinte Edith nach einer Pause, »Sie treiben nicht zufällig nebenher noch Psychiatrie, da Ihnen doch die Elektronikindustrie so viel freie Zeit läßt?«

»Sie brauchen nicht Liebe, Edith. Was Sie brauchen, ist eine gesellschaftliche Postion. Die Ehe.«

»Ich weiß«, sagte sie.

»Und wenn Sie erst verheiratet sind, können Sie so unmoralisch handeln wie jedermann auch. Schlimmer, bei Ihren noch ungenutzten Kapazitäten.«

»Was für eine Erleichterung«, stimmte sie ihm zu.

»Und Sie werden überall beliebt sein und soviel mehr Gesprächsstoff haben. Und Sie werden nie mehr neben dem Telefon sitzen und darauf warten, daß es klingelt.«

Edith stand auf. »Es wird kalt«, sagte sie. »Sollen wir gehen?«

Sie lief voraus. Diese letzte Bemerkung war bedauerlich, dachte sie. Vulgär. Und er weiß, wo er zustechen muß, um zu treffen. Ja, daß ich in meinem Zimmer sitze und schreibe, macht mich für Telefonanrufe erreichbar; wer weiß, was geschähe, wenn ich ausginge? Und plötzlich sehnte sie sich nach dieser Einsamkeit wie ein Kind, das auf einem Fest überreizt worden ist und schon lange von einer umsichtigen Kinderfrau hätte nach Hause gebracht werden müssen.

»Es tut mir leid«, sagte er, als er sie einholte.

»Bitte, ich möchte doch nicht indiskret sein. Ich weiß nichts von Ihnen. Sie sind eine großartige Frau, und ich habe Sie gekränkt. Bitte, verzeihen Sie mir.«

»Sie sind sadistisch«, sagte sie scherzend.

Er neigte den Kopf. »Das hat mir meine Frau auch immer gesagt.«

»Und woher wissen Sie, daß meine Kapazitäten für unmoralisches Handeln noch ungenutzt sind? Das ist eine milde, aber deutliche Form von sexueller Beleidigung. Weniger verschrien als In-den-Po-Kneifen oder Belästigung am Arbeitsplatz, aber einer Menge Frauen höchst vertraut.«

»Wenn Sie Ihre Kapazitäten für unmoralisches Handeln gehörig gebrauchten, würden Sie nicht so trübselig in dieser Strickjacke herumlaufen.«

Wütend schoß Edith wieder ein Stück weit voraus. Um ihren Ärger zu beherrschen – sie konnte schließlich ohne seine Hilfe den Weg zum See hinunter nicht finden –, versuchte sie verschiedene, ihr durch lange Übung geläufige Methoden, um Abstand zu gewinnen. Die wirkungsvollste war, aus dem Vorfall eine ihrer Romanszenen zu machen. »Leise kam der Abend heran«, murmelte sie, »als glühender Ball sank die Sonne...« Es nutzte nichts. Sie drehte sich um und schaute nach ihm aus, horchte auf seine Schritte, die ihr hätten folgen müssen und es nicht taten, und plötzlich fühlte sie sich allein hier draußen auf dem Berg in der Kälte. Sie schauderte und schlug die Arme um die Schultern.

»Ich hasse Sie«, rief sie hoffnungsvoll.

Ein gleichmäßiges Knirschen auf dem Kies kündigte das Wiedererscheinen Mr. Nevilles an. Als sein Gesicht in ihr Blickfeld trat, sah Edith, daß er sein gewohntes Lächeln trug, stärker denn je.

»Sie kommen ja schnell vorwärts«, bemerkte er und nahm ihren Arm.

»Wissen Sie«, sagte sie nach zehn Minuten schweigenden Abstiegs, »ich finde dieses Lächeln an Ihnen nicht gerade ausgesprochen liebenswert.«

Es wurde zu einem Grinsen. »Wenn Sie mich einmal besser kennen«, antwortete er, »werden Sie erst merken, wie unliebenswert es wirklich ist.«

☆☆☆☆☆☆☆☆☆☆☆☆☆☆☆☆☆☆☆☆

8

»Liebster David,

erstaunliche Neuigkeiten! Mrs. Pusey, diese Zinne weiblicher Eleganz, diese höchste Instanz in Fragen des Geschmacks, diese unermüdliche Jägerin nach Luxusartikeln, diese bezaubernde Frau, der die Menschen zu Füßen liegen, ist neunundsiebzig! Ich weiß das, weil sie Geburtstag hatte und wir alle aufgefordert wurden mitzufeiern. Schon den ganzen Tag hatte ich Anzeichen bemerkt, daß etwas bevorstand; als ich den Gang entlangging, hörte ich aus der Suite der Puseys Schreie der Überraschung und des Entzückens, während eine wahre Giftwolke von Parfüm (eine neue Sorte) herausströmte, die sich bis fast zum Treppenabsatz hin ausbreitete. Als ich auf den Stufen vor dem Hotel stand, konnte ich einen Laufburschen sehen, der mit einem entschieden bräutlich wirkenden Blumengebinde aus einem Lieferwagen stieg. Ich dachte nicht weiter darüber nach, sonst wäre es mir gleich klargeworden, daß niemand Monica oder Mme. de Bonneuil oder mir solche Blumen schicken würde und daher nur die

Puseys in Frage kamen. Freilich könnte Jennifer irgendwo einen Verehrer haben, eigentlich müßte sie, aber irgendwie scheint es unwahrscheinlich. Ich glaube, sie ist so ein Mädchen, das nie seine Mutter verlassen wird. Ich kenne viele solche Töchter. Es wird Dich vielleicht erstaunen zu erfahren, daß Penelope Heiratsanträge abgelehnt hat, weil ihrer Meinung nach kaum ein Mann, den sie kennenlernt, den strengen Maßstäben ihrer Mutter, von denen ich schon viel gehört habe, gerecht wird. Penelope zitiert ihre Mutter als letzte Autorität in bezug auf jedes Thema, und manchmal beneide ich sie um diese Gewißheit, diese Verehrung. Ich wünschte, ich hätte auch eine Mutter gehabt, die mir unumstößliche Lebensweisheiten mitgegeben hätte und nie um einen weisen Spruch oder ein modernes Exempel verlegen gewesen wäre. Von meiner armen Mutter habe ich nicht viel mehr bekommen als Hohngelächter. Und doch denke ich an sie als an meine arme Mutter. Seit ich selbst älter werde, verstehe ich ihre Traurigkeit, ihre Bestürzung darüber, daß ihr Leben so verlaufen ist, ihre Einsamkeit. Sie hat mir ihre düstere Wolke der Unwissenheit vermacht. Und sie, diese barsche, enttäuschte Frau, tröstete sich mit der Lektüre von Liebesgeschichten, anspruchslosen Romanen mit glücklichem Ausgang. Vielleicht schreibe ich sie deswegen. In ihren letzten Monaten lag sie im Bett und hatte den seidenen Frisiermantel um, den mein Vater ihr auf der Hochzeitsreise in Venedig gekauft hatte. Es war ihr gleich, oder vielleicht sah sie auch gar nicht, daß die Spitze zerrissen und das Blaßblau grau geworden war, und wenn sie die Augen von ihrem Buch hob, waren die genau so grau verblichen und voller Träume, Sehnsüchte, Enttäuschung. Die Phantasien meiner Mutter, die ihr ganzes Leben lang unverändert dieselben blieben, haben mich über die Realität belehrt. Und obwohl ich mir die Realität immer vor Augen halte und mich mit grimmiger Beständigkeit auf sie beziehe, frage ich mich manchmal, ob ich davon mehr habe, als meine Mutter gehabt hat.

Doch das alles nur nebenbei. Ich machte am Tag einen Ausflug, und als ich abends zum Essen herunterkam, war die Überraschung da. Der Speisesaal ist nach dem Wochenendbetrieb leer geworden, und die Zahl der verbliebenen Gäste war jetzt so gering, daß es für jeden, der ein Gespür dafür hat, förmlich nach Nachsaison roch. Sogar die Kellner schienen aufgegeben zu haben und unterhielten sich ganz offen miteinander. Monica fütterte Kiki ihren ersten Gang ohne Vertuschungsmanöver, und es machte offenbar niemand etwas aus. Mme. de Bonneuil, die sehr schnell ißt, saß in den Zwischenpausen still da und strich mit den Händen das Tischtuch glatt. Ich hatte meine Kalbsbröschen zu dreiviertel aufgegessen, als ich einen kleinen Aufruhr an der Tür bemerkte und Mrs. Pusey erblickte, die lachend und protestierend von M. Huber hereingeführt wurde. Es war sofort klar, daß da etwas Besonderes los war. Ihr Tisch war mit Blumen geschmückt (das Bukett, dessen Auslieferung ich am Morgen beobachtet hatte), und Mrs. Pusey hatte sich in bezug auf ihre Abendgarderobe zu solchen Höhen aufgeschwungen, daß wir übrigen uns alle ganz mies vorkommen mußten. Um ehrlich zu sein, ich fand nicht, daß sie es so ganz getroffen hatte. Über ihr mitternachtsblaues Spitzenkleid hatte sie ein offenbar sündhaft teures Paillettenjäckchen gezogen und dieses wiederum durch mehrere Reihen Perlen- und Goldketten und sogar einen ziemlich schönen Lapislazulianhänger belebt. Sie hatte sich das Haar frisch vergolden lassen, und ihre Fingernägel erstrahlten in makellosem rosa Lack. Ich muß sagen, auf eine barocke Weise sah sie großartig aus. Damit meine ich, daß entweder sie unpassend wirkte oder wir. Aber das blieb nur ein paar Sekunden in der Schwebe, dann fing die Wagschale an, sich unmerklich zu Mrs. Pusey hin zu neigen. Natürlich erzwang sie das, aber bei solchen Dingen ist doch immer eine Art Konsens im Spiel. Und irgendwie wurde in diesem entscheidenden Augenblick der Konsens hergestellt. Kellner sprangen vor, um ihr den Stuhl hinzuschieben, Speisekarten wurden vor sie hingeblättert, Champagnerflaschen zur Prüfung herbeigetragen. Mme. de Bonneuil beobachtete das alles völlig unbewegt. Monica rollte die Augen himmelwärts.

Du mußt Dir klarmachen, daß wir auf so etwas nicht eingestellt waren. Wir waren alle, dem mittleren Wochentag entsprechend, bescheiden angezogen, denn das eine, beste Kleid wird für Freitag aufgehoben, das zweitbeste für Samstag und etwas Hübsches, aber, wie sich's gehört, Unaufwendiges für Sonntag. Insassen von Institutionen lernen die Regeln schnell. Ich hatte das grüne Kleid an, das Du nie mochtest, und war ganz ruhig in der

Gewißheit, daß Du nicht hier sein würdest, um es nicht zu mögen. In wenigen Minuten nach Mrs. Puseys Ankunft wurde mir klar, warum Du es nicht magst, und ich beschloß, es nie wieder zu tragen. Monica hatte es besonders dumm erwischt, denn obwohl sie sonst immer so schön aussieht, hatte sie es an diesem Abend geschafft, das nicht zu tun: vielleicht lag es an ihrem schwarzen Kleid, das sie zu dünn und zu blaß machte. Die Schatten unter ihren elfenbeinernen Wangenknochen ließen sie krank, unheilbar verloren aussehen. Mme. de Bonneuil war auch in Schwarz, aber das ist sie immer; ich glaube, sie besitzt zwei oder höchstens drei schwarze Kleider dieser alterslosen, formlosen, zeitlosen Art, die sie jeden Abend anzieht. Es wäre mir völlig unmöglich, Dir diese Kleider im Einzelnen zu beschreiben, hauptsächlich, weil nichts Beschreibbares an ihnen ist. Aber ich muß sagen, daß sie immer sehr korrekt aussieht. Sie sieht aus, wie eine Frau ihres Alters aussehen sollte, und dasselbe gilt wohl auch von Monica und mir.

Nachdem ich diesen Überlegungen nachgehangen hatte, sah ich erst, daß auch Jennifer sich angestrengt hatte. Eigentlich waren es Monicas nur allzu beredte Grimassen, die mich dazu brachten, einen Blick auf Jennifer zu werfen. Was ich erblickte, war ein wahrer Knüller, wenn Du mir diesen Ausdruck gestattest. Um den Geburtstag ihrer Mutter zu feiern, hatte sich Jennifer in rosa Haremshosen geworfen, kombiniert (so heißt es in den Modeheften) mit einer schulterfreien Bluse. Auch sie war beim Friseur gewesen, der sie prächtig hergerichtet hatte: ihre glänzenden blonden Wellen hingen nicht mehr kunstlos herunter, sondern waren in eine Art Knoten oben auf dem Kopf gedreht, nur vor den Ohren baumelte je eine kurze Locke. Mir war noch nie so aufgefallen, wie dick sie ist. Beide sind es eigentlich, aber sie scheinen sich so wenig daraus zu machen, daß man es kaum bemerkt. Jedenfalls waren sie ein großartiger Anblick. Ewas bizarr vielleicht, aber das wirkte wohl nur so, weil wir übrigen so unauffällig angezogen waren. Bei der Vorstellung von der ganzen Mühe, die es gekostet haben mußte, sich so aufzutakeln, wurde mir flau vor Erschöpfung. Und sie sind in den Ferien! Und es war ja praktisch niemand da, um sie zu sehen! Außer uns freilich, aber in ihren Augen waren wir wohl kaum der Situation gewachsen, da wir jeder äußerlichen Berechtigung, zu diesem Fest der Sinne geladen zu werden, ermangelten. Ich glaube, wir fühlten das einen Augenblick lang alle, und es warf einen Schatten über die Feierlichkeiten.

Doch Mrs. Pusey, für die ich schon Mitleid und Entsetzen zu empfinden begann, ist ein alter Hase in solchen Dingen. Monica, Mme. de Bonneuil und mir wurden Champagnerkelche an die Tische gebracht, und wir mußten alle auf ihre Gesundheit trinken. Wir standen alle auf und setzten uns wieder und nickten und verbeugten uns und lächelten weihevoll, und am meisten und weihevollsten lächelte Mrs. Pusey selbst. Monica und Mme. de Bonneuil, die eine solche Feier stoischer zu nehmen wissen als ich, tranken das Zeug einfach herunter, wenn auch Mme. de Bonneuil mit einer eigentlich sehr charmanten Geste langsam ihren Kelch hob, bevor sie ihn in einem Zug leerte. Und dann, als die Zeremonie schon vorbei und das Ereignis gebührend beachtet worden schien, rollten Alain und noch ein Junge in weißer Jacke einen Servierwagen herein, auf dem eine Torte von solcher Pracht thronte, daß selbst Mme. de Bonneuil beeindruckt aussah. M. Huber war außer sich vor Stolz. Mrs. Pusey lachte und schlug die Hände vors Gesicht und führte sogar eines ihrer feinen Spitzentaschentücher an die Augen, als ihr nochmals Champagner eingeschenkt wurde. Jennifer überwachte sachkundig das Aufschneiden und Verteilen der Torte und schickte Kellner mit vollbepackten Tellern zu allen unseren Tischen. Diesmal mußten wir zum dankbaren Gruß die Kuchengabeln heben. Es war ganz reizend.

Und natürlich konnten wir dann nach dem Abendessen schlecht Mrs. Pusey sich selbst überlassen. Zum ersten Mal seit Menschengedenken tranken alle Gäste im Salon zusammen Kaffee. Es war nicht gerade eine homogene Gesellschaft, aber Mrs. Pusey, deren Lippenstift bei dem Trubel leicht verschmiert war, machte das anscheinend nichts aus. Mme. de Bonneuil, die nichts hören konnte, aber daran gewöhnt ist, ihre Pflicht zu tun oder vielleicht einfach nur, was von ihr erwartet wird, saß es tapfer durch und lächelte hie und da zu Mrs. Pusey hin oder nickte freundlich Jennifer zu. Sie hat mich bei dieser Gelegenheit als eine wirklich vornehme Frau beeindruckt, denn sie ist in dieser Gesellschaft hier nicht daheim, hat keinerlei Grund zum Feiern und steht doch, meinem Urteil nach, solchen aufwendigen Spielchen des Tuns-Als-Ob sehr fern. Monica, die mir zwar gelegentlich zuzwinkerte, wenn sie glaubte, niemand sähe gerade hin, machte mit mehr Begeisterung mit, als ich ihr vorher zugetraut hätte; sie zeigte wirklich, wie gut sie das gesellschaftliche Spiel mitspielen kann, wenn sie will, obwohl hinter jeder Bemerkung, die sie machte, eine satirische Absicht lauerte. Als sie in ihrer spöttischen Witzelei ein wenig zu weit ging, sah ich, daß Jennifer sie ganz offen fixierte. Aber wie ich vorausgesehen hatte, daß es sein würde und sein mußte, erregte Mrs. Puseys Anzug Monicas echtes Interesse, und bald unterhielten sie sich fast von gleich zu gleich, als sie die Namen und Adressen von Schneiderinnen austauschten: beide meinten dieselbe Person, was jedoch nicht sofort klar war, da Mrs. Pusey sie als ›meine kleine Frau‹ bezeichnete, während Monica von einer ›alten Freundin von mir‹ sprach. Einen harmonischen Augenblick lang war Frieden hergestellt, als sie im Kreuzfeuer eine Aufzählung von Luxusmarken steigen ließen, die den ganzen Kontinent umspannte. Gucci und Hermès, Chanel und Jean Muir, The White House und Old England sind ein paar von den wenigen, die ich kannte. An diesem Punkt wälzte sich Mme. de Bonneuil, die vielleicht solange ausgehalten hatte, wie sie annahm, daß es von ihr erwartet wurde, aus ihrem Sessel, hob ihren Stock zum Abschiedsgruß an Mrs. Pusey und wackelte aus dem Salon. ›Die arme alte Seele‹, sagte Mrs. Pusey mit einer Stimme, die mir sehr laut vorkam, obwohl Mme. de Bonneuil natürlich nichts hören konnte.

Wir machten weiter, aber eigentlich hätte die Party in diesem Stadium abgebrochen werden sollen. Du weißt, wie schwierig es ist, so etwas durchzustehen, wenn alle Aufmerksamkeit von einer Person beansprucht wird. Wieder fiel mir die seltsame Verweigerung jeglichen Eingehens auf andere bei den Puseys auf. Hinter ihrer extremen Freundlichkeit liegt etwas Abgeschottetes, Unantastbares, als könnten sie in Wirklichkeit niemanden außer sich selbst ernst nehmen. Als täte ihnen jeder leid, dem die Möglichkeit verwehrt ist, ein Pusey zu sein. Und das ist natürlich definitionsgemäß jedermann. Ich frage mich, ob Jennifer je heiraten wird. Auf welchen Außenstehenden wird sich einmal die höchste Gnade herabsenken, ins Innerste aufgenommen zu werden? Wie werden sie ihn als den Richtigen erkennen? Er wird tadellose Empfehlungen vorzuweisen haben: Reichtum, der dem ihren gleichkommt oder ihn, wenn möglich, noch übertrifft, einen passenden gehobenen Lebensstil, einen ideal gelegenen Wohnsitz und das, was Mrs. Pusey eine ›Position‹ nennt. Alle diese Attribute werden vor seiner körperlichen Erscheinung rangieren, durch die Jennifer doch nur zu einer übereilten Entscheidung verleitet werden könnte. Nach meinem Gespür wird der Erwählte angenehm, aber vielleicht nicht gerade ausgeprägt männlich sein; er wird galant sein und nicht zu jung und sehr geduldig und völlig nachgiebig. Er hat das alles zu sein, weil er – soll er Mrs. Puseys Anforderungen entsprechen – einen großen Teil seiner Zeit mit ihr wird verbringen müssen. Mit ihnen beiden. Ich sehe nämlich Jennifers Eheleben als Fortsetzung ihrer jetzigen Existenz; sie werden einfach nur zu dritt sein statt zu zweit. Der einzige Übergangsritus wird die Hochzeit sein, und da diese hauptsächlich als Vorwand dienen wird, um noch mehr Kleider zu kaufen, wird deren eigentliche Bedeutung kaum ins Gewicht fallen. Dieser Mann, Jennifers Ehemann, wird einen Platz zwischen den beiden bekommen und gleichmäßig beiden zur Verfügung stehen müssen. Er wird zwangsläufig der Mann in der Familie sein, aber er wird kein Pusey sein. Und waren sie schließlich nicht völlig glücklich, bevor er auftauchte? Verkörpern sie schließlich nicht ganz allein ihre Maßstäbe der Vollendung? Wie könnte er da wohl irgendeinen Änderungsvorschlag rechtfertigen?

Ich kann mir nicht vorstellen, daß Mrs. Pusey je sterben wird. Bei manchen Menschen (ich kenne sie gut) wirft der Tod seinen Schatten voraus: sie verlieren Hoffnung, Appetit, Lebensfähigkeit. Sie fühlen den Sinn ihres Lebens schwinden und erkennen, daß sie verloren oder nie erreicht haben, wonach ihr Herz sich sehnte, und geben auf. In den Augen solcher Menschen ist eine schreckliche Erkenntnis zu lesen, die letzte Selbsterkenntnis: Ich habe nicht genug gelebt, und es ist zu spät, um noch auf Erfüllung zu hoffen. Aber Mrs. Puseys prächtige Materialität scheint solche Vorstellungen, Gedanken, Ahnungen, oder wie man das sonst nennen will, auszuschließen. Mrs. Pusey hat sich die guten Dinge, die das Leben bieten kann, zu verschaffen gewußt und hat nicht die Absicht, sie fahren zu lassen, und warum sollte sie auch? Sie wußte von Anfang an, was manche Unglückliche nie lernen; sie wußte, daß das Beste dazu da ist, daß man es sich nimmt, auch wenn vielleicht nicht genug für alle da ist. Man sollte sie zu dieser Klugheit beglückwünschen. Mit allen anderen Empfindungen ihr gegenüber ist es vermutlich nur wie mit den sauren Trauben.

›Aber es ist ja Ihr Geburtstag‹, rief Monica, die offensichtlich einen ähnlichen Gedankengang verfolgt hatte wie ich. ›Der wievielte denn, wüßte ich gern?‹ Dies versuchte Mrs. Pusey zu überhören. (In der Tat kam mir in dem Augenblick der Verdacht, daß sie auch ein klein wenig schwerhörig sein könnte. Ja, fast sicher, wenn ich es mir recht überlege. Diese Monologe, die auf niemanden eingehen und sich in keiner Weise von der Meinung anderer beeinflussen lassen, könnten auch typisch für jemanden sein, der aus Eitelkeit nicht zugeben mag, daß er nicht gut hört.) ›Liebling‹, sagte sie zu Jennifer, ›geh und bitte doch Philip, sich uns anzuschließen. Er weiß, daß wir keinen Wert auf Förmlichkeiten legen‹. Worauf Jennifer, wieder einmal ganz leer und rosig im Gesicht, zu Mr. Neville hinübertrottete, der sich irgendwie verborgen gehalten hatte, solange die Feierlichkeiten vonstatten gingen, aber jetzt gezwungen war, seine Pläne für den Abend aufzugeben und sich zu uns zu setzen.

Aber Monica ließ sich nicht abschütteln. ›Jetzt raus mit der Sprache‹, drängte sie in scherzendem Ton, der aber keine Widerrede duldete. ›Ich wette, Sie können einfach nicht der Tatsache ins Auge sehen, daß Sie sechzig sind? Stimmt's? Nun, man sieht es Ihnen nicht an.‹ Mrs. Pusey lachte. ›Alter ist etwas Relatives‹, konterte sie. ›Sie sind so alt, wie Sie sich fühlen. Und manchmal fühle ich mich, als wäre ich noch immer ein junges Mädchen.‹ Ihre Stimme erstarb in naivem Staunen, als sie diese Worte aussprach: uns, ihrem Publikum, kam es vor, als stünde sie zögernd an der Schwelle ihres Frauendaseins, überwältigt vom Füllhorn der Schätze, die das Leben ihr versprach.

›Aber Sie haben Jennifer‹, sagte Monica ziemlich taktlos, wie ich fand, und auch Jennifer fand das offenbar, denn sie starrte Monica wieder mit dem direkten Blick an, der sie so viel älter wirken ließ als ...! Ja, als was? Vielleicht war ich vom Champagner benommen, vielleicht nur schon müde, aber plötzlich hatte ich das unheimliche Gefühl, daß dies alles eine Theateraufführung sei, alles nur Schein, eine Versammlung von Masken, und daß niemand je wieder die Wahrheit sagen würde. In dem Augenblick sehnte ich mich sehr nach Dir, David, sehr. Aber Du warst nicht da. Nur Mr. Neville war da und amüsierte sich riesig. Mr. Neville ist nämlich ein Liebhaber des Phantastischen, ein intellektueller Wollüstling höchsten Ranges.

Traurige Tatsache war, daß Mrs. Pusey plötzlich alt aussah, obwohl sie immer noch fröhlich mitspielte. Doch als sie nach vieler Komplimentiererei von Seiten Mr. Nevilles endlich gestand, daß sie neunundsiebzig ist, waren wir alle echt verblüfft.

Blitzschnell stellten wir Kopfrechnungen an, jeder von uns wußte genau, was die anderen dachten. Wenn Mrs. Pusey zugibt, neunundsiebzig zu sein, dann muß Jennifer ungefähr mein Alter haben. Meines und Monicas. Und so alt ist sie wirklich. Jennifer ist wie ich neununddreißig, obwohl sie in dieser eigenartigen Kombination von pummeligem Körper und ausdruckslosem Gesicht nicht älter als vierzehn wirkt. Denn was Jennifer so eindringlich verkörpert, ist Unentwickeltheit. Sie hat die verwirrende Bewußtheit oder vielleicht die gleichermaßen verwirrende Unbewußtheit vieler Halbwüchsiger; ihre anscheinend ahnungslose Sinnlichkeit wäre fast schockierend, würde sie nicht durch ihren töchterlichen Gehorsam widerlegt. Jennifer ist geradezu schreiend gesund, anständig, unschuldig. Aber im Vergleich fühle ich mich, die ich nichts von alledem bin, wie ihre unverheiratete Tante.

Und nun war der Augenblick gekommen, da Mrs. Pusey uns, durch Mr. Nevilles Ermutigungen verleitet, erzählte, wie die frühen Jahre ihrer Ehe durch völlig unerklärliche Kinderlosigkeit überschattet waren. Bei dieser Erinnerung wurde wieder ein schneeweißes Tüchlein aus der Tasche geholt, ausgeschüttelt und an ihre Mundwinkel geführt. ›So sehr wir uns auch bemühten‹, sagte sie, ›nichts half‹. Sie seufzte rückblickend. Diese Bemerkung hing ziemlich schwer in der Luft. Monica versank in brütende Gedanken, und ich wollte, ich wäre wie Mme. de Bonneuil früher gegangen. Doch dann, nach zwölf Jahren selbstloser und eifriger ›Bemühungen‹ wurden Mrs.

Puseys Anstrengungen belohnt und siehe da, Jennifer kam. ›Mein Mann hatte sich immer ein kleines Mädchen gewünscht.‹ An dieser Stelle drehte sie sich zu Jennifer hin, die ihr das erwartete Strahlelächeln schenkte und liebevoll die Hand ausstreckte. So ermutigt fuhr Mrs. Pusey fort und beglückte uns mit Anekdoten aus Jennifers Kinderjahren. Selbstverständlich entsprachen diese allen ihren Hoffnungen, obwohl die Kleine schrecklich verwöhnt wurde. ›Nun, wenn man so lange gewartet hat, neigt man eben dazu, ihnen alles zu geben, was sie sich wünschen. Nicht wahr? Und mein Mann konnte es nicht ertragen, sie weinen zu sehen. Es brachte ihn ganz aus der Fassung. Iris, sagte er immer, laß sie doch das Beste haben. Ich gebe dir einen Blankoscheck. Und so machten wir es, und das bißchen Verwöhnung hat ihr nicht geschadet, oder, Liebstes?‹ Wieder das Lächeln, die ausgestreckte Hand. Und gewiß darf Jennifers glänzende Gesundheit als nur gerechter Ausgleich für diese Mühen gelten, zu denen wir aus irgendeinem obskuren Grund Mrs. Pusey noch einmal gratulieren mußten. David, stell Dir bloß vor, unter anderem hatte Jennifer ein Pony, das Twiglet genannt wurde. Und dann durften wir uns wieder die ganze Saga anhören: Haslemere, Hauptbüro, und daß ihr alles ins Haus geliefert wird.«

Edith legte den Füller hin. Dieser Brief würde später fertiggeschrieben und wahrscheinlich überarbeitet werden müssen. Morbide Elemente schienen sich in ihre Erzählung eingeschlichen zu haben; sie merkte, daß sie den Rahmen ihrer

Darstellung überschritten hatte. Und nun wurde ihr bewußt, wie eng dieser Rahmen war: zu unterhalten, zu belustigen, zu zerstreuen war ihre Absicht gewesen, das Ziel, das sie anstrebte. Aber irgend etwas war schiefgegangen oder außer Kontrolle geraten. Was als Übung für heitere Unterhaltung begonnen worden war – und hatte die Situation nicht wie für eine solche Übung maßgeschneidert ausgesehen? –, hatte irgendwie zu Ansätzen von Selbstbeobachtung, Kritik, ja Bitterkeit geführt. »Nun, Liebes, was gibt's Neues aus Cranford*?« pflegte David zu fragen und seinen langen Arm auszustrecken, um sie an sich zu ziehen, wenn sie auf ihrem großen Sofa saßen. Und das war dann immer das Stichwort gewesen, um ihm ihre kunstvoll stilisierten kleinen Beobachtungen zu erzählen und zu beobachten, wie die Müdigkeitsfalten auf seinem hageren, fuchsartigen Gesicht sich in einem Lächeln auflösten. Denn so sah er mich eben, dachte sie, und aus Liebe zu ihm versuchte ich, so zu sein.

Aber jetzt, vielleicht lag es am Champagner, fühlte sie sich verwirrt und lustlos. Es schien keinen unmittelbaren Grund dafür zu geben außer Erschöpfung und überspannte Nerven. Der Abend war natürlich nach dem außerordentlichen Tag viel zu lang gewesen. Irgendwann hatte Monica angefangen, Mrs. Pusey, die mit gierigem Interesse zuhörte, das sie unter einer Miene gütiger Herablassung maskierte, ihre Geschichte zu

* *Cranford,* 1853 erschienener Roman von Elizabeth Gaskell, der anekdotisch eine von Frauen beherrschte Kleinstadtidylle beschreibt. A. d. Ü.

erzählen. Damit saßen sie fest. Jennifer, die ein Fußgelenk auf das andere Knie gelegt hatte, eine Haltung, die durch die bescheidene Weite ihrer Haremshosen ermöglicht wurde, und es immer noch schaffte, sowohl kindlich wie anstößig zu wirken, schien wieder einmal hinter ihrem gehorsamen Gesicht ganz woanders zu sein. Sie legte sich in ihrem Stuhl zurück, spielte mit ihren Lokken und beobachtete unter halbgeschlossenen Lidern die Szene; zwischen ihren Zähnen glänzte ein winziger Speichelfaden. Edith schluckte unsichtbare Gähnkrämpfe hinunter. Sie bemerkte, daß selbst Mr. Neville nicht ganz aufmerksam zuhörte, obwohl sein gewohnter höflicher Ausdruck nichts verriet.

Um Mitternacht saßen sie immer noch da. Wenn Monica einmal in Fahrt war, konnte sie nichts mehr ablenken, und eine Zigarette nach der anderen wurde geraucht. Dabei wußte Mrs. Pusey keinerlei wirklich nützlichen Rat zu geben; in der Erinnerung an ihre eigenen Prüfungen, die so glücklich ausgegangen waren, neigte sie lediglich zu ermutigenden Klischees, die nicht besonders gut aufgenommen wurden. Monicas Gesicht war wieder lang und unzufrieden geworden, und der Abend hatte entschieden weniger harmonisch geendet, als er begonnen hatte. Wenigstens war Kiki nicht da, Alain hatte ihn wieder einmal wegen schlechten Betragens in Monicas Badezimmer eingeschlossen. M. Huber, der, etwas enttäuscht in seiner Rolle als Zeremonienmeister, trotzdem unten geblieben war, hoffte immer noch auf anerkennende Worte. Aber niemand sprach sie aus. Es schien, als könnte sich vor Müdigkeit keiner mehr aufraffen, die Situation zu retten, und als Mr. Neville schließlich Mrs. Pusey seinen Arm anbot, war sie nur zu froh, ihn anzunehmen. Sie brauchte ein bißchen länger als gewöhnlich, um aus ihrem Sessel hochzukommen, aber dann ging sie endlich, von Mr. Neville geleitet, hinaus, und Jennifer führte die Nachhut an.

Edith erreichte den Hafen ihres Zimmers, schloß die Tür hinter sich und versuchte, den Grund für ihre Niedergeschlagenheit zu entdekken. Sie mußte irgendwie mit den Ereignissen dieses Abends und den Gedanken, die diese geweckt hatten, zusammenhängen. Lag es daran, daß ihr das Feiern überhaupt so ungewohnt war? Mrs. Puseys Geburtstag, Jennifers imaginäre Hochzeit waren ihr so viel dreidimensionaler vorgekommen als alles Derartige in ihrem eigenen Leben. Zu ihren Geburtstagen zu Hause bei den Eltern hatte Edith selbst den Kuchen gebacken, und ihr Vater hatte ihn feierlich mit dem Kaffee hereingetragen. Diese Anlässe waren kurze, schüchterne Ausflüge in ein Familienleben, wie sie es sich erträumte, gewesen. Ihre Mutter fühlte sich zu Erinnerungen an die Kaffeehäuser ihrer Jugend angeregt und erzählte eine Weile lebhaft und amüsant, bis die unwiederbringlich verlorene Vergangenheit sie melancholisch machte. Dann war der Kaffee ausgetrunken, und der Kuchen lag in Trümmern auf seiner Platte, und wenn Edith ihn in die Küche zurücktrug, war ihr Geburtstag vorbei. Und von Hochzeitsfeiern war nie die Rede gewesen.

Und jetzt spürte Edith paradoxerweise in der ersehnten Stille und Dämmerung ihres Zimmers, wie ihre Müdigkeit sich löste und das Unbehagen dahinter, das ihr beim Briefschreiben schon zeitweilig bewußt geworden war, sich rührte, wuchs und die Oberhand gewann. Und in dieser Nachtstunde fühlte sie nun ihr Herz pochen und ihren Verstand, das kontrollierende Element, in Stücke gehen, während sie ihr verborgene Abseiten, gefährliche Zonen ins Bewußtsein hoben. Die sorgfältige Verstellung dieser Tage hier, die fast erfolgreiche Veranstaltung dieses künstlichen, sinnlosen Lebens, das ihr zu ihrem Besten verordnet worden war, von anderen, die nicht verstehen konnten, was zu ihrem Besten war, enthüllte sich plötzlich in ihrer ganzen Nichtigkeit. Vielleicht hatte der Champagner, der Kuchen, die ganze Geburtstagsfeier die Schranken ihres Bewußtseins zerfressen, und es drängten nun hinterhältige, unwillkommene Assoziationen nach, die ihr das Unsinnige dieser Vorkehrungen, die sie für sich getroffen hatte, zeigten, ihr den Spaß verdarben und sie zu ernsthaften, schmerzlichen Überlegungen zwangen und Rechenschaft verlangten.

Sie hatte geglaubt, indem sie dieser kurzen Verbannung zustimme, mache sie nur klar Schiff und dürfe im gegebenen Augenblick wieder mit weißer Weste zurückkehren, geläutert, wie es sich gehört, um ihr Leben wieder aufzunehmen. »Ich mache klar Schiff, Edith«, hatte ihr Vater gesagt, als er die Schriftstücke auf seinem Schreibtisch zerriß. »Ich mache nur klar Schiff.« Er hatte gelächelt, aber in seinen Augen lag das traurige Wissen. Er hatte gewußt, daß nie wieder etwas für ihn sein würde wie vorher, daß sein Krankenhausaufenthalt nicht das kurze Zwischenspiel sein würde, wie er ihrer Mutter gegenüber behauptet hatte. Und er war nicht mehr nach Hause gekommen. Und vielleicht werde ich auch nicht mehr nach Hause kommen, dachte sie, und das Herz wollte ihr brechen. Und in ihrem Kummer fühlte sie sich in höchstem Grade gefährdet, wie wenn sie sah, daß die Handlung eines Romans sich schließlich lösen mußte und auf welche Weise das zu bewerkstelligen wäre.

Mit gesenktem Kopf saß sie allein in der Stille und ließ noch einmal aufmerksam die Ereignisse an sich vorüberziehen, die sie jetzt, in der Nachsaison, ins Hotel du Lac geführt hatten.

☆☆☆☆☆☆☆☆☆☆☆☆☆☆☆☆☆☆☆☆☆

9

An ihrem Hochzeitstag wurde Edith früher als gewöhnlich durch ein Tageslicht geweckt, dessen grelle, weiße Härte unerfreuliche Überraschungen zu versprechen schien, jedenfalls nicht die milde Spätsommersonne, auf die sie gezählt hatte. Sie faßte das Wetter als ein Omen und ihr plötzliches Aufwachen als ein Zeichen auf, auch wenn sie nicht sagen oder nicht einmal denken konnte, wofür. Sie kam der Sache näher, als sie an ihrem Toilettentisch vorbeiging und ihr Gesicht sah und darüber erschrak, wie blaß und hohlwangig es war. Ich bin nicht mehr jung, dachte sie; dies ist meine letzte Chance. Penelope hat recht. Es ist höchste Zeit, daß ich meine Hoffnungen, die Hoffnungen, mit denen ich geboren wurde, fahren lasse und der Realität ins Auge schaue. Ich werde nie bekommen, wonach ich mich im Innersten sehne. Wie auch? Es ist zu spät. Aber es erwarten mich alle Annehmlichkeiten des sogenannten reiferen Alters: ein angenehmer Gefährte, bequeme Lebensumstände, Ferien, wie es sich gehört. Es ist ein vernünftiger Plan. Und ich war immer eine vernünftige Frau, dachte sie. Darüber waren wir uns alle einig.

Und Geoffrey Long, dieser freundliche Mann, mit dem man sie vor noch gar nicht so langer Zeit bei jener Abendeinladung zusammengebracht hatte und der seit dem Tod seiner Mutter so einsam gewesen war: konnte irgend jemand ihr wohl eine bessere Garantie für eine sichere, vernünftige Zukunft bieten? Nur ein sehr unschuldiger Mann, dachte sie, konnte so offen den traditionellen Verehrer spielen. Und wie beeindruckt waren alle, vor allem Penelope, aber schließlich sogar Edith selbst, von seinem Eifer und seiner Großzügigkeit, seinen unaufhörlichen Blumensendungen, seiner umständlichen Fürsorge und zum Schluß von dem düsteren Opalring seiner Mutter. Und er hatte ihr ein vollständiges Leben angeboten, ein neues Zuhause, in das sie einziehen würde, neue Freunde und sogar ein Haus auf dem Land, alles Dinge, die sie sich nicht hätte träumen lassen. Und er war ein ansehnlicher Mann, wenn auch ein bißchen altmodisch in seinen Ansichten: er schätzte es zum Beispiel nicht, wenn Frauen berufstätig waren, und spöttelte über die viele Zeit, die sie ihren Büchern widmete. Und seine Werbung hatte etwas so angenehm Direktes, ja Komisches. Und alle erzählten, wie gut er zu seiner Mutter gewesen sei. Alle sagten, wie gut es seine Frau haben würde. Alle sagten, was für ein Glück Edith habe. Penelope sagte es mit einer ganz leicht gereizten Miene, die andeutete, daß sie selbst dieser Ehre würdiger wäre. Und Edith wurde ständig an ihr Glück gemahnt. Und wirklich, es gab keinen

Grund, das zu leugnen. Sie hatte Glück gehabt. Ich habe Glück gehabt, ermahnte sie sich selbst, als sie in das hohlwangige Gesicht im Spiegel ihres Toilettentisches sah.

Sie kochte sich eine Kanne ganz starken Tee, und während sie darauf wartete, daß er zog, öffnete sie die Küchentür, um in den Garten hinauszuschauen. Aber es ging ein schwacher unangenehmer Wind, der kleine Staubfontänen um ihre Fußknöchel blies, und die Tür schlug ständig auf und zu und verdunkelte zeitweilig das seltsame Licht, als wären Wolken aufgezogen, obwohl doch keine da waren, und alles, was sie für sicher angesehen hatte, hörte plötzlich auf. Wie dieses kleine Haus hier, das so lange ihr privates Reich gewesen war, eine Muschel, in der sie schreiben und schlafen konnte, ein stiller, sonniger Ort an den menschenleeren Nachmittagen, bevor die Kinder von der Schule heimkamen und in die anderen Haustüren einbogen. Diese ruhigen Nachmittage, wenn die Sonnenwärme am Fenster in ihrem Rükken ihre unermüdlichen Finger antrieb, als hätten sie eigenes Leben! Und die stets durch eine Veränderung des Lichts angezeigte Erschöpfung danach, die sie wieder zu sich selbst und zu ihrem steifen Rücken und ihren verspannten Schultern zurückbrachte. Dann wurde sie sich einer leichten Verkrampfung, ihres zerzausten Haars und ihrer verschmierten Finger bewußt und empfand ein Gefühl des Ekels, als hätte hier etwas Orgiastisches stattgefunden, während die Kinder von der Schule kamen. Sie ging dann in die Küche hinunter, öffnete die Tür zum Garten und atmete tief die himmlische, normale Luft ein, während sie darauf wartete, daß das Teewasser kochte. Und dann nahm sie den Tee mit hinauf in ihr schlichtes, weißes Badezimmer, wo sie die Spuren der Anstrengung des Tages abwusch und das einfache Baumwollkleid weghängte, das sie zum Arbeiten trug, als wäre nur ganz bescheidene Kleidung ihrer täglichen Aufgabe angemessen – dieser unerlaubten Herstellung einer zum Überleben unnötigen Substanz. Und in ihrem Schlafzimmer, einem kühlen Raum, der nur, und bloß ganz kurz, Morgensonne hatte, zog sie sich sorgfältig an, bürstete ihr Haar, wie man sie es vor langer Zeit gelehrt hatte, und steckte es mit gewohnter gedankenloser Übung auf. Und wenn sie dann ihr Aussehen ernst im Spiegel geprüft hatte, ging sie hinunter, um sich noch eine Tasse Tee einzuschenken und sich endlich bereit für den Garten zu fühlen.

Den Garten würde sie am meisten vermissen, dachte sie, obwohl sie eigentlich gar keine richtige Gärtnerin war. Die meiste Arbeit wurde von einem schweigsamen, beängstigend blassen Jungen vom Gemüseladen erledigt. Was ihm an Worten abging, machte er durch seine Leidenschaft für Pflanzen und den Eifer, mit dem er sie pflegte, wett. Er kam dreimal die Woche in seiner Mittagspause, und sie stellte ihm sein Mittagessen auf dem Küchentisch bereit. Besorgt wegen seiner Blässe, versuchte sie, ihm appetitanregende Sachen zu richten, und obwohl er sich nach einem Käsebrötchen und einer Flasche Bier sehnte, vertilgte er brav die zarten Häppchen, denn er spürte, daß ihr dies wichtig war, und nahm es ernst. »Ich geh' jetzt«, rief er danach die Treppe hinauf. »Sonntag schau' ich vielleicht rein.« »Gut, Terry«, rief sie zurück. »Das Geld liegt auf der Kommode.« Denn das Geld schien ihnen beiden etwas Gesondertes, das kaum etwas mit der liebevollen Hausarbeit, der sie sich beide auf ihre Weise widmeten, zu tun hatte.

Ganz richtig gehörte ihr der Garten nur am frühen Morgen und am Abend, nach der Arbeit des Tages, wenn sie einfach auf einer ziemlich unbequemen schmiedeeisernen Bank saß – einem freundlichen Geschenk Geoffreys, der über ihren alten, knisternden Korbstuhl gelacht hatte – und zusah, wie die Sonne hinter der Hecke versank, und sich am Stärkerwerden der Düfte erfreute. Zu dieser Zeit kam dann das Töchterchen ihrer Nachbarn, ein Kind von rührender Schönheit, dessen Glück und Natürlichkeit bereits durch einen entstellenden Sprachfehler bedroht waren, hinaus, um zu sehen, ob sie da war (aber sie war ja immer da). Es schlüpfte durch die Hecke, um Gute Nacht zu sagen. Und Edith beobachtete, wie es sich mit den Worten quälte und der dünne kleine Körper vor Anstrengung zappelte, und sie lächelte und nickte, als wären die Sätze völlig verständlich, und legte die Hände auf den zuckenden Kopf des Kindes, um ihn zur Ruhe zu bringen, und flüsterte: »Gute Nacht, mein kleiner Schatz. Schlaf gut.« Und sie küßte das nun ruhig gewordene Kind und schickte es nach Hause ins Bett.

Die Abende waren weniger interessant. Ein Besuch bei Penelope, um sich die Ereignisse des Tages berichten zu lassen, eine kleine Mahlzeit, meistens die Hälfte von dem, was Terry zu Mittag bekommen hatte, Blumen gießen und dann, sehr früh, schlafen gehen. Manchmal war es noch hell, wenn sie zu Bett ging, das Licht faszinierte sie so, daß sie ihr Buch sinken ließ und einfach zuschaute, wie es verblich und die Farben sich veränderten, bis es schließlich dunkel und uninteressant wurde. Dann war es Zeit zum Schlafen. Ihr Bett war weiß und schlicht und nicht gerade geräumig. Geoffrey Long, der ein robuster Mann war, hatte sie mit schmerzlich verzogener Miene, aber wie immer freundlich, mehr als einmal darauf aufmerksam gemacht. Und natürlich auch Penelope, deren Bett bequem vier Erwachsene hätte beherbergen können und auf dem sich tagsüber Berge von zierlichen Kissen türmten, deren Bezüge der Welt zu verkünden schienen: »Ich bin eine außerordentlich weibliche Frau.« Manche Frauen errichten sich selbst Altäre, dachte Edith. Und recht haben sie. Aber ich glaube nicht, daß ich das schaffen würde.

Jedenfalls war am Montagu Square, wo Geoffrey vorher mit seiner Mutter gelebt hatte, bereits ein richtiges Ehebett aufgestellt worden, und bald würde sie in ein schönes Schlafzimmer einziehen, dessen Farben sie insgeheim ein bißchen zu aufdringlich fand. Sie hatte sie selbst ausgesucht, aber hatte dabei, vielleicht fatalerweise, Penelope um Hilfe gebeten, die sie sachkundig durch eine Reihe von Warenhäusern geschleppt und ihr dabei einen Vortrag darüber gehalten hatte, wie man es einem Mann recht macht. »Bloß nichts Fades, Edith!« hatte sie mehrere Male gesagt. »Ein Mann kann sich in einer Klosterzelle nicht wohl fühlen. Du kannst nicht über seine Bedürfnisse hinweggehen.« Edith wurde in dieser luftlosen Welt flau, und sie fühlte sich schuldig, weil sie so wenig sah, was ihre Begeisterung erweckte, und Penelope so viel stärker in dem Unternehmen engagiert schien als sie selbst. Und zuletzt erlag sie ihren Überredungskünsten und auch dem schrecklich mageren Gesicht des armen Verkäufers, den sie um seine Mittagspause brachten, und entschied sich für einen stumpfgelben Bettüberwurf und dazu teure stumpfgelbe Handtücher für ihr Badezimmer aus dunkelgrünem Marmor und zwei dicke zimtfarbene Wolldecken mit Satineinfassung. Sie waren neu und schön, aber es schien ihr, als schluckten sie das Licht und seien auf muffige Weise pompös. Sie konnte sich nicht vorstellen, nach dem täglichen Schreiben in dieses Schlafzimmer zu kommen oder ein Schläfchen auf dem prächtigen Rattanbett zu machen. Und sie hatte am Montagu Square fast keine Kinder bemerkt, und es gab keinen Garten, so daß ihr Tageslauf völlig anders aussehen würde, wenn die Zeit am Schreibtisch vorbei war. Aber sie würde ja nicht schreiben. Vielleicht würde sie nie wieder schreiben. Sie würde das Leben führen, das, wie sie annahm, andere Frauen führten: Einkaufen, Kochen, Gäste zum Abendessen, Verabredungen zum Mittagessen. Sie würde geselligen Umgang mit allen pflegen, die sie in der Vergangenheit so freundlich zu ihren kleinen Geselligkeiten eingeladen hatten und bei denen sie sich bis jetzt nur mit dem Angebot revanchiert hatte, sie möchten sich doch einmal ihren Garten ansehen. Ich bin viel schuldig geblieben, sagte sie sich eines Tages, als sie mit schüchterner Freude ihre neue, geräumige Küche besichtigte. Ich muß ihnen wie ein Findelkind vorgekommen sein. Das wird sich ändern müssen.

Und es hatte sich geändert. Niemand war verletzt. Im Gegenteil, alle waren entzückt. David hatte über ihre neue Rücksichtslosigkeit gelacht und sie mit einem unbekannten Liebhaber aufgezogen. »Du mußt verliebt sein«, hatte er gesagt. Und sie hatte nicht gewagt, den ungeschriebenen Vertrag zwischen ihnen zu brechen, und hatte nicht gesagt, was sie sagen wollte, und die Gelegenheit für immer verpaßt. So daß er, als er eines Tages bei einer privaten Filmvorführung heimlich ihre Hand ergriffen und sie seinen Daumen zu ihrem Ringfinger geführt hatte, wo er die Kante des häßlichen Rings von Geoffreys Mutter fühlen konnte, steif geworden war, aber nichts gesagt hatte. Was war da auch zu sagen? Sie hatten ja einander nichts versprochen. Und später an jenem Abend, bei ihrem letzten Zusammensein, hatte er sein Gesicht an ihren Hals gedrückt und gemurmelt: »Meinst du das tatsächlich ernst?« und sie hatte es ernst gemeint, denn manchmal blieb er zu lange weg. Und er hatte sie nicht davon abgehalten. Doch einen Monat später, an ihrem Hochzeitsmorgen, stand sie immer noch in der Küche und dachte an alle die Worte, die sie ihm noch nicht gesagt hatte.

Das Geräusch eines Schlüssels im Schloß ließ sie auffahren. Die Frau, die unregelmäßig zum Putzen zu ihr kam, Mrs. Dempster, erschien mit rosa Wangen, glänzend frisiert und selbstlos nüchtern und starrte sie verdutzt an. »Noch nicht angezogen?« wunderte sie sich. »Ich hoffe, Sie haben wenigstens schon gebadet.«

»Warum?« fragte Edith. »Wieviel Uhr ist es?«

»Es ist zehn«, sagte Mrs. Dempster langsam und überdeutlich wie zu einem Kind. »Zehn Uhr. Sie heiraten um zwölf, erinnern Sie sich? Und falls Sie sich fragen, was ich hier tue: nun, es geht nur um die Kleinigkeit, daß ich den Partyservice überwachen soll. Vielleicht erinnern Sie sich *daran.* Sie kommen nachher, bevor Sie ins Blaue abdampfen, zu einem kalten Buffet hierher, falls Sie das vergessen haben sollten.«

Sie schnaubte heftig, als sie ihre fleckenlose Kittelschürze überzog; die Aussicht auf eine Hochzeit schien ihre berüchtigten empfindlichen Nerven zu strapazieren. Männer waren ihr Ruin, hatte sie Edith über mancher Tasse Kaffee anvertraut. Es blieb immer viel Arbeit liegen. Edith hatte den Verdacht, daß Penelope mehr aus Mrs. Dempster herausholte, aber Penelope hatte auch in bezug auf Vertraulichkeiten mehr zu bieten. Penelope und Mrs. Dempster hatten nämlich etwas gemeinsam: ihre Gespräche drehten sich immer und ausschließlich um das Thema Männer, die sie gleichzeitig zu lieben und zu hassen schienen. Als Mrs. Dempster daher nun sagte: »Na, kommen Sie, Kleines! Sie baden jetzt, und ich mache Ihnen eine schöne Tasse Kaffee, die Sie trinken, wenn Sie sich anziehen«, wandte sich Edith mit Tränen in den Augen ab. Die Freundlichkeit der Menschen, dachte sie. Wie unvermutet freundlich sie sein können.

Als sie in der Wanne lag, hörte sie das Haus unter Mrs. Dempsters Stimme, die einen Männertrupp kommandierte, erdröhnen. Champagnerkisten wurden unten irgendwo ziemlich heftig abgestellt. Die versprochene Tasse Kaffe war offenbar angesichts der aufregenden Aufgabe, die Vorbereitungen zu beaufsichtigen, aufgeschoben worden: das kleine Haus erzitterte unter dem Einfall der Floristen und des Mädchenteams, das nun die Küche besetzte, um die Spargelbrötchen und Pilzpasteten, das Käsegepäck und die glasierten Orangekuchenstäbchen und den Nesselrodepudding anzurichten. »Pudding, Edith? Du mußt verrückt sein«, hatte Penelope gemeint. »Meine Mutter liebte ihn«, widersprach Edith und dachte im Stillen, daß ihre Mutter dies als ein schwaches Bündnis angesehen hätte. Es waren nun hohe, aber strenge Mädchenstimmen zu hören, die noch weitere Vasen verlangten und aus der Küche ins Vorderzimmer riefen: »Sarah! Los, dalli, dalli! Wir müssen hier um halb zwölf weg sein, wenn wir noch zeitig in die Tregunter Road kommen wollen. Oh, Kaffee! Sie sind ein Engel, Mrs. Dempster. Sarah, Kaffee!« Und plötzlich hörte der Betrieb völlig auf, als hätten sie beschlossen, die ganze Sache abzublasen. Aber als Edith in ihr Schlafzimmer zurückkam, fand sie eine Tasse Kaffe auf ihrem Toilettentisch und in der Untertasse zwei Kekse, die Mrs. Dempster mitgebracht haben mußte, denn Edith konnte sich nicht erinnern, welche gekauft zu haben.

Sie zog die feinen Strümpfe und den schönen grauen Satinslip an. Sie hatte Penelopes Angebot, sie in der Kleiderfrage zu beraten, abgelehnt und war mit einer Reihe unvertrauter Buslinien zu einer älteren polnischen Schneiderin in Ealing gefahren, der sie einen leichten blaugrauen Stoff, ein Gemisch aus Wolle und Seide, brachte. Und da stand sie nun in der recht gelungenen Kopie eines Chanelkostüms, dessen Jacke mit einer blauweißen Seidenlitze bordiert war. Mme. Wienaska hatte ihr auch eine schlichte kragenlose Bluse genäht, die sie mit der Perlenkette ihrer Tante Anna trug, ihrer einzigen Aussteuer, dem einzigen Andenken an ihre Familie. Ihre Schuhe waren blau und weiß und hatten etwas zu hohe Absätze, fand sie, und sie trug ihre weißen Handschuhe in der Hand. Sie hatte sich geweigert, einen Hut aufzusetzen, hatte aber ihr Haar etwas höher als gewöhnlich aufgesteckt, und als sie in den Spiegel schaute, war sie mit sich zufrieden. Sie sah elegant und selbstbeherrscht aus. Erwachsen, dachte sie. Endlich.

Ein schwaches Gefühl der Freude begann sich zum ersten Mal heute in ihr zu regen, und auf ihrem Gesicht stand ein alle Welt willkommen heißendes Lächeln, als sie die Treppe hinunterstieg. Sarah und ihre Freundinnen (Kate? Belinda?) hatten keine Zeit für sie, und Mrs. Dempster war am Küchentisch in eine wichtige Unterhaltung mit Penelope vertieft. Penelope, sah Edith mit Interesse, trug ein offensichtlich teures Kleid aus bedruckter Seide und einen riesigen roten Strohhut, dessen Krempe sich seitlich vom Gesicht fast bis zur Schulter hinunterschwang. Ein starker

Parfümgeruch stieg aus ihren vielen Plissierungen und Raffungen auf, und Mutters berühmte Diamantenohrringe hatten nicht fehlen dürfen und wurden von Zeit zu Zeit mit langen scharlachroten Fingernägeln betastet. Dieser Aufzug fand Mrs. Dempsters volle Billigung; er war in der Tat strahlend hochzeitlich, obwohl er jetzt einen seltsamen Kontrast zu den strammen Rückseiten der Zwilchschürzen tragenden Mädchen bildete, die eben eifrig Mandelpaste um die Stiele von Holzlöffeln rollten. Was auch immer Penelope mit Mrs. Dempster besprochen hatte, es wurde sofort fallengelassen und Edith einer strengen, fast unpersönlichen Prüfung unterzogen. Wer würde siegen, fragte sich Edith mit fast ebenso unpersönlicher Neugier. Penelope mit ihrer betonten Kenntnis dessen, was Männer lieben, oder ich, die ich nur das Genie meiner polnischen Näherin in die Waagschale zu werfen habe? Wäre ein Mann da, könnten wir jetzt das Urteil des Paris nachspielen! Wenn dieser Mann allerdings Geoffrey wäre (und nun konnte es ja kein anderer mehr sein), würde er allen von uns etwas annehmbar Galantes zu sagen wissen.

Das Schweigen wurde von einem der Mädchen, die mit überraschender Schnelligkeit ihr Hochzeitsfrühstück herrichteten, gebrochen: »Oh, toll schick«, sagte sie. »Würde es Ihnen etwas ausmachen, hier rauszugehen, wir würden nämlich gern pünktlich hier wegkommen und wollen noch aufräumen. Viel Glück und so«, setzte sie hinzu.

So mußte Edith im Garten herumgehen, während Penelope und Mrs. Dempster in der Küche bei den Mädchen Aufsicht führten und ihrer Hoffnung Ausdruck verliehen, daß Edith sich klarmache, was für ein Glück sie hatte, denn sie waren sich stillschweigend darüber einig, daß ein solches Glück in Ediths Fall nicht selbstverständlich und nicht einmal so recht verdient sei. »Sie schwebt ja die halbe Zeit in den Wolken«, bemerkte Mrs. Dempter, »und denkt sich diese Geschichten aus. Ich frage mich manchmal, ob sie überhaupt weiß, worum es da geht.« Penelope lachte, und Edith sah das durch die offene Küchentür und hätte gern gewußt, ob sie hineingehen dürfe, um mitzulachen. »Ach, meine Liebe, die mit den wirklichen Geschichten bin ich«, hörte sie gerade noch Penelope sagen. »Ich wundere mich, daß sie mich nicht in einem Buch verwendet.«

Das habe ich doch, dachte Edith. Du hast dich nur nicht wiedererkannt.

Aber sie fröstelte und war jetzt müde und hungrig. Sie fühlte sich, als käme sie langsam nach einer schwächenden Krankheit wieder zu sich und als könnten jeden Augenblick Kopfschmerzen und Tränenausbrüche einsetzen. Eigentlich, schien ihr, müßte sie jetzt etwas Warmes, Schäbiges anhaben – ein Morgenrock wäre ideal – und ein nährendes heißes Milchgetränk schlürfen. Sie fühlte sich empfindlich einsam und dachte, daß es wohl vielen Bräuten so gehen mochte. Aber bestimmt wurden wenige Bräute einfach allein ins Wohnzimmer verbannt, wo sie sich tadellos zu benehmen hatten und nur ab und zu aufstehen durften, um aus dem Fenster zu sehen, ob die Wagen nicht kämen. Und als das erste riesige, glänzende Taxi vorfuhr, war es dann wirklich Aufgabe der Braut, in die jetzt warme, gemütliche Küche zu gehen und anzukündigen: »Penelope, dein Taxi ist da?« Es war nämlich beschlossen worden – Edith erinnerte sich nicht mehr, von wem –, daß Penelope, die Ehrendame, als erste am Standesamt ankommen und sich dort mit Geoffrey und seinem Trauzeugen, einer größeren, schläfrigeren Ausgabe des Bräutigams, zusammentun sollte. Mit vereinten Kräften würden sie dann Edith empfangen, die fünfzehn Minuten später, allein mit dem zweiten Wagen hinfahren sollte. Mrs. Dempster wollte auf eigenen Wunsch zu Hause bleiben und Ediths Schlafzimmer benutzen, um sich ihr distinguiertes Festgewand anzuziehen, und dann da sein, um sie bei ihrer Rückkehr zu begrüßen und am Buffet die Honneurs zu machen.

Nachdem Penelope zur Abfahrt überredet worden war und sich dabei viel Zeit gelassen und die unverwandten Blicke der kleinen, Kartoffelchips essenden Kinderschar, die vor dem Haus wartete, genossen hatte, trat eine Weile Ruhe ein. Die Mädchen zogen ab, schon unter Zeitdruck und laute Berechnungen über die Fahrtdauer zur Tregunter Road anstellend. Mrs. Dempster war im Oberstock zu hören, wie sie Wasser für ihr Bad in die Wanne ließ. Edith stand am Fenster. Und dann, viel zu bald, war sie an der Reihe.

Als ihr Taxi langsam mit ihr davonfuhr, verfiel Edith in einen regressiven Gemütszustand. Ihr fielen plötzlich Einzelheiten an ihrem kleinen Haus auf, als sähe sie es zum ersten Mal. Es hätte gestrichen werden müssen, dachte sie, und dann: ich hätte das wirklich machen lassen sollen. Und dann bemerkte sie, wie außerordentlich reizvoll die Läden waren, an denen sie täglich blicklos vorübergegangen war: das Bestattungsinstitut, die Drogerie, der Zeitungsladen mit seiner diskreten Auslage von Herrenmagazinen, auf deren Titelbildern vornübergebeugte Mädchen zwischen ihren Beinen durchwinkten, das Wettbüro, vor dem das Trottoir mit Papierschnitzeln bedeckt war. Während das Auto sie ihrer Bestimmung entgegenfuhr, sah sie voll Nostalgie den zypriotischen Gemüsehändler mit einem Eimer Wasser aus den Tiefen seines Ladenlokals auftauchen und ihn in weitem Bogen über das Pflaster gießen, und sie empfand ein schockartiges Lustgefühl. Sie sah das Krankenhaus und die jungen Männer in weißen Kitteln auf den Stufen davor und den Abenteuerspielplatz und die Kindertagesstätte und das Geschäft, das Pflanzen verkaufte, und ein, zwei Pubs und einen ganz hübschen Kleiderladen. Und dann sah sie das Standesamt und eine kleine Menschenmenge, die plaudernd auf der Treppe vor dem Eingang stand. Wie ein Besucher von einem anderen Planeten sah sie ihren Verleger und ihren Agenten und den verrückten vegetarischen Vetter ihres armen Vaters und mehrere ihrer Freunde und auch etliche Nachbarn. Und sie sah, wie Penelope, deren roter Hut die Aufmerksamkeit von ein paar Photographen anzog, sich angeregt mit dem Trauzeugen und mit Geoffrey unterhielt. Und dann sah sie, blitzartig, aber für alle Zeiten, seine ganze mausartige Spießigkeit.

In völliger Herzensruhe beugte sie sich vor und sagte zu dem Chauffeur: »Würden Sie bitte ein Stück weiterfahren? Ich habe es mir anders überlegt.«

»Gewiß, Madam«, antwortete der Mann, der sie ihres bescheidenen Auftretens wegen für einen Hochzeitsgast hielt. »Wohin möchten Sie?«

»Vielleicht einmal um den Park?« schlug sie vor.

Als der Wagen am Standesamt vorbeiglitt, sah Edith wie auf einem Standphoto Penelope und Geoffrey ihr mit geweiteten Augen und vor Entsetzen aufgesperrten Mündern nachstarren. Dann belebte sich das Bild etwas, als alle die Stufen hinunterstürzten; es erinnerte sie an eine Szene aus irgendeinem frühen Meisterwerk des Kinos, das in Filmarchiven erhalten geblieben ist. Sie fühlte sich, als wäre sie Zuschauerin bei einem epischen Geschehen, und war auf das Fallen von Schüssen und auf tödliche Zwischenfälle gefaßt. Aber bald, verblüffend bald, hatten sie alle hinter sich gelassen, und wie zum Zeichen ihres Entkommens trat die im falschen Spätsommerlicht glühende Sonne heraus und warf ihre Strahlen über den Sloane Square. Und dann fuhren sie schon gemächlich durch den Park; Edith öffnete das Fenster, atmete ekstatisch die frischere Luft ein und überließ sich mit Entzücken dem Schauspiel der fußballspielenden kleinen Jungen und der dicken kleinen Mädchen auf ihren Ponys und der Touristen mit ihren Stadtplänen, die sich vermutlich zu Harrods durchfragten.

»Noch einmal«, bat sie. Aber nun wich ihre Verzückung allmählich dem Gedanken an die Konsequenzen, auf die sie sich würde gefaßt machen müssen. Inzwischen waren sie wohl alle schon bei ihr zu Hause. Geoffrey saß wahrscheinlich im Wohnzimmer, das Gesicht in den Händen vergraben, und Mrs. Dempster erkundigte sich grimmig, was zum Teufel sie mit dem ganzen Essen anfangen solle. Und Penelope würde bestimmt alles leiten. Während dieser zweiten Runde bemerkte sie, daß die Blätter gelb wurden und der Himmel sich wieder überzog und daß ihr sehr kalt war. Und bedauerlicherweise hatte sie immer noch Hunger.

Danach war alles schrecklich gewesen. Ihr kleines Haus vibrierte vor Empörung, als sie ankam; sie war nur froh, zu sehen, daß ihr Verleger und ein oder zwei ihrer älteren Freunde im Garten Champagner tranken. Sie schlich die Treppe hinauf in ihr Schlafzimmer, fand es aber von Mrs. Dempsters Kleidungsstücken übersät und stark nach Mrs. Dempsters Parfüm riechend. Unten konnte sie Penelope sagen hören: »Bedienen Sie sich doch. Wenigstens können wir Ihnen etwas zu essen anbieten. Ich kann mir nicht vorstellen, wo Edith hin ist; sie muß krank geworden sein.« Darauf hatte Edith geseufzt und war schüchtern die Treppe heruntergekommen, wobei ihr deutlich bewußt war, wie taktlos es wirken mußte, daß sie überhaupt noch erschien.

Sie ging geradewegs ins Wohnzimmer und legte Geoffrey die Hand auf die Schulter. »Geoffrey«, sagte sie. »Es tut mir leid.« Er schaute auf und nahm mit bedeutungsvoller Würde ihre Hand von seinem Ärmel. »Ich habe dir nichts mehr zu sagen,

Edith«, sprach er. »Du hast mich lächerlich gemacht.«

»Ich denke, du wirst bald merken, daß ich es bin, die sich lächerlich gemacht hat, Geoffrey.«

Dies ignorierte er. »Ich bin nur dankbar, daß meine arme Mutter diesen Tag nicht mehr erleben mußte.«

Sie schauten beide auf den Opalring, den Edith abstreifte und ihm aushändigte. Dann sagte sie: »Lebwohl, Geoffrey« und verließ das Zimmer.

»Ich gehe in den Garten, Penelope«, kündigte sie an und löste damit eine neue Welle empörter Erregung aus. »Ich möchte ein paar Worte mit Harold und Mary reden.« Und sie nahm sich ein Glas Champagner und ging hinaus, wechselte ein paar freundliche Worte mit ihrem Agenten, aber ohne etwas zu erklären, und blieb dann auf der Bank sitzen, bis sie sicher sein konnte, daß alle gegangen waren.

Sie wurde natürlich stehenden Fußes verurteilt. Stundenlang, so kam es ihr vor, hörte sie Penelope und Mrs. Dempster über ihre moralische Verworfenheit, ihr kindisches Benehmen, ihren Mangel an Würde, Verläßlichkeit, Loyalität und weiblicher Einfühlung herziehen. Dann mußte sie sich anhören, daß dies ihre letzte Chance gewesen sei, daß sie keine Zukunft auf diesem Gebiet mehr habe, was immer sie sich auch vielleicht einbilde. Daß sie sich fragten, wie sie sich überhaupt noch blicken lassen könne. Das Beste wäre, sie ginge eine Weile fort, bis sie wieder vernünftig geworden sei und versuchen könne, die begangene Schandtat wiedergutzumachen. Sie hatte dem allem still, mit gesenktem Kopf gelauscht, bis die Stimmen endlich schwiegen und die Schritte sich entfernten und die Vordertür zuknallte und sie allein war. Sie wartete fünf vorsichtige Minuten ab, dann ging sie zum Telefon hinein und wählte eine Nummer.

»Stanley«, sagte sie, »ist David da?«

»Weg, auf einer Auktion in Worcester«, war die Antwort. »Dabei hätte er gut jemand sonst hinschicken können. Ich weiß nicht, warum er selber hin ist.«

»Könnten Sie sich mit ihm für mich in Verbindung setzen? Könnten Sie ihn bitten, heute abend vorbeizukommen? Hier spricht übrigens Edith.«

»Dann haben Sie also nicht geheiratet?« fragte Stanley unerstaunt.

»Nein«, sagte sie. »Ich habe es mir anders überlegt.«

Sie ging in ihr Schlafzimmer hinauf, das jetzt wieder ihr gehörte, aber noch immer nach Parfüm roch, öffnete das Fenster und vertauschte das schöne Kostüm mit einem blauen Baumwollkleid. Sie saß vielleicht eine halbe Stunde auf dem Bett und dachte über ihre Schande nach. Als sie dann ans Fenster trat, um es zu schließen, denn es war jetzt Abend und kühl, sah sie gerade noch Geoffrey mit entschieden fröhlicherer Miene aus Penelopes Haus kommen. Um einen Tisch im Restaurant reservieren zu lassen, vermutete sie.

Zwei Stunden später saß sie im Dunkeln und wartete auf das Geräusch von Davids Wagen. Ihr Kopf war leer, aber sie war von einer Sehnsucht erfüllt, die sie jetzt als fatal erkannte. Denn dies unerhörte Verhalten heute konnte kaum übergangen werden, es würde unvermeidlich eine ganze Kettenreaktion von Belustigung, Vorsicht und Rückziehern auslösen. Streit kann wiedergutgemacht werden, eine peinliche Situation wird nie wieder ganz vergessen. Edith sah kummervoll voraus, daß sie für David zu einer Peinlichkeit werden mußte.

Doch als er kam, nahm er sie in seine Arme und sagte nichts. Als er sie losließ, hielt er sie auf Armeslänge vor sich hin und schaute sie an. Sie sah Anspannung und Müdigkeit in seinem Gesicht und wußte, daß sie beides verursacht hatte. Und noch mehr. Er sah bekümmert aus, unfroh. Die Situation war zu kompliziert, zu schwer befrachtet für den ungeschriebenen Vertrag zwischen ihnen. Denn sie waren ja vernünftige Leute, und niemand sollte leiden müssen, auch nicht durch Worte. Vor allem nicht durch Worte. Und so bog sie mit ihrem letzten Quentchen Energie, das auch schon zu schwinden begann, die Sache ins Scherzhafte. Ein Planungsfehler, dessen Opfer der arme Geoffrey geworden war, sagte sie. Sie wollte nämlich in Wirklichkeit bloß Ferien machen. Sie war offensichtlich nicht zur verheirateten Frau bestimmt. Aber den restlichen Champagner könnten sie deswegen trotzdem noch trinken. Und schließlich, nachdem sie sich einen schrecklich traurigen Film im Fernsehen angesehen hatten, war er ganz entspannt, und sie liebten sich wieder. Aber als sie ihm zum Abschied nachgewinkt hatte, bemerkte sie voll Kummer, daß die Platte mit den kleinen Leckerbissen, die sie vom Hochzeitsfrühstück für ihn gerettet hatte, noch unberührt dastand.

In den nächsten Tagen hatte sie dagesessen und darauf gewartet, von ihm zu hören. Aber es waren in ihrem Namen andere Pläne gemacht worden, und als das Telefon klingelte, war es Penelope mit der Adresse dieses Hotels und Auskünften über Flüge und darüber, was sie packen sollte. Es schien allen recht zu sein, daß sie verschwand, und um ganz sicher zu gehen, daß sie es auch wirklich tat, überwachte Penelope sie die ganze Zeit. Es wurde ihr nur gestattet, sich mit ihrem Agenten zum Mittagessen zu treffen und ihm ihre Adresse zu hinterlassen, denn es war nun allgemeine, strenge Ansicht, daß sie jetzt ihr Leben lang sich ihren Unterhalt selbst, beziehungsweise mit ihrer Feder, würde verdienen müssen. Und an jenem letzten grauen Tag – der Sommer war endgültig vorbei – hatte sie sich dann widerstandslos zum Flughafen fahren lassen. Mrs. Dempster hatte versprochen, am folgenden Tag das Haus noch einmal gründlich zu reinigen und dann den Schlüssel Penelope zu geben. Sie könne es sich nicht vorstellen wiederzukommen, erklärte sie. Darin sei sie eben komisch. Sie empfinde Kränkungen so stark. Edith müsse sich nach jemand anderem umsehen.

Aber als das Auto anfuhr, hatte Edith zu ihrem Trost Terry gesehen, der, blasser denn je, mit einem Kasten Setzlinge unterwegs zu ihrem Haus war. Er hatte seine freie Hand mit ihrem Hausschlüssel gehoben, als er sie sah, und sie hatte zurückgewinkt. Wenigstens, dachte sie, wird für den Garten gesorgt sein.

☆☆☆☆☆☆☆☆☆☆☆☆☆☆☆☆☆☆☆☆

10

Mit schmerzendem Kopf nach diesem törichten und gefährlichen Verweilen beim Vergangenen war Edith endlich spät in der Nacht zu Bett gegangen. Das ganze Hotel war still, und auf der Straße am Seeufer fuhr längst kein Auto mehr. Schnell kam der Schlaf, wie eine Narkose: völlige Schwärze. Als sie die Augen öffnete, sah sie wieder dasselbe gleichförmige Grau, das sie am Nachmittag ihrer Ankunft empfangen hatte. Sie hatte vergessen, die Vorhänge zuzuziehen, und lag mitten im Tageslicht. Erschrocken, als wäre sie eine Zeitlang fortgewesen und als hätte sich in der Zwischenzeit möglicherweise etwas Unvorhergesehenes ereignet, setzte sie sich auf und langte nach ihrer Uhr. Es war acht, eine vernünftige Zeit zum Aufstehen, wenn man keinen festen Tagesplan hat, aber für Edith, die daran gewöhnt war, sehr früh mit dem Schreiben zu beginnen, manchmal sogar noch bevor die Milch und die Zeitung kamen, unentschuldbar und gewissenlos spät.

Sie klingelte nach ihrem Frühstück, badete und

zog sich hastig an, um so schnell wie möglich alle Spuren ihrer nächtlichen Verwirrung zu tilgen. Dann ging sie zum Fenster und trat auf den kleinen Balkon hinaus. Die unerwartete Kälte ließ sie erschauern. Man konnte wohl kaum schon von Winter sprechen, aber es schien, als wäre der Herbst zu Ende. Die steif in die windstille Luft ragenden Bäume zeigten jetzt ihr Gerippe. Es fielen keine Blätter mehr, zusammengerollt und saftlos lagen sie auf dem vergilbenden Gras. Die Geräusche des Morgens waren gedämpft und spärlich, als lebten nur noch ganz wenig Menschen hier. Unten am Eingang polierte ein Mann in einem Pullover sein Auto. Edith erkannte den Mietwagen, mit dem Mrs. Pusey und Jennifer regelmäßig ihre Tagesausflüge machten. Eines der Zimmermädchen erschien und wechselte ein paar Worte, die Edith nicht hören konnte, mit dem Fahrer. Gähnend rieb sich die Frau den Nacken und stand dann unentschlossen da und blickte auf den See hinaus. Alle diese Zeichen deuteten auf Erschlaffung und baldigen Winterschlaf hin. Jetzt würde kein Gast mehr kommen. In der grauen Ferne konnte Edith den Umriß des Berges fast nicht mehr unterscheiden.

Hungrig – denn Traurigkeit hatte diese Wirkung auf sie – wandte sich Edith wieder in den Raum zurück und fragte sich, warum das Frühstück noch nicht erschienen war. Sie ging zum Telefon an ihrem Bett und hob den Hörer ab, leicht verwundert, daß sie heute zweimal um das Frühstück bitten mußte, denn das war noch nie vorgekommen. Doch als sie den Hörer ans Ohr legte, konnte sie nur das Klingelzeichen am anderen Ende hören, als wäre unten niemand da, um an den Apparat zu gehen, und nach ein, zwei Minuten gab sie auf und sagte sich, daß jemand vom Personal krank geworden sein müsse und daß sie ebensogut in die Stadt gehen und dort Kaffee trinken könne. Jedenfalls drängte es sie wegzukommen, denn ihr Zimmer war nun als Zeuge ihrer vergangenen Missetaten ein Gefängnis geworden, und sie war nicht in der Stimmung für die Scherze, die sie möglicherweise mit den Puseys oder mit Monica oder insbesondere mit Mr. Neville würde wechseln müssen.

Während sie ihre Schuhe anzog, vernahm sie plötzlich ein Stimmengewirr auf dem Korridor draußen, eine Tür, die geöffnet und dann fest zugemacht, ja zugeschlagen wurde, und das anschwellende Geräusch eines heftigen Wortwechsels, aus dem eine rauhe Knabenstimme herauszuhören war. Verwundert ging sie auf den Gang hinaus. Aus der Suite der Puseys kamen laute Klagerufe, und sie sah M. Huber und seinen Schwiegersohn, die sich offensichtlich über ihr Vorgehen berieten, bevor sie Mrs. Puseys Zimmer betraten. Beide trugen sie eine so unergründliche Miene zur Schau, daß Edith annehmen mußte, der gestrige Abend sei für Mrs. Pusey zu viel gewesen, es sei irgend etwas passiert und die Hotelleitung treffe nun ihre schrecklichen, sachkundigen Vorkehrungen, um sie ins Krankenhaus zu überführen. Edith zog sich wieder in ihr Zimmer zurück und versuchte, sich zu fassen. Es war ihr, als hätte ihre lange Nacht der Innenschau Kummer und

Schrecken entbunden und sie müßte nun für allen Schaden zur Rechenschaft gezogen werden und büßen. Dann riß sie sich mit großer Anstrengung zusammen, öffnete wieder die Tür und ging zu Mrs. Puseys kleinem Salon, wo sie sich, wie sie feststellte, als Letzte, einer aus Monica, Alain, M. Huber und M. Hubers Schwiegersohn bestehenden Versammlung zugesellte. Als sie weiter in den Raum hineinkam, sah sie Mrs. Pusey auf einer Chaiselongue liegen, die Hand auf die Brust gepreßt, aber nichtsdestotrotz vollständig aufgemacht und in ihren rosa Seidenkimono gewandet. Mrs. Puseys Augen waren geschlossen, und als Edith noch zutiefst erschrocken überlegte, wie sie sich jetzt am besten nützlich machen könne, sah sie M. Huber vortreten und Mrs. Puseys Hand ergreifen. Er beugte sich über sie, murmelte etwas und tätschelte ihr das Handgelenk. Der Junge, Alain, war hochrot und den Tränen nahe; er stand steif da und starrte auf die Szene, als befände er sich vor einem Kriegsgericht.

»Mrs. Pusey«, sagte Edith in das Schweigen hinein. »Geht es Ihnen nicht gut? Was ist passiert?«

Mrs. Puseys Augen öffneten sich. »Edith«, sagte sie. »Wie freundlich von Ihnen, zu kommen.« Sie klang fern, vorwurfsvoll. »Gehen Sie und kümmern Sie sich um Jennifer, wollen Sie so gut sein?«

Ihre Angst spürte Edith als Druck auf dem noch immer von jeglichem Frühstück unbelasteten Magen, als sie in Jennifers Zimmer trat, darauf gefaßt, einen Schauplatz der Gewalt und Unordnung vorzufinden, Jennifer krank oder womöglich wahnsinnig geworden. Was sie sah, war in der

Tat Jennifer, aber sie saß bequem in ihrem Bett, mit übellaunigem, gerötetem Gesicht und schmollend aufgeworfenen Lippen. Die rundlichen Schultern hoben sich nackt aus dem gleitenden Ausschnitt eines jungfräulichen, aber ganz leicht durchsichtigen, langen Nachthemds.

»Geht es Ihnen nicht gut?« fragte Edith wieder. »Ist irgend etwas passiert?«

Jennifer schaute sie böse an. »Mir geht es gut«, sagte sie ohne weitere Erklärung.

»Kann ich etwas für Sie tun?« fragte Edith verdutzt, denn ganz offensichtlich fehlte Jennifer nichts.

»Nun, ich hätte gern noch etwas Kaffee. Der hier ist kalt geworden.« Sie deutete auf ihr Frühstückstablett, das in Edith wieder nagenden Hunger auslöste.

»Nur Kaffee?« fragte sie. »Wollen Sie wirklich keinen Arzt oder sonst etwas?«

»Mein Gott, nein. Kümmern Sie sich doch um Mummy, ja? Sie hat sich ein wenig aufgeregt.«

Sie schien verdrießlich und eigenartig unfreundlich. Sie schmollt, dachte Edith. Und warum ist sie so untätig? Wenn ihre Mutter sich nicht wohl fühlt, sollte sie bei ihr sein. Was hat das alles bloß mit mir zu tun?

Sie ging aus Jennifers Schlafzimmer in den Salon zurück, wo M. Huber Alain ausschalt, während Mrs. Pusey ihre Augen wieder geschlossen hatte und M. Hubers Schwiegersohn erfolglos wieder Ruhe herzustellen suchte. Monica lehnte mit hochgezogenen Augenbrauen und schiefem Mund an der Tür. Alle schauten auf, als Edith erschien, begierig auf die Botschaft, die sie ihnen bringen würde.

»Jennifer möchte noch etwas heißen Kaffee«, sagte sie.

M. Hubers Schwiegersohn trat auf den Gang hinaus und machte jemandem, der draußen wartete, ein befehlendes Zeichen. M. Huber, den nun keiner mehr beschwichtigte, packte Alain beim Arm und schüttelte ihn hin und her. *»Imbécile«*, schrie er. *»Imbécile.«*

Alain verlor die Beherrschung, brach seinen Ehrenkodex und rief verzweifelt: *»Mais je n'ai rien fait! Je n'ai rien fait.«*

»Imbécile«, wiederholte M. Huber, jetzt ganz außer Atem. *»Madame«*, schrie der Junge, an Edith appellierend. *»Dites-leur. Je n'ai rien fait.«*

»Würde mir jemand sagen ...«, fing Edith an, doch diese vorsichtigen Worte waren zuviel für Alain; er riß sich los, gerade als die lange unterdrückten Tränen hervorbrachen, und bevor sie ihn noch zurückhalten konnten, war er draußen und rannte mit dem Schrei »Maryvonne! Maryvonne!« den Korridor hinunter. Eine Tür ging auf, und Maryvonnes erschrockener blonder Kopf erschien. Stolpernd stürzte Alain zu ihr, ihr Arm umschlang ihn, ihr Kopf legte sich an seinen, und die beiden verschwanden auf der Treppe nach unten.

In Mrs. Puseys Salon wurde es ganz still, als wüßte jetzt niemand mehr, was als nächstes zu tun sei. Diese Stille wurde durch die Ankunft des Kaffees unterbrochen, worauf Monica, M. Huber und sein Schwiegersohn sich zum Gehen entschlossen, nachdem sie Mrs. Pusey versichert hatten, sie habe nur zu rufen, wenn sie etwas brauche. Edith wollte sich ihnen anschließen, denn offenbar handelte es sich ja weder um Krankheit noch Gewalt, um nichts, was nicht bis später warten könnte. Doch als sie auf die Tür zuging, machte Mrs. Pusey eine schwache Gebärde mit der Hand.

»Gehen Sie nicht, Edith«, murmelte sie. »Ich stehe immer noch unter Schock.«

Aber als Edith sie beobachtete, wie sie sich aufsetzte und Kaffee einschenkte, schien sie, vielleicht durch diese gesellige Handlung, ihre Energie und Geistesgegenwart zurückzugewinnen. »Bringen Sie Jennifer eine Tasse rein, wollen Sie so gut sein, Liebste?« bat sie, als wäre das die natürlichste Bitte der Welt. »Ich habe sie ins Bett zurückgeschickt. Die ganze Aufregung! Ich dachte, wir bleiben heute morgen am besten liegen. Vielleicht stehen wir dann zum Mittagessen auf. Oder wir lassen es uns heraufbringen. Ich glaube kaum, daß ich groß etwas werde essen können.«

»Mrs. Pusey, können Sie mir sagen, was geschehen ist?« fragte Edith, als sie die duftende, aber immer noch nichts erklärende Tasse Kaffe, die für Jennifer bestimmt war, nahm. »Was ist mit Jennifer? Es scheint ihr doch nichts zu fehlen. Und warum hat M. Huber den armen Alain geschüttelt?«

»Den armen Alain?« schnappte Mrs. Pusey. »Das ist gut. Ja wirklich, armer Alain!«

»Aber was hat er denn getan?« fragte Edith wieder.

»Nichts«, sagte Mrs. Pusey grimmig und betupfte sich die Mundwinkel mit einem Taschentuch. »Aber wer weiß, was er getan hätte?«

»Es tut mir leid«, meinte Edith, »aber ich weiß immer noch nicht, was passiert ist.«

»Ich hatte eine schlechte Nacht«, sagte Mrs. Pusey. »Erst gegen Morgen konnte ich einschlafen. Und dann wurde ich durch ein Geräusch geweckt. Eine Tür. Jemand ist in Jennifers Zimmer, dachte ich. Das Herz blieb mir fast stehen. Wenn ihr irgend etwas geschehen wäre ...«

»Aber es ist ihr nichts geschehen«, sagte Edith geduldig.

»Ich habe alle meine Kraft zusammengenommen und bin aufgestanden«, fuhr Mrs. Pusey, ohne darauf einzugehen, fort. »Ich habe geläutet. Und dann habe ich mich gezwungen, hinüber zu gehen, obwohl ich am ganzen Leib zitterte. Ich habe vielleicht auch geschrien. Aber es war ihr nichts passiert, dem Himmel sei Dank.« Sie tupfte sich wieder den Mund ab.

»Eben! Alles was Sie gehört haben, war Alain, der ihr das Frühstück hereinbrachte«, sagte Edith. »Es ist nämlich schon ziemlich spät, wissen Sie. Sie haben verschlafen und sind plötzlich aufgewacht. Und jetzt ist ja alles wieder in Ordnung.«

Mrs. Pusey goß sich noch eine Tasse Kaffee ein. »Oh, ich bin natürlich hierher zurückgekommen und habe mich zusammengenommen, aber es ist der Schock, Edith, der Schock!« Sie schien wirklich aufgewühlt. »Und wenn Jennifer sieht, daß ich erregt bin, regt sie sich natürlich auf. Ich habe ihr gesagt, sie soll im Bett bleiben«, wiederholte sie. »Und ich habe M. Huber gebeten, in Zukunft eines der Mädchen in dieses Stockwerk zu schicken. Ich will diesen Jungen nicht mehr hier herumlungern haben. Ich mochte ihn nie. Seine Augen sind zu klein.«

Edith, die die ganze Zeit über stehen geblieben war, ging von Mrs. Puseys Couch ans Fenster hinüber. Sie sah das Bild von Jennifer vor sich, wie sie mit bloßen Schultern über dem andeutungsweise hinuntergleitenden Nachthemd in ihrem Bett saß. Und dann das von Alain, wie er in sein häßliches Bubenweinen ausbrach und den Korridor hinunterflüchtete. Und sie erinnerte sich – aber hatte sie es wirklich gehört? – an das Geräusch jener sich öffnenden und schließenden Tür. Wer weiß, dachte sie. Wer weiß.

Sie lehnte kurz die Stirn an die kalte Fensterscheibe und überließ Mrs. Pusey ihrem Kaffee. Sie versuchte, die beginnende Abneigung und das Unbehagen zu unterdrücken, die, wie sie fühlte, rasch wachsen würden, wenn sie jetzt nicht wachsam war. Mrs. Pusey muß jede Veränderung des Status quo Angst einflößen. Sie ist alt und eitel und sie kann es sich nicht leisten, Angst zu haben; sie muß alles daran setzen, ihre Gefühle auf jemand anderes abzuleiten. Sie werden darüber hinwegkommen; heute abend schon wird alles vergessen sein. Aber von jetzt an, glaube ich, werde ich den Puseys nicht mehr so oft zur Verfügung stehen. Schließlich haben wir nichts miteinander gemein.

Als sie sich wieder umwandte, sah sie, wie Mrs. Pusey zierlich den Rest des aufgelösten Zuckers aus ihrer geleerten Tasse löffelte. »Sie sollten sich jetzt besser hinlegen«, sagte Edith mit festerer

Stimme als vorher. »Ich würde mir einen ruhigen Tag machen, wenn ich Sie wäre. Ich bin sicher, daß das alles leicht zu vergessen ist.«

»Natürlich wird er gehen müssen«, sprach Mrs. Pusey weiter. »Ich werde mit M. Huber reden. Es wird da keine Schwierigkeiten geben, das kann ich Ihnen versichern. Wenn ich an all die Jahre denke, die wir jetzt schon hierher kommen. Was mein Mann getan hätte, daran wage ich gar nicht zu denken.« Sie atmete schwer und hatte wieder die Hand auf die Brust gelegt. »Ja, Liebste, gehen Sie jetzt nur, wenn Sie müssen. Ich weiß, Sie wollen an die Luft. Sie sind ja eine große Spaziergängerin. Nur, schicken Sie mir doch M. Huber herauf, wenn Sie nach unten gehen, ja?«

Edith schloß leise die Tür hinter sich. Es war niemand auf dem Gang, niemand auf der Treppe. Badewasser rauschte, Staubsauger waren in Betrieb; aus einem der Schlafzimmer konnte man die laut diskutierenden Stimmen der Mädchen hören. Als sie beim Hinausgehen an der Rezeption vorbeikam, sah sie M. Huber und seinen Schwiegersohn in eifriger Unterhaltung, sie schienen sich ausnahmsweise einmal glänzend zu verstehen und machten erwachsene, schlaue, ironische Gesichter. Mit einem leichten Nicken ging sie an ihnen vorbei und durch die Drehtür ins Freie. Sie fröstelte in der kalten Luft, die jetzt vom feuchten Seenebel geschwängert war; sie fühlte sich schlecht ausgerüstet und nicht ganz auf dem Posten, schrak aber instinktiv vor dem Gedanken zurück, noch einmal ins Hotel zu gehen und sich eine wärmere Jacke zu holen. Kaffee, dachte sie.

Und dann ein ganz langer Spaziergang und, wenn möglich, irgendwo weit draußen zu Mittag essen. Vor dem Abend brauche ich nicht zurückzukommen. Ja, es wäre vielleicht besser, wenn ich eine Weile allen hier aus dem Weg ginge. Meine Geduld mit dieser kleinen Komödie hier wird allmählich etwas brüchig.

Mit tief in den Taschen ihrer Strickjacke versenkten Händen stapfte Edith durch das tote Laub. Sie fühlte, wie das durch den Vorfall heute morgen ausgelöste Unbehagen sich ausbreitete, bis es ihre ganze gegenwärtige Lage und selbst ihre allgemeinen Lebensumstände umfaßte. Obwohl die Szenerie um sie herum grau und frostig blieb, obwohl die wenigen Gesichter, denen sie unterwegs begegnete, in dem unfreundlichen Wetter nur ganz vorsichtig grüßten und lächelten, als könnten sie sich erst in der gewissen Aussicht, gleich zu Hause zu sein, wieder entspannen, schien es ihr hier draußen, selbst in der unpersönlichen Melancholie dieser späten Jahreszeit, wohltuender als in der abgeschlossenen Welt des Hotels mit ihren Essens- und Parfümgerüchen, ihren gnädig gewährten oder streng wieder entzogenen Vergünstigungen, ihrem langen Gedächtnis und ihren scharfen Augen und der vertraglich festgelegten Übereinkunft, sich gefällig zu verhalten und so, als könnte nie etwas Unschickliches geschehen. Wir sind dort zu viele Frauen, dachte Edith, der die Szene in Mrs. Puseys Salon wieder peinlich vor Augen trat. So ein dummes kleines Mißverständnis, wenn es ein Mißverständnis war, wird nun für alles Gekränktsein und für alles mögliche andere herhalten müssen und ausgenützt werden, während es für uns übrige Gesprächsstoff abgeben wird in alle Ewigkeit oder bis eine von uns abreist. Es gibt ja, weiß Gott, sonst wenig genug, worüber wir reden könnten. Aber es hat Mrs. Pusey unsicher gemacht, und das ist sie nicht gewöhnt: sie muß es sich von der Seele wälzen. Sie muß es von sich wegschieben, bis ihre vorübergehende Schwäche eindeutig als *Schuld eines anderen* gesehen wird, und auf diese Weise vertreibt sie den Schatten ihrer Sterblichkeit. Sie ist nicht an Angst gewöhnt. Sie ist so lange behütet worden, daß sie nicht verstehen kann, warum sie verletzlich sein sollte. Eigentlich ist es ihr unverständlich, wieso irgend jemand verletzlich sein sollte. Vielleicht ist sie deswegen so unbarmherzig. Sie ist durch pure Ignoranz der Welt zu ihrer gegenwärtigen monströsen Gemütsruhe gekommen. Doch wenn ihre Abwehrmechanismen einmal durchbrochen werden, entwickelt sie eine äußerst schlaue Taktik, um sie wiederherzustellen. Der arme Alain, dachte sie, blicklos mit gesenktem Kopf dahinschreitend. Aber wieso eigentlich der arme? Vermutlich lacht er sich gerade in diesem Augenblick mit Maryvonne halbtot. Es ist alles vorbei und vergessen. Aber auch das ist nicht ganz richtig, dachte sie beunruhigt.

Als ihre Erregung sich so weit legte, daß der Hunger wieder Oberhand gewann, ging sie ins Hafenegger hinein, wo sie Monica schon an einem Tischchen sitzen und ein großes Stück Schokoladenkuchen verschlingen sah. Sie war so auf ihren Teller konzentriert, daß sie nicht einmal Kikis leises Betteln zu hören schien und sich kaum die Zeit ließ, kurz mit ihrer Gabel zu Edith herüberzugrüßen. Edith setzte sich in die Nähe der Tür, trank zwei Tassen Kaffe und aß eine Brioche; dann ging sie seufzend, aber weil sie sich auch allein fühlte, zu Monica hinüber, deren Gesicht jetzt grimmig und von Zigarettenrauch umwölkt war. Sie tauschten einen langen Blick und nickten einander zu.

»Na«, sagte Edith mit einem Versuch, munter zu klingen, »was haben Sie denn heute vor?«

»Tun Sie mir einen Gefallen, Edith«, erwiderte die andere. »Ich bin heute morgen nicht besonders gut drauf, und ich habe nichts vor. Ich habe nie etwas vor. Ich denke, das dürfte Ihnen inzwischen klar sein. Ich dachte, Sie seien Schriftstellerin. Sollten Sie da nicht eine gewisse Menschenkenntnis oder so was Ähnliches haben? Ich frage nur, weil Sie mir manchmal etwas schwer von Begriff scheinen.« Sie drückte den Rest ihrer Zigarette in den Aschenbecher und ließ ihn dort kokeln.

»Es tut mir leid«, sagte Edith und stellte den Aschenbecher weg. »Ich bin selbst nicht besonders gut drauf. Und ich habe nie behauptet, ich hätte Menschenkenntnis. Wie käme ich auch dazu? Ich finde alles, was ich sehe, so verschieden von dem, was ich denke, daß ich meinem Urteil nicht mehr traue. Ich bin genau so enttäuscht wie Sie, das kann ich Ihnen versichern. Vielleicht noch mehr«, fügte sie hinzu.

Sie saßen brütend in dem verrauchten Raum. Die Fenster waren wieder einmal beschlagen und die Garderobenständer schwer mit den wärmeren Kleidungsstücken der späten Jahreszeit behängt. Einzelne Laute, die an ihr Ohr drangen – abgerissene Sätze aus gedämpften Gesprächen, an Tassen oder Gläser klirrende Löffelchen, um das Servierfräulein zu rufen –, zeigten ihnen, daß andere hier zu Hause waren, daß das Hafenegger für sie einfach ein Teil ihres Alltags, ihrer täglichen Runde war und sie nun nicht in Hotels zurückgehen würden, sondern in richtige Häuser, wo es Bücher und Fernsehapparate und Küchen gab, wo sie die Hintertür öffnen und den Vögeln Krümel streuen konnten und wo ihre Kinder und Enkel sie an Wochenenden besuchen würden. Voller Schmerz dachte Edith an ihr kleines Haus, das nun verschlossen und verlassen war und in das nun niemand mehr kam. Ich muß nach Hause, dachte sie. Und dann, nein, jetzt noch nicht, nicht, solange mich diese Traurigkeit gefangenhält. Ich will warten, bis ich wieder mehr Schwung habe. Ich werde schon irgendwie darüber hinwegkommen.

»Monica«, sagte sie plötzlich. »Haben Sie Ihre Mutter gern?«

»Ja, natürlich«, sagte die andere überrascht, »obwohl sie ganz schön verrückt ist. Kleine Dosen genügen völlig. Aber ja doch, natürlich, ich mag sie furchtbar gern. Warum?«

»Nun, ich habe manchmal das Gefühl, daß ich eine widernatürliche Tochter bin. Meine Mutter ist tot, aber ich muß feststellen, daß ich kaum je an sie denke. Und wenn, dann mit einer Sehnsucht, die ich im wirklichen Leben nie nach ihr empfunden habe. Es tut weh. Und ich denke, daß sie vermutlich genau so in bezug auf mich empfunden hat. Aber ich vermisse sie nur in dem Sinn, daß ich mir wünsche, sie hätte lange genug gelebt, um zu sehen, daß ich ihr auf die einzige Weise, die für sie zählte, gleiche: wir mochten beide Männer mehr als Frauen.«

»Na und, wer nicht?« fragte Monica mit höher gezogenen Brauen denn je.

»Nun, es fällt mir auf – und vielleicht habe ich es durch diesen albernen Vorfall heute morgen endgültig begriffen –, daß manche Frauen sich zusammenschließen, weil sie die Männer hassen und fürchten. Oh, ich weiß, daß sich das von selbst versteht. Was ich wirklich sagen möchte, ist, daß ich die Versuche solcher Frauen, mich zu rekrutieren, mich zur Komplizin zu machen, fürchte. Ich spreche nicht von Feministinnen. Ich kann ihren Standpunkt verstehen, obwohl er mir nicht besonders sympathisch ist. Ich spreche von den ultrafemininen Frauen. Von diesen selbstgefälligen Männerkonsumentinnen mit ihren komplizierten, aber ungeschriebenen Gesetzen darüber, was sie alles beanspruchen können. Sonderbehandlung. Verwöhntwerden. Privilegien. Das Recht auf Getue. Den Kult mit ihrer Person, den sie treiben. Solche Frauen finde ich unanständig. Und sie jagen mir Angst ein. Ich denke, Männer sind vielleicht eine viel leichter zu treffende Zielscheibe. Die Feministinnen sollten vielleicht die Situation einmal unter diesem Gesichtspunkt überdenken.«

Sie hielt inne. Was sie zu sagen versuchte, war trotz ihrer starken emotionalen Beteiligung nicht sehr überzeugend. Ich bin ja selbst schuld, dachte sie. Ich bin so kleinlaut, deswegen beachtet kein Mensch meine Ansprüche. Oder – noch einfacher – ich stelle vielleicht gar keine. Weil es mir gegen die Ehre geht. Aber mit der Ehre ist es wie mit einer kaputten Wasserspülung, würde David sagen. Kein Mensch scheint es zu merken, wenn sie weg ist.

»Das geht über meinen Horizont, fürchte ich«, sagte Monica, so ihren Überlegungen ein Ende setzend. »Jedenfalls brauchen Sie sich doch keine Sorgen zu machen, würde ich meinen. Unser Mr. Neville hat sich doch ganz schön in Sie vergafft.«

»Ach, Unsinn«, protestierte Edith. »Nur weil wir zusammen eine Wanderung gemacht haben...«

»Nun, er hat sonst mit niemand eine gemacht, oder? Nein, ich schätze, wenn Sie Ihre Karten richtig ausspielen würden, könnten Sie ihn kriegen. Und er hat ganz nett Vermögen, höre ich. Handel natürlich.« Diese Feststellung wurde von einer besonders verächtlich ausgeatmeten Rauchwolke begleitet. Es war nicht klar, wie Monica erfahren hatte, daß Mr. Neville ganz nett Vermögen habe; klar war nur, daß Edith das nicht erfahren hatte.

»Monica«, sagte Edith matt. »So habe ich es wirklich nicht gemeint. Ich bin nicht hinter Mr. Neville oder seinem Geld her. Ich verdiene mein eigenes Geld, Geld *verdient* man, wenn man erwachsen ist. Ich verabscheue die Vorstellung von Frauen, die solche Pläne machen.«

»Ich kann nichts Schlimmes dabei finden«, widersprach Monica, aber ohne große Hitze.

»Männer tun das auch«, setzte sie nach einer Pause hinzu. Sie senkten beide trübe die Köpfe, es war ihnen dumpf bewußt, daß nichts, was sie sagen konnten, die erwartete Antwort bei der andern finden würde. Gedrückt saßen sie da und dachten über ihre Verbannung nach. Schließlich machte Monica dem Servierfräulein ein Zeichen und bestellte Kuchen für sie beide. Warum nicht, dachte Edith. Wenigstens brauchen wir dann nicht zum Mittagessen zurück. Und ich habe sowieso keinen Hunger.

Sie aßen schweigend, mit dem Gefühl, ausgesetzt und schuldig zu sein, ungraziös, wie Frauen, die ohne Genuß allein essen, sich fühlen. Das süße Zeug klumpte Edith am Gaumen; bald gesättigt, schob sie ihren Teller zu Monica hinüber, die den Kuchenrest an Kiki verfütterte.

»Ich wundere mich, daß dieser Hund nicht entsetzlich dick ist«, bemerkte Edith. »Bei den Mengen, die Sie ihm zu fressen geben.«

»Er bricht das meiste wieder aus«, sagte Monica nachdenklich, mit der Stimme eines Menschen, der gerade dabei ist, den Zusammenhang zwischen Wirkung und Ursache zu entdecken. Durch seine dichten Stirnfransen starrte Kiki mit unendlichem Vertrauen zu ihr hinauf. Und wer gibt mir das Recht, mich hier einzumischen, dachte Edith.

»Er sieht jedenfalls nicht schlecht aus«, sagte Monica, als sie eine ihrer riesigen Zigaretten anzündete. »Neville, meine ich. Und Sie sehen auch nicht schlecht aus, Edith, wenn Sie ein bißchen darauf achten. Sie ziehen sich fürchterlich an, falls ich das sagen darf, ohne daß Sie böse werden. Oder selbst wenn. Na ja, das ist Ihre Sache. Nein, Mr. Neville könnte wirklich als ein guter Fang bezeichnet werden.«

»Daran habe ich nicht gedacht«, sagte Edith aufrichtig.

Monica sah ihr scharf ins Gesicht. »Mein gutes Mädchen, in dem Augenblick, als dieser Mann ins Hotel hereinkam, war auf seinen Kopf ein Preis ausgesetzt.«

»Monica«, sagte Edith verblüfft. »Wollen Sie andeuten, daß Sie sich in Mr. Neville verliebt haben?«

»Wer hat denn von Liebe gesprochen?« erwiderte Monica nach einer Pause.

»Dann was ...?«

»Ach, lassen wir's, Edith. Nein, das zahle ich. Nein, wirklich, erlauben Sie es mir. Ich tu es ja sowieso.«

Edith rieb sich ein Stück der beschlagenen Scheibe blank, sah den zunehmenden Nebel und hatte das Gefühl, sich allmählich darin aufzulösen. Jetzt zeig mal, ob du tapfer bist, dachte sie. Aber ihre Tapferkeit, von der sie ohnehin nie sehr viel gehalten hatte, schien kürzlich einen Aufweichungsprozeß durchlaufen zu haben, vielleicht seit den Gedanken von letzter Nacht. Sie wußte, jetzt würde nur Arbeit helfen. Ich habe das auch früher schon geschafft, ermahnte sie sich selbst, und ich kann es wieder. Außerdem komme ich mit *Unter dem aufgehenden Mond* in Verzug. Ich habe Harold versprochen, er könne es noch vor Weihnachten haben. Ich habe jetzt drei Tage nichts geschrieben. Kein Wunder, daß ich mich deprimiert fühle. Ich muß dringend an die Arbeit.

»Ich glaube, ich gehe jetzt ins Hotel zurück«, sagte sie zu Monica. »Ich habe ein paar Briefe zu schreiben. Was wollen Sie machen?«

»An so einem Tag ist das einzige, was einem übrigbleibt, zum Friseur zu gehen und alles machen zu lassen. Die ganze Prozedur. Begleiten sie mich bis dorthin. Sie haben es doch nicht eilig, oder?«

Nein, sie hatte es nicht eilig. Und als die große Frau sich bei ihr einhängte, empfand sie die Berührung als wärmend und angenehm, und so wanderten sie mit dem durch das Laub davonstiebenden Hündchen langsam und schweigend unter den feuchten Bäumen entlang, im Bewußtsein, einander trotz aller Unduldsamkeit gut gesonnen zu sein, genügend, um sie gegen den Angriff schmerzlicherer Erinnerungen zu schützen, die sie ungebeten und unzensiert überkommen wollten.

Frauen teilen ihre Traurigkeit miteinander, dachte Edith. Mit ihren Freuden geben sie gewöhnlich voreinander an. Sieg, Triumph verlangen ein Publikum. Und das Tamtam und Trara, das manche machen, wenn sie von ihrer Sexualität reden – das ist für die anderen Frauen bestimmt. Dann ist es aus mit der Solidarität.

In der toten Stunde zwischen zwei und drei, wenn vernünftige Leute die Füße hochlegen oder ein Nickerchen machen, gingen Edith und Monica unter den entlaubten Bäumen am Seeufer dahin. Der Tag schien unendlich, aber keine von ihnen wollte, er wäre vorbei. Jede auf ihre eigene Art stellten sie sich vor, daß nur dieser Tag sie noch von künftigen schlimmeren trenne, daß sie bis jetzt noch ihre ernste Lage hatten ins Lächerliche ziehen, darüber spotten und sogar lachen können. Aber daß die Gestalten, die sich bis jetzt zu diesem Amüsement hergegeben hatten, nun ein unheimliches Eigenleben anzunehmen begannen und eine unvorhersehbare, launische Macht gewannen, die, wenn auch auf obskure oder indirekte Weise, ihre eigene Randexistenz bedrohte. Wir sind beide hierher gekommen, um anderen damit aus der Verlegenheit zu helfen, dachte Edith; keiner interessiert sich für unsere eigenen Hoffnungen und Wünsche. Aber Hoffnungen und Wünsche müssen laut und zäh verkündet werden, sonst wird sich keiner gezwungen sehen, davon Notiz zu nehmen, geschweige denn, sie zu erfüllen. Wie seltsam ist es doch, daß es Frauen gibt, denen man dauernd alles nachsieht und alles recht machen möchte ... Es scheint, ich werde nie die Verhaltensregeln lernen, dachte sie, diese Regeln, die anscheinend kleine Mädchen schon mit der Muttermilch einsaugen. Alles, was ich gelernt habe, habe ich von Vater gelernt. Denk nochmal nach, Edith. Du hast eine falsche Gleichung aufgestellt. Jetzt zeigt mal, ob du tapfer bist. Traurige Maximen eines verlorenen Glaubens.

Mit einem Seufzer machten sie kehrt und gingen den Weg, den sie gekommen waren, in Richtung Stadt und Friseur zurück. Die Straßen waren still und leer, die meisten hatten sich vorsichtig von diesem wenig versprechenden Schauplatz zurückgezogen. Sie bogen um die Ecke und kamen an der Buchhandlung vorbei; Edith blieb ohne großes Interesse stehen, um in die Auslage zu schauen, wo der broschierte Band von *Le soleil de minuit* bescheiden figurierte. Mein bestes Buch, dachte sie. Aber die Aussicht, noch einmal so etwas zu schreiben, immer wieder, mein ganzes zukünftiges Leben lang, macht mich schaudern.

»Edith«, zischte Monica. »Bleiben Sie zurück!«

Leicht überrascht schaute Edith auf und sah in einiger Entfernung Mrs. Pusey und Jennifer Arm in Arm aus einem Laden treten, der Handschuhe und Taschentücher zum Kauf anbot. Ein Angestellter mit drei der eleganten Tragetaschen des Geschäfts, die fast genau so hübsch waren wir ihr Inhalt, folgte ihnen in kurzem Abstand und wurde auf den Mietwagen hingewiesen, den Edith und Monica nun langsam aus der entgegengesetzten Richtung auf sich zu kommen sahen. Der Fahrer hielt, stieg aus, kam über die Straße, beriet sich mit den Puseys, nahm die Pakete in Empfang und ging wieder zum Auto zurück. Sie sahen Mrs. Pusey, die offenbar durch ihre Einkäufe Wohlbefinden und Gleichgewicht wiedergewonnen hatte, lächeln und eifrig nicken, aber Edith und Monica waren zu weit weg, um zu hören, was gesagt wurde. Instinktiv zogen sie sich in den Eingang der Buchhandlung zurück, um nicht bemerkt zu werden. Doch nach ein, zwei Minuten war es klar, daß die ganze Aufmerksamkeit der Puseys wieder einmal von einem ihrer intensiven, begeisterten Gespräche absorbiert war. Als sie sich – ziemlich gleichzeitig – dessen bewußt wurden, tauschten sie einen

Blick, in dem sich Erleichterung mit etwas wie Resignation mischte.

»Es ist bloß so«, sagte Monica, »daß wir sie jetzt entweder einholen oder überholen oder hinter ihnen hertrotten müssen, wenn wir zurückwollen.« »Sie wollten doch zum Friseur«, erinnerte sie Edith.

»Das ist doch derselbe Weg, oder? Sie müßten so weit mit mir gehen, wenn Sie ins Hotel zurückwollen.«

»Ich will gar nicht so unbedingt hin«, meinte Edith, der das Hotel oder das, was es verkörperte, ungemütlich geworden war.

»Wenn das so ist«, entschied Monica, »können wir ja auch umkehren und noch einmal Kaffee trinken.«

Sie gingen das graue Steinsträßchen wieder zurück. Doch hatte sich jetzt bereits das innige Einverständnis von vorhin in eine Art Abneigung verwandelt; beide seufzten sie innerlich über den vergeudeten Tag. Ich hätte im Hotel bleiben sollen, dachte Edith. Am Schreibtisch. Wenn ich schreibe, bin ich wenigstens gewinnbringend beschäftigt. Dieses Herumlungern ist sinnlos. Es bringt nichts. Aber es ist ja nur heute, und ich habe keine wirklichen Pflichten, und ich versetze niemanden. In gewisser Weise ist es ja eigentlich ganz lustig, dachte sie bedrückt, als sie wieder bei Hafenegger eintraten, wo es nun intensiv nach Zukker und Kaffee roch und die gepflegten, schwergewichtigen Damen der Nachmittagsstammkundschaft emsig schnatterten.

»Zum Heimwehkriegen, was?« sagte Monica,

die jetzt ganz kleinlaut wirkte, weil ihr diese strengen, stattlichen Damen bei den Serviererinnen den Rang abliefen. Auf ihrem Gesicht malte sich angesichts dieser Zurücksetzung sehnsüchtiges Verlangen, und sie beschäftigte sich damit, Kiki auf einem freien Stuhl zu installieren, damit nur ja niemand wagte, ihn für sich zu beanspruchen.

Sie saßen ausgesondert in ihrer Fremdheit da, unwichtig geworden, seit die Feriensaison vorbei war, anachronistisch, sie waren keine geschätzten Gäste mehr, von niemandem mehr eingeplant. Die Prioritäten hatten sich verschoben; die kleine Stadt bereitete sich auf ihren langen, ununterbrochenen Winterschlaf vor. Niemand kam im Winter hierher. Das Wetter war zu rauh, der Schnee zu weit weg, es gab zu wenig sonstige Attraktionen, um Gäste anzulocken. Und sie spürten, daß die Bewohner ihnen bereits mit einem Seufzer der Erleichterung den Rücken gekehrt hatten und sie so an ihre flüchtige Wesenheit, an ihre eigentliche Unwirklichkeit gemahnten. Und als es Monica endlich gelang, Kaffee zu bestellen, saßen sie verdrießliche weitere zehn Minuten da und warteten, bis das vielbeschäftigte Servierfräulein sich an die Bestellung erinnerte.

»Heimweh«, sagte Edith schließlich. »Ja.« Aber sie dachte an ihr kleines Haus, als hätte es in einem anderen Leben, in einer anderen Dimension existiert. Sie dachte daran wie an etwas, zu dem sie vielleicht nie wieder zurückkehren würde. Die Jahreszeit hatte sich gewandelt, seit sie es nicht mehr gesehen hatte; sie war nicht länger die Frau, die am frühen Morgen im Bett sitzen konnte und sich die Sonne auf die Schultern scheinen ließ und sich in dem Licht darauf freute, ihren Tag zu beginnen. Jene Sonne, jenes Licht, war verblichen, und sie war mit ihm verblichen. Jetzt war sie so grau wie die Jahreszeit selbst. Sie senkte den Kopf über ihren Kaffee und versuchte zu glauben, es sei nur der von der Tasse aufsteigende Dampf, der ihr in den Augen brannte. So kann es nicht weitergehen, dachte sie.

»Jesus Christus«, stöhnte Monica. »Da haben wir es. Das hat uns noch gefehlt.«

Edith hob den Kopf und schaute, Monicas Blick folgend, zum Eingang hin, wo Mrs. Pusey lachend an Mr. Nevilles Arm abwartete, wie Jennifer Rechte auf einen Lieblingstisch geltend machte. Der ältere Herr, der an dem erwählten Tisch gesessen hatte und sich gerade eine Zigarette hatte anzünden wollen, überlegte es sich anders, nahm seine Aktenmappe und Einkaufstasche von dem Stuhl neben sich und ging zur Kasse, um seine Rechnung zu bezahlen, wobei er gleichzeitig Hut und Mantel anzuziehen versuchte. Als er hinausging, lüftete er vor Jennifer grüßend den Hut und wurde strahlend angelächelt. Es fiel Edith auf, daß sie in diesem Augenblick genau den gleichen Ausdruck hatte wie ihre Mutter.

Monica und Edith duckten sich zusammen und warteten auf die unvermeidliche Aufforderung, die aber nicht kam. Statt dessen beobachteten sie nach ein paar Minuten die Puseys und Mr. Neville fasziniert. Viel perlendes Lachen belebte die Runde, jedenfalls auf Mrs. Puseys Seite; von Jennifer wurde eine Anekdote zum Besten gegeben, und

Mr. Neville hörte mit freundlich zu ihr geneigtem Kopf aufmerksam zu. Er selbst sagte nichts, bemerkte Edith. Das Rezitativ wurde von Mrs. Pusey bestritten.

»Gut«, meinte Monica, »ich glaube, jetzt können wir«.

Sie schien nachdenklich. Edith seufzte und verlangte die Rechnung. Schweigend warteten sie darauf, daß sie kam, standen vorsichtig auf und schlichen zur Tür.

»Sieh da«, rief Mrs. Pusey überrascht, als sie an ihrem Tisch vorüberwollten, »da sind ja die Mädchen!« Sie blieben lächelnd und linkisch stehen, und Jennifer und Mr. Neville lächelten zurück. »Und wo haben Sie den ganzen Tag über gesteckt?« fragte Mrs. Pusey.

»Nirgendwo besonders«, sagte Edith ziemlich vage. »Fühlen Sie sich besser, Mrs. Pusey?« Sie bemerkte, daß Mrs. Puseys von weitem so strahlendes Gesicht aus der Nähe betrachtet eine gewisse Auflösung verriet. Die Wangenknochen waren rosiger, die Lider blauer und der Mund ein wenig zittriger und verwischter als gewöhnlich. Aber der Wille war da, der unbezähmbare Wille, die Weigerung, aufzugeben, nachzugeben, nachzulassen, zurückzustehen. Bewundernswerte Mrs. Pusey, dachte Edith. Die glänzende Propaganda, die sie für sich macht, schützt sie vor allem. Und sie wird uns alle überleben. Aber sie wiederholte: »Fühlen Sie sich besser?«

Mrs. Pusey schlug erst die Augen nieder, dann groß wieder auf.

»Ja, Liebste, vielen Dank. Dank diesen beiden

lieben Menschen hier bin ich fast wieder die Alte. Aber wenn ich denke, daß ...«

»Ich muß weg«, sagte Monica. »Friseurtermin. Kommen Sie, Edith?« Edith spielte vor den aufmerksamen Gesichtern der Puseys und Mr. Nevilles eine Pantomime der Eile, des Bedauerns und des herzlichen Abschieds und folgte Monica auf die Straße hinaus.

Sie erinnerte sich kaum an den Heimweg ins Hotel, nur daß sie im Nebel, der vom See herüberzog, gefröstelt hatte. Als sie oben war, ließ sie ein Bad einlaufen, bis das Badezimmer voller Dampf war. Sie bürstete sich heftig das Haar und ließ es lose auf die Schultern fallen. Sie studierte ihr hochrotes Gesicht im Spiegel, ging zum Schrank und nahm das neue blaue Seidenkleid heraus, das sie auf Monicas Betreiben hin gekauft und noch nie getragen hatte. Dann verschwand sie mit einer Flasche Parfüm im Bad und schüttete den ganzen Inhalt ins Wasser. Die Hitze, die Rebellion und die Extravaganz veränderten ihr Aussehen positiv. Eine ganz neue Frau setzte sich an ihren Schreibtisch und schraubte ihren Füller auf.

»Liebster David«, schrieb sie.

Aber Vorsicht mahnte sie, ihren Brief nicht vor dem Abendessen zu beginnen, weil sie, wenn sie einmal anfing, nicht mehr sicher war, wieder aufhören zu können.

Sie ging in ihrem Zimmer auf und ab, unwillig, seine Stille mit der gewohnten abendlichen Unterhaltung zu vertauschen. Schließlich nahm sie mit einem Seufzer Tasche und Schlüssel und stieg die Treppe hinunter.

Im Salon war Mrs. Pusey in ihrem schwarzen Chiffonkleid wie gewöhnlich in Gesellschaft Jennifers, die rosig und ausgeruht aussah. Der Pianist, der seine Noten aufstellte, schaute Mrs. Pusey fragend an, aber sie hob abwehrend die Hand und schüttelte den Kopf, als wollte sie ihm bedeuten, daß er heute abend nicht auf ihre Aufmerksamkeit zählen könne. Entmutigt begann er, sein gewohntes Potpourri zu spielen, aber ohne Enthusiasmus. Mme. de Bonneuil kam hereingewackelt, blieb stehen und ging zu Mrs. Pusey hinüber. *»Alors«,* erkundigte sie sich. *»Ça va mieux, la santé?«* Mrs. Pusey produzierte ein müdes Lächeln und zückte ein blütenreines Taschentuch, antwortete aber nichts. Verdattert, aber nur einen Augenblick lang, weil sie ja an Nichtbeachtung gewöhnt war, wandte sich Mme. de Bonneuil achselzukkend ab. *»Toujours pomponée«,* bemerkte sie, zu sich selbst, wie sie dachte, aber in Wirklichkeit zu der ganzen versammelten Gesellschaft. Mr. Neville blieb mit elegant gekreuzten Knöcheln in einer fernen Ecke hinter seiner Zeitung verschanzt sitzen. Mit hocherhobenem Kopf ging Edith auf ihn zu.

»Aber Edith«, schrie Mrs. Pusey mit ihrer gewöhnlichen Lebhaftigkeit, »was haben Sie nur mit Ihrem Haar gemacht? Kommen Sie, setzen Sie sich zu uns, Liebste, damit ich Sie richtig anschauen kann.«

Edith trottete zu ihrem gewohnten Sitzplatz zurück, während Mrs. Pusey einen Finger ans Kinn legte und zweifelnd dreinblickte.

»Nun, es ist natürlich ungewohnt«, sprach sie

schließlich ihr Urteil. »Aber ich glaube, ich mochte es lieber, wie Sie es vorher trugen. Jennifer! Was meinst du, Liebling?«

Jennifer schaute von ihren Fingernägeln auf und lächelte kurz und vage. »Ganz hübsch«, sagte sie. »Gar nicht schlecht.«

»Oh, aber ich glaube, ich mochte es vorher lieber«, sagte Mrs. Pusey. Und mit schiefgelegtem Kopf widmete sie sich dem Problem, bis es Zeit war, in den Speisesaal zu gehen.

☆☆☆☆☆☆☆☆☆☆☆☆☆☆☆☆☆☆☆☆

11

Edith, die vorsichtige Schritte machte und in der kühlen Luft ein wenig fröstelte, ergriff Mr. Nevilles ausgestreckte Hand. Der Landungssteg war leer; die Aussicht war so verhangen, daß sie keinen der wenigen Fremden, die noch geblieben waren, zu einer Fahrt auf dem See zu verlocken vermochte. Es war in der Tat die letzte Fahrt des Ausflugsdampfers in dieser Saison, eine Tatsache, die Mr. Nevilles Vergnügen steigerte. Er schien ein Sammler und Liebhaber solcher unbequemen und entlegenen Erfahrungen zu sein, von denen er sich nichts außer dem Reiz der Neuheit und der Ironie versprach. Wieder einmal war er für diesen kleinen Ausflug unverbesserlich gut angezogen. Zwei Amerikanerinnen in Hosen und Plastikregenmänteln betrachteten durch das Glasfenster der verandaähnlichen Kajüte unverwandt seinen grünlichen Tweedanzug und seinen Jägerhut. Es war niemand an Deck. Edith kam es vor, als wäre überhaupt niemand sonst auf dem Schiff, das nun ganz still vom Ufer weg in den grauen Nebel hineinglitt, der den See bedeckte, so weit das Auge reichte.

Mr. Neville stützte sich in eleganter Pose auf die Reling. Edith, die vor Kälte im Takt mit dem gleichmäßigen Stampfen der Maschine zitterte, kehrte der trostlosen Szenerie den Rücken und versuchte, ihr Blickfeld auf das Fahrzeug, das sie trug, einzugrenzen, doch ein Gefühl des Abgeschnittenseins, nicht nur vom Festland, sondern auch von jeglichem wiedererkennbaren Blickpunkt, machte sie schwindeln. Aus reiner Schwäche hatte sie sich nun um jede Fluchtmöglichkeit gebracht und war sich dessen unbehaglich bewußt. Ich hätte im Hotel bleiben und den ganzen Tag schreiben sollen, dachte sie bei sich, aber allein schon der Gedanke daran hat mich krank gemacht. Es gibt eben so wenig Zerstreuung an einem Ort wie diesem, und man beginnt, die Langeweile zu fürchten, die sich um einen selbst herum ausbreitet. Es ist nicht wahr, daß Müßiggang aller Laster Anfang ist und der Teufel müßigen Händen zu tun gibt; genau das tut er nicht. Satan müßte jetzt mit allen möglichen verführerischen Lustbarkeiten zur Hand sein, falschen, aber unwiderstehlichen Versprechungen, Verleitungen zur Sünde. Aber statt dessen hat man nur die Wahl zwischen Mehrarbeit und halbherziger Muße. Und das ist eigentlich kaum eine Wahl. Nicht einmal Satan tut verläßlich seine Pflicht.

»Na, was ist?« fragte Mr. Neville und nahm ihren Arm.

»Ach nichts«, meinte Edith. »Ich dachte nur gerade, wie wenig Laster es heutzutage gibt. Es wird einem weisgemacht, man brauche nur zu wählen, aber dann scheint man gar keine Wahl zu haben.«

»Gehen wir ein bißchen auf dem Deck herum«, sagte Mr. Neville. »Sie frieren. Diese Strickjacke ist nicht warm genug; ich wünschte, Sie würden sie endlich ausrangieren. Wer immer Ihnen auch gesagt hat, sie sähen Virginia Woolf ähnlich, hat Ihnen einen schlechten Dienst erwiesen, obwohl Sie es vermutlich als Kompliment aufgefaßt haben. Und was das Laster angeht, das können Sie leicht finden, wenn Sie wissen, wo.«

»Ich scheine es nie zu finden«, meinte Edith.

»Weil Sie es gar nicht ernsthaft suchen. Aber das wollen wir ja jetzt ändern, erinnern Sie sich?«

»Ich sehe wirklich nicht, wie. Wenn das nur heißt, daß ich meine Strickjacke weggeben soll, muß ich Ihnen, fürchte ich, offen sagen, daß ich zu Hause noch so eine habe. Natürlich könnte ich die auch weggeben. Aber ich bin wohl viel zu lahm für so einen radikalen Eingriff. Ich bin eben nicht faszinierend. Ich weiß nicht, warum.«

»Nein«, sagte er. »Das sieht man.«

Er zog ihre Hand fester durch seinen Arm und steuerte sie vorwärts. »Noch einmal herum!« befahl er. »Sie kriegen wieder Farbe. Die Luft wird Ihnen nur guttun. Hellhäutige Frauen sollten soviel ins Freie wie nur möglich. Sie können sich Zimmerblässe nicht leisten, ihre Gesichter verschwinden dann ganz. Los, Edith. Wenn Ihnen ein bißchen wärmer wird, werden Sie anfangen, sich wohlzufühlen und es zu genießen. So ist es besser. Aber Sie brauchen kein so grimmiges Gesicht zu machen. Das hier ist ist schließlich ein Vergnügungsdampfer.«

Edith schaute auf die endlose graue Fläche des Sees hinaus. Der Dampfer fuhr langsam und ruhig dahin; jetzt, da sich ihre Ohren an das leichte Vibrieren der Maschine gewöhnt hatten, konnte sie auch andere Geräusche hören: das Schmatzen der kleinen Wellen unten am Schiff, den Flügelschlag eines möwenähnlichen Vogels, der tief über das Deck flog, das Flattern ihres dünnen Rocks, den ihr der Wind um die Beine blies. Aber es ging eigentlich gar kein Wind, nur ein anhaltender Druck in Fahrtrichtung war zu spüren, obwohl sie kaum von der Stelle zu kommen schienen. Irgendwo hinter den Nebelschleiern mußte eine blasse Sonne scheinen, die weit draußen einen weißen Schimmer auf das Wasser warf. Sie hatten vor, in Ouchy an Land zu gehen, wo sie zu Mittag essen und dann am Nachmittag wieder zurückfahren wollten. Aber Edith kam diese Reise zu ernst vor, um bloß als kleine Lustfahrt gelten zu dürfen. Der leere See, das unberechenbare Licht, die traumartige Langsamkeit, mit der sie die Entfernung zurücklegten, schienen allegorische Bedeutung zu tragen. Schiffe, wußte sie, dienten Malern oft als Symbol der Seele, manchmal der zu unbekannten Ufern abscheidenden Seele. Des Todes. Und auch wenn sie nicht den Tod symbolisierten, so doch selten etwas Hoffnungsvolles: Narrenschiffe, Sklavenschiffe, Schiffbrüche, Seestürme: diese Bilder rührten, selbst wenn sie nicht gut waren, an die Furcht, die auch in den stärksten Herzen schlummert, raubten einem Ruhe und Gleichgewicht, das war ihre Absicht. Wieder einmal fühlte sich Edith bedroht, bedrückt, unbehaust.

Sie wollte jetzt, sie hätte seine Einladung abgelehnt, aber nach dem fruchtlosen Tag mit Monica hatte sie ihr verlockend geschienen. Außerdem verbarg sich eine beachtliche Willenskraft hinter Mr. Nevilles maßgeschneiderter Eleganz, und Edith war es nicht gelungen, ihn von seinem ursprünglichen Plan abzubringen. Dieser banale, unnötige Ausflug kam ihr in seiner Reizlosigkeit fast pervers vor; sie hatte gemeint, sie könnten wieder eine Wanderung machen, eine Art der Fortbewegung, die ihr immer gut tat, selbst noch, wenn sie von so anarchischen Vorschlägen begleitet war, wie sie Sie inzwischen von Mr. Neville erwartete. Aber nein, er hatte sie auf dieses schreckliche Schiff schleppen müssen, auf dieses leere, steuermannslose Gefährt, auf dem es keine Hoffnung auf Rettung mehr zu geben schien. Sie sah sich und ihn in mythisch erhöhter Ziellosigkeit dahintreiben, in immer dichtere Nebel hinein, während wirkliche Menschen am Ufer ihr wirkliches Leben lebten und keine Notiz von dem Geisterschiff nahmen, denn als ein solches kam es Edith inzwischen vor. Deshalb drückte sie sich immer fester an Mr. Nevilles Arm, denn obwohl er selbst eine seltsame mythologische Gestalt zu verkörpern schien, stellte er doch gleichzeitig eine äußerst greifbare Realität dar.

Aber allmählich und vielleicht, weil Mr. Neville entgegenkommenderweise schwieg, wirkte die trübe Stille beruhigend auf ihre Nerven, und als der Landungssteg von Ouchy in Sicht kam, konnte sie einen tiefen Atemzug tun und Mr. Nevilles untadeligen grünen Ärmel wieder loslassen.

»Sehen Sie«, sagte er, als sie in ein von Hortensienkübeln eingefaßtes Uferrestaurant hineingingen. »Es war doch gar nicht so schlimm, oder?«

»Im Augenblick bin ich sehr froh, diese ganzen Kellner, Flaschen und Millionäre um mich herum zu sehen«, gestand Edith. »Das sind doch Millionäre, oder?«

»Jedenfalls möchten sie gerne von Ihnen dafür gehalten werden. Und wenn Geld spricht, wie behauptet wird, dann machen die hier sicher gerade den richtigen Lärm.«

Er führte sie an einen Tisch im Schatten einer gestreiften Markise, nahm die Speisekarte, die ein aufmerksamer Ober sofort gebracht hatte, und sagte: »Ich würde die Ente nehmen, wenn ich Sie wäre.«

Edith ignorierte den Vorschlag. »Ich glaube, ich habe da draußen jeden Bezug zum Festland verloren. Es war mir, als könnte ich nie mehr zurück.«

»Und was hätten Sie dabei groß verloren?« fragte Mr. Neville. »Nein«, sagte er, »entschuldigen Sie. Das war wohl unverschämt. Bitte, verzeihen Sie mir. Sie sind vielleicht nicht faszinierend, Edith, aber Sie wissen jedenfalls genau, wie man einen Mann in Verlegenheit bringt.«

Edith lächelte gezwungen. »Soll ich das als Kompliment auffassen?« fragte sie.

Mr. Neville belohnte sie mit einem kalten Blick. »Das ist die Art von Bemerkung, die Sie Frauen unter Ihrem Niveau überlassen sollten. Sie bringen einen durcheinander. Lassen Sie es doch einfach bei dieser Feststellung! Sie brauchen sich nicht zu spreizen und das Köpfchen zu werfen wie eine Naive. Soll ich das als Kompliment auffassen, meine Güte! Hoffentlich stellen Sie sich jetzt nicht noch als die Art Frau heraus, die sich über den Tisch beugt, das Kinn in die Hand stützt und fragt: Woran denken Sie jetzt?«

»Ist ja gut«, sagte Edith plötzlich wieder guter Laune. »Ich bin nicht mitgekommen, um Tests zu bestehen, wissen Sie. Ich soll mich doch amüsieren.«

»Sie werden sehen, daß das eine das andere nicht ausschließt«, sagte Mr. Neville mit seinem zweideutigen Lächeln. Aber er bestellte ein ausgezeichnetes Essen, und als die Ente gebracht wurde, freute er sich zu sehen, wie ihr Ausdruck sich aufheiterte und ihre Wangen sich röteten. Als er sein Stück mit ein paar sachkundig berechneten Schnitten zerlegt und gegessen hatte, lehnte er sich zurück, um sich eine Zigarre anzuzünden. Eine schwache Sonne trat durch die Wolken. Edith saß bewegungslos da und ließ sich die Strahlen ins Gesicht scheinen, sie war jetzt ganz ruhig und hatte keine Eile mehr wegzukommen.

»A propos zurück«, sagte Mr. Neville. »Was haben Sie damit sagen wollen? Ich meine nicht ins Hotel zurück, das ist unvermeidlich. Ich meine zurück in Ihr gewohntes Leben. Ich frage nur, weil ich für mein Teil am Wochenende abreisen muß.«

Ediths Lächeln verblaßte. Sie würde dem Gedanken ans Heimkehren, oder besser Zurückkehren, ins Auge sehen müssen, aber sie hatte jetzt keine Lust, so eine entscheidende Handlung in Betracht zu ziehen. Dies seltsame Zwischenspiel in ihrem Leben hatte sie, so unbehaglich es manchmal auch sein mochte, von der Notwendigkeit befreit, daran zu denken, was nun kommen würde. Und der friedliche Augenblick hier auf der mit Steinplatten belegten Terrasse dieses angenehmen Restaurants in Gesellschaft eines so ungewöhnlichen und scharfsichtigen Menschen hatte es ihr gerade besonders leicht gemacht, alle tieferen Gedanken aufzuschieben.

In seinen Stuhl zurückgelehnt, beobachtete Mr. Neville ihr Gesicht. »Lassen Sie mich sehen«, sagte er freundlich. »Lassen Sie mich sehen, ob ich mir vorstellen kann, wie Sie leben. Sie leben in London. Sie haben ein anständiges Einkommen. Sie gehen auf Cocktailpartys, Abendeinladungen und Verlagsempfänge. Aber Sie haben keinen großen Spaß dabei. Obwohl Sie überall gerne gesehen sind, haben Sie keine wirklich engen Freunde. Sie kommen immer allein nach Hause. Sie hängen sehr an Ihrer Wohnung. Sie haben Liebhaber gehabt, aber nicht halb so viele wie Ihre Freundinnen; die trauen Ihnen natürlich überhaupt keinen zu und machen sich auf ziemlich angeberische Art um Sie Gedanken. Das entgeht Ihnen nicht. Aber Sie haben ein Doppelleben, Edith. Obwohl Sie doch nur allzu offensichtlich anständig sind, sind Sie nicht, was Sie scheinen.«

Edith saß ganz still.

Mr. Neville streifte sorgfältig seine Zigarre am Aschenbecher ab.

»Natürlich werden Sie sagen, daß mich das nichts angeht. Ich würde einfach sagen, daß es mich nicht berührt. Gerade so wenig, wie meine kleinen Zerstreuungen Sie zu berühren brauchen. Was immer für Vereinbarungen wir auch treffen werden, diese Dinge müssen säuberlich davon ausgeschlossen sein.«

»Vereinbarungen?« echote Edith.

Mr. Neville beugte sich vor und legte seine Hände auf den Tisch. Irgendwie schien er plötzlich jünger und weniger beherrscht als sonst. Es war bis jetzt so leicht gewesen, ihn als einen vermögenden Mann in den Fünfzigern zu sehen, als anspruchsvollen, bedächtigen Müßiggänger, auf eine blutlose Weise attraktiv, die Art von Mann, der großen Wert auf seinen Lebensstil legt und in dem der Trieb sich mit der Zeit in irgendein harmloses Hobby verkehrt, ins Sammeln von Kaltnadelradierungen oder in Stammbaumforschung. Die Art von Mann, der bestimmt eine gute Bibliothek besitzt, aber den man sich irgendwie nur schwer in einem anderen Raum eines Hauses vorstellen kann.

»Ich finde, Sie sollten mich heiraten, Edith«, sagte er.

Sie starrte ihn mit ungläubig aufgerissenen Augen an.

»Lassen Sie mich erklären«, sagte er fast hastig, aber wieder vollkommen Herr seiner selbst. »Ich bin kein romantischer Jüngling. Ich bin dafür sehr anspruchsvoll. Ich besitze ein kleines Landgut und ein sehr schönes Haus, ein wirklich gelungenes Beispiel von Régence-Gothik. Und ich habe eine ziemlich bedeutende Sammlung von *famille-rose*-Geschirr. Sie lieben doch sicher schöne Dinge.«

»Sie irren sich«, sagte sie, und ihre Stimme klang kalt. »Ich liebe *Dinge* überhaupt nicht.«

»Ich habe viel im Ausland zu tun«, fuhr er, ohne sie zu beachten, fort. »Und ich habe gern Gäste. Ich bin oft weg. Aber ich komme nicht gern in ein Haus zurück, wo nur das Hausmeisterehepaar lebt, wenn ich nicht da bin. Sie würden ausgezeichnet in diesen Rahmen passen.«

Eine schreckliche Stille senkte sich zwischen sie. Edith konzentrierte ihre Aufmerksamkeit auf die Rechnung, die unbeachtet unter einen Aschenbecher flatterte. Als sie sprach, war ihre Stimme unsicher.

»Das klingt, als hätten Sie mir eine Stelle angeboten«, sagte sie. »Aber ich habe mich nicht um die Stelle beworben.«

»Edith, was wollen Sie denn sonst tun? Wollen Sie in ein leeres Haus zurück?«

Sie schüttelte wortlos den Kopf.

»Sehen Sie«, sprach er weiter, »ich kann mir nicht noch einen Skandal leisten. Das Abenteuer meiner Frau hat mich zur lächerlichen Figur gemacht. Ich dachte, ich könnte es mit Würde durchstehen, aber Würde hilft nicht. Eher im Gegenteil. Die Leute wollen einen anscheinend zusammenbrechen sehen. Aber das ist alles längst vorbei. Ich brauche eine Frau, und ich brauche eine Frau, der ich vertrauen kann. Es ist nicht leicht für mich gewesen.«

»Und Sie machen es mir nicht leicht«, sagte sie.

»Ich mache es Ihnen leichter. Ich habe Sie beobachtet, wie sie versuchten, mit diesen Frauen zu sprechen. Sie sind einsam und traurig. Und ohne die Art von Eigenliebe, die ich Ihnen gepredigt habe, werden Sie nie die Regeln lernen, oder Sie werden sie zu spät lernen und bitter werden. Und wenn Sie sich allein glauben, ist Ihr Ausdruck voller Kummer. Sie sehen ein Leben der Verbannung vor sich.«

»Aber warum halten Sie mich für einen so hoffnungslosen Fall?«

»Sie sind eine Dame, Edith. Und die sind heutzutage aus der Mode, wie Sie vielleicht bemerkt haben. Als meine Frau werden Sie am rechten Platz sein. Unverheiratet werden Sie bald ein bißchen lächerlich wirken, fürchte ich.«

Sie sah ihm traurig ins Gesicht. »Und was soll ich in Ihrem schönen Haus machen, wenn Sie nicht da sind?« fragte sie. Und wenn Sie da sind, dachte sie, behielt das aber für sich.

»Alles, was Sie jetzt auch tun, nur besser. Sie können schreiben, wenn Sie Lust dazu haben. Ja, Sie können anfangen, besser zu schreiben, als Sie sich das je zugetraut haben. Edith Neville ist ein guter Name für eine Schriftstellerin. Sie werden eine gesellschaftliche Stellung haben, und die brauchen Sie. Sie werden Selbstsicherheit und Raffinement gewinnen. Und Sie werden die Befriedigung haben, zu wissen, daß Sie mir Ehre machen. Sie sind nicht die Art Frau, vor der die Männer Angst haben, Hysterikerinnen, die sich benehmen, als wären sie dauernd Objekt von Skandalen und Begierde, die mit ihren Eroberungen und ihrer Aufführung angeben und meinen, sie könnten sich alles leisten, so lange sie ihre Freunde unterhalten und eine Minimalabmachung mit ihren Ehemännern einhalten.

»Frauen haben auch Angst vor dieser Art Frau«, murmelte Edith.

»Nein«, sagte er. »Die meisten Frauen *sind* diese Art Frau.«

Sie sah ihn an. »Aber ich dachte, daß Männer diese Art Frau bevorzugen. Ich dachte, sie verachten diesen ehelichen Frieden, den Sie mir beschreiben.«

»In einem Sinn, ja«, antwortete er. »Männer lieben diese Art Frau. Sie meinen, es entgeht ihnen etwas, wenn sie etwas kriegen, was nicht so gerissen und phantastisch ist; sie lieben die Gefahr in diesen Verhältnissen. Sie lieben das Gefühl, daß sie mit anderen Männern um den Besitz der Frau kämpfen mußten. Darum geht es nämlich. Um das Unterkriegen der anderen Männern. Erst wenn diese anderen Männern sich wieder hochrappeln und von neuem anfangen, um den Besitz der Frau zu kämpfen, merken sie, wie brüchig, wie *ermüdend* diese besondere Art von Partnerschaft ist. Man muß immer von vorn anfangen.«

»Schon wieder machen Sie mir das schreckliche Kompliment: Sie nehmen an, daß mich nie ein anderer wird haben wollen.«

»Ich mache Ihnen ein Kompliment, indem ich annehme, daß Sie den Unterschied zwischen Flirt und Treue kennen. Ich mache Ihnen ein Kompliment, indem ich annehme, daß Sie sich nie zu dieser geschwätzigen Indiskretion, die einen Mann so in Mißkredit bringt, hergeben würden.

Ich mache Ihnen ein Kompliment, indem ich glaube, daß Sie mir keine Schande machen, mich nicht lächerlich machen, mich nie *kränken* würden. Ist es Ihnen bewußt, wie schwer es für einen Mann ist, zuzugeben, daß er so gekränkt wurde? Ich kann es mir einfach nicht leisten, daß mir so etwas wieder passiert.«

»Aber neulich haben Sie eine Doktrin der Selbstsucht verteidigt, Selbstzentrierung war Ihr Wort. Wie soll man das mit jemandem teilen?«

»Viel leichter, als Sie denken. Ich bitte Sie nicht, alles für die Liebe aufzugeben. Ich bitte Sie, Ihr eigenes wahres Interesse anzuerkennen. Ich sage Ihnen einfach, was Sie vielleicht schon selbst zu merken begonnen haben, daß nämlich Bescheidenheit und Verdienst schlechte Karten sind. Ich schlage Ihnen eine Partnerschaft aufgeklärtester Art vor. Eine Partnerschaft, die auf Achtung beruht, wenn Sie wollen. Die ist übrigens auch aus der Mode. Wenn Sie sich einen Liebhaber nehmen wollen, geht nur Sie das etwas an, so lange Sie es auf zivilisierte Weise einrichten.«

»Und wenn Sie …«

»Gilt dasselbe, natürlich. Für mich wäre das inzwischen ohnehin nur eine unbedeutende Sache. Sie würden davon nichts erfahren und sich keine Sorgen deswegen machen müssen. Unsere Verbindung würde auf geteilten Interessen und Aufrichtigkeit beruhen. Auf Kameradschaft. Für mich ist das heute das Wichtigste. Und Ihnen sollte das wichtig werden. Denken Sie nach, Edith. Haben Sie nicht manchmal, in ihrem artigen Leben, Lust gehabt, sich zu rächen? Sind Sie es nicht müde, zu ungehobelten Leuten höflich zu sein?«

Edith senkte den Kopf.

»Sie werden natürlich ihre Freunde einladen können. Und Sie werden merken, daß die Sie ganz anders behandeln. Das gehört zu dem, was ich neulich sagte. Sie werden merken, daß Sie sich so schlecht benehmen können, wie Sie nur wollen. Auch so schlecht, wie alle anderen wollen. So ist die Welt nun einmal. Und Sie werden dafür respektiert werden. Die Leute werden sich mit Ihnen wohlfühlen. Sie sind einsam, Edith.«

Nach einer langen Pause schaute sie auf und sagte: »Es wird kalt, sollen wir zurückgehen?«

Auf dem Seedampfer fuhr diesmal eine Gruppe sehr kleiner Schulkinder mit, manche reichten mit den Köpfen noch kaum über die Reling. Sie waren weder unbändig noch laut, und als das Schiff abgelegt hatte, wurden sie von ihrer Lehrerin zu einer Art Unterrichtsstunde in den verglasten Aussichtsraum gerufen. Gehorsam flatterten sie wie Schwälbchen davon und ließen Edith und Mr. Neville allein an Deck.

Es wurde jetzt wieder kälter, und der Nachmittag neigte sich seinem Ende zu. Ein kleiner Wind, Vorbote härterer Stürme, war aufgekommen und hatte den Gedanken an Winter mit sich gebracht. Edith sah ihr Haus vor sich, das geschlossen war und in dem kein Feuer brannte, alles voller Staub, Briefe ungeöffnet auf der Türmatte, die Fenster schmutzig, die Räume ungelüftet, vernachlässigt, in den Vorhängen noch alte Essensgerüche. Und sie war vergessen, und das Telefon schwieg. Flotte junge Sekretärinnen hatten sie, weil keine Antwort kam, schon aus den Listen der zu den Verlagsempfängen Einzuladenden gestrichen. Ihr Agent, der freundliche Harold, hatte sie kopfschüttelnd abgeschrieben. Und was wußte sie von David? Wenn sie zurückkehrte, hätte sie den Mut, in Erfahrung zu bringen, was er für sie fühlte, ob er sich über ihre Rückkehr freute? Und wenn er gar nicht da wäre? Wo würde sie ihn finden? Alles mögliche konnte in ihrer Abwesenheit geschehen sein; vielleicht war er in den Ferien, vielleicht krank, tot. Oder vielleicht war er ganz froh, daß es so gekommen war. Der Wind zerrte an ihren Haaren, und mit einer gequälten Gebärde löste sie die Strähnen aus den Haarnadeln und ließ sie über ihr Gesicht fallen. Ist es wahr? dachte sie. War ich nur eine sanftmütige, treue Frau, die sein Interesse auf die Dauer nicht halten konnte? War ich einfach nur ungewohnt und diskret, die Art Frau, bei der man sicher ist, daß sie einem keine Szene macht, eine Erholung von seiner gerissenen, exzentrischen, provozierenden Ehefrau? War ich einfach nur ein rührendes Zwischenspiel für ihn, oder hat er mich für viel erfahrener gehalten, als ich bin? Hat er angenommen, ich täte, genau so selbstsüchtig, dasselbe wie er?

»Edith«, sagte Mr. Neville. »Bitte, weinen Sie nicht. Ich kann es nicht ertragen, eine Frau weinen zu sehen; ich bekomme Lust, sie zu schlagen. Bitte, Edith. Hier, nehmen Sie mein Taschentuch, Edith. Lassen Sie mich Ihnen die Augen abwischen. Sie sind fast silbergrau. Wußten Sie das? Kommen Sie.«

Zum ersten Mal ruhte sie an seiner Schulter und weinte sich aus, bis sie erschöpft war. Sie schloß die Augen, ohne sich aus seiner besänftigenden Umarmung loszumachen.

»Sie sind so dünn«, sagte er. »Ich habe Angst, ich könnte Sie in der Mitte durchbrechen. Aber darüber können wir uns noch später Gedanken machen.«

Als sie sich wieder aufrichtete und die Hände auf die Reling legte, sah sie, daß schon die Dämmerung, oder eher ein nachmittägliches Zwielicht gekommen war, das unmerklich in die Nacht übergehen würde. Am gegenüberliegenden Ufer konnte Edith Lichter ausmachen, Lichter, die ihr jetzt fast freundlich schienen, die Lichter des Hotel du Lac.

Sie stützte sich schweigend auf die Reling. Als der Landungssteg in Sicht kam, wandte er sich ihr zu, aber sie hob die Hand, um ihn zu bitten, nichts zu sagen. Die Kinder, die nun wieder von ihrer Lehrerin an Deck geführt wurden, sollten mit diesen Erwachsenenproblemen nicht in Berührung kommen. Als sie auf den Holzplanken davontrappelten, blieben Edith und Mr. Neville stumm an der Reling stehen und schauten auf das Ufer.

»So«, sagte sie schließlich. »Ich soll also mit dem *famille-rose*-Geschirr in Ihrem Haus, diesem gelungenen Beispiel für Régence-Gothik, leben. Ich soll wie durch Berührung mit einem Zauberstab aus meinem gegenwärtigen Leben herausgehoben werden. Ich soll raffiniert und sorglos, weltgewandt und diskret werden. Ich soll für diesen ehelichen Frieden sorgen, der Sie davor bewahren wird, je wieder gekränkt zu werden.«

»Und auch Sie«, meinte er. »Auch Sie.«

»Ich liebe Sie aber nicht. Stört Sie das?«

»Nein. Es beruhigt mich. Ich möchte nicht mit Ihren Gefühlen belastet werden. Das alles kann ohne romantische Erwartungen zuwege gebracht werden.«

Edith wandte ihm das Gesicht zu. Ihr Haar flog ihr in Strähnen um den Kopf, ihre Augen waren hart, ihr Mund bitter.

»Und Sie lieben mich nicht?«

Er lächelte, diesmal traurig und ohne Zweideutigkeit.

»Nein, ich liebe Sie nicht. Aber ich habe Sie unter meine Fittiche genommen und muß auf Sie aufpassen. Sie haben mich auf eine Weise betroffen gemacht und berührt, wie ich nie mehr betroffen gemacht und berührt werden wollte. Sie sind wie ein Nerv, den ich für abgetötet hielt und jetzt mit Schrecken wieder spüre. Ich werde mein Bestes tun, ihn so bald wie möglich wieder abzutöten. Ich habe doch nicht die Absicht, *meine* Selbstzentrierung zu verlieren. Wir müssen aussteigen, Edith. Geben Sie mir Ihre Hand.«

Sie gingen schweigend Hand in Hand über die weichen Holzplanken des Landungsstegs und den Kiesweg hinauf. Jetzt senkte sich mit der Dämmerung wieder der Nebel herab und ließ die Straßenlampen verschwimmen und dämpfte die gewöhnlichen Geräusche. Der bescheidene Abendverkehr hatte sich schon fast gelegt, und von der öden Seefläche hinter ihnen stieg Kälte auf.

»Ich werde darüber nachdenken müssen«, sagte sie endlich.

»Nicht zu lange, hoffe ich. Ich habe nicht vor, Ihnen fortan regelmäßig Heiratsanträge zu machen. Sie werden sich Ihre Schlittschuhe anschnallen müssen, wenn wir am Wochenende los wollen.«

Sie schaute ihn, überrascht durch den neuen, scherzenden Ton in seiner Stimme, an. Es schien ihr, als habe er, so weit er es für nötig hielt, seine Selbstachtung bereits wiederhergestellt, und die Schnelligkeit, mit der das geschehen war, ermutigte sie ein bißchen.

»Darf ich noch etwas fragen?« sagte sie.

»Natürlich.«

»Warum ich?«

Jetzt war sein Lächeln wieder zweideutig, ironisch, urban.

»Vielleicht, weil Sie schwieriger zu haben sind als die anderen«, antwortete er.

☆☆☆☆☆☆☆☆☆☆☆☆☆☆☆☆☆☆☆☆☆

12

Gebadet und umgezogen, mit wieder fest aufgestecktem Haar, saß Edith in ihrem Zimmer und wartete, daß es Zeit würde, zum Abendessen hinunterzugehen.

Es war ihr, als wäre sie mit diesem Zimmer fertig, oder vielleicht das Zimmer mit ihr. Jedenfalls war irgend etwas auf natürliche Weise an ein Ende gekommen. Und doch, wie Abschied eben Bedauern erweckt, wußte sie, dieses Zimmer, in dem sie so ganz und gar allein gewesen war, würde ihr immer eine warme Erinnerung sein, wenn sie es sich ins Gedächtnis zurückrufen würde. Seine stille, vergilbte Würde würde vielleicht mit der Zeit für den letzten Rest ihrer eigenen Würde stehen, bevor auch dieser noch der Panik, dem Trotz oder einfach nur der Vernunft gewichen war.

Gerade daß ihre Vernunft so kalt funktionierte, ließ sie auf diese fast senile Weise zittern. Abrupt stand sie auf und ging ans Fenster. Doch als sie den Vorhang aufzog, sah sie nur Schwärze, und als einziges Geräusch hörte sie das gelegentliche Rauschen von Autoreifen auf Asphalt. Das Wetter hatte sich entschieden, der Nebel sich in einen traurigen Sprühregen aufgelöst. Die unter die Haut kriechende Nässe war von der langsamen Beharrlichkeit eines Klimas, das endlich zu seinem natürlichen Ausdruck gefunden hat. Sie würde also nicht auf ihrem Balkon draußen sitzen und an dem grünen Blechtisch schreiben können, wie sie es sich vorgestellt hatte. Doch das Buch war ja sowieso nicht weiter gediehen, vielleicht war es von Anfang an dazu bestimmt gewesen, liegenzubleiben. Aber ich habe mich doch immer mit einem Willensakt in einen Zustand der Bejahung zurückgeschrieben, dachte sie. Warum funktioniert das Rezept auf einmal nicht mehr? Weil der ganze Prozeß mir jetzt wie das härene Gewand des Büßers vorkommt, wie eine verzweifelte List, um wieder in die Gnade Gottes zu kommen? Bin ich es einfach satt, noch einmal eine solche Anstrengung zu machen? Wird es nicht herrlich bequem sein, diese besondere Anstrengung nicht mehr machen zu müssen? Und sie fuhr abschiednehmend mit der Hand über ihre sauber geschriebenen Manuskriptseiten, bevor sie die Blätter in die Mappe zurücklegte und die Mappe ganz unten in ihre Reisetasche.

Sie erschrak fast über diese Handlung. Es war, als stünden ihre Pläne bereits fest, ohne daß sie zu irgendeiner bewußten Entscheidung gekommen war. Aber offenbar beugte sie sich diesem Endgültigen, das bewies die Tatsache, daß sie anfing, die Kleider, die sie hier nicht länger tragen würde, zusammenzulegen und zu packen, und, als sie einmal dabei war, schließlich in beinahe rasender

Eile Schuhe, Bücher, Parfümflaschen in die Tasche stopfte, bis nur noch ihr Nachthemd, ihre Haarbürste und die Kleider, die sie anhatte, von ihrem Leben im Hotel du Lac übrigblieben. Dann hatte sie in diesem Zimmer nichts mehr zu tun, es war wieder unpersönlich und bereit, zu Saisonbeginn den nächsten Gast zu beherbergen. Sie schloß die Tür hinter sich und ging die Treppe hinunter in den Salon.

Auch hier schien der fast ganz erlahmte Betrieb auf einen allgemeinen Entschluß zum Aufbruch hinzudeuten. Das Engagement des Pianisten war zu Ende, und er würde nun wieder wie jeden Winter unmusikalischen Schulmädchen Klavierunterricht geben. M. Huber schaute – wie stets leicht enttäuscht, daß es ihm irgendwie nicht gelungen war, die ideale glänzende Gesellschaft unter seinem Dach zu vereinen, von der ein Hotelier immer träumt – mit Bedauern in den leeren Salon. Er spürte das rheumatische Zwacken, das den Winter und damit sein Exil ankündigte; denn wenn das Hotel du Lac zumachte, ging es nach Spanien in die Villa seiner Tochter und seines Schwiegersohns, wo er in dem ereignislosen Sonnenschein dahinvegetierte, ohne etwas zu überwachen zu haben; er war nicht dazu geschaffen, Gast zu sein. In einer Woche würden sie schließen. Mme. de Bonneuil würde von ihrem Sohn in ihr stoisch ertragenes Winterquartier verfrachtet werden, eine religiöse *pension* in Lausanne. Die Frau mit dem Hund würde nach Hause zurückkehren, eine Aussicht, die jetzt schon ihr schönes Gesicht in Aufregung erglühen ließ. Mme. Pusey und ihre

Tochter, für die er die freundlichsten Gefühle empfand, würden von einem Chauffeur nach Genf gefahren werden, wo sie ein Flugzeug nehmen und sehr hohe Überfrachtgebühren zahlen würden, aber die Vorstellung, daß sie direkt aus seiner Obhut in die Sicherheit ihrer Londoner Wohnung gelangten, war ihm lieb. Eine bezaubernde Frau, wirklich bezaubernd; die Tochter vielleicht nicht ganz so distinguiert. Sie würden einander zu gegebenem Anlaß Kartengrüße schikken, denn sie ließen die Verbindung nicht abreißen. Und zweifellos würden sie sich im nächsten Jahr hier wiedersehen, wenn sie noch am Leben waren. Die anderen beiden Gäste, die noch geblieben waren, interessierten ihn kaum; sie waren zu neu, und er wußte, daß sie nicht wiederkommen würden.

Die Angestellten, die sich schon von den engen Einschränkungen der gewohnten Disziplin befreit fühlten, machten untereinander mehr Lärm als sonst, unterhielten sich ganz ungeniert. Alain und Maryvonne – sie waren Vetter und Kusine, wie sich herausgestellt hatte – würden nach Fribourg zurückgehen und den Winter über im Restaurant von Maryvonnes Vater arbeiten. Der Hoteldirektor machte wie gewöhnlich fruchtlose Pläne, wie er seinen Schwiegervater überreden wollte, sich endlich endgültig vom Geschäft zurückzuziehen, während er gleichzeitig der Tatsache ins Auge sah, daß dies nie geschehen würde.

Eine Weile saß Edith allein im Salon und wurde an ihren ersten Abend hier erinnert. Zu viel war geschehen, als daß der Gedanke daran ganz angenehm gewesen wäre. In ihrer Rückschau sah sie, daß sie an jenem Tag tapferer, jünger gewesen war und entschlossener, ihre Verbannung abzusitzen und dadurch unverändert nach Hause zurückzukehren. Fast wie ein Spaß war ihr das Ganze damals vorgekommen, oder vielleicht hatte sie einfach beschlossen, es in diesem Licht zu sehen. Inzwischen fühlte sie sich, als wäre sie zum erstenmal in ihrem Leben von einem Erwachsenenernst erfaßt worden und als müßten fortan alle ihre Entschlüsse von jener gewichtigen Umsicht sein, von der sie nie geglaubt hätte, daß sie je dazu fähig sein könnte. Sie war im Begriff, eine Welt zu betreten, die sie instinktiv als im Besitz von anderen erkannt und auf die sie keinen Anspruch hatte, eine Welt, in der es unter anderem um Investitionen ging, um Dachreparaturen und Gäste zum Wochenende. Und nehmen wir deinen Wagen oder meinen? Das war eine Bemerkung Davids zu seiner Frau, die sie zufällig mitgehört hatte, und sie hatte für sie emblematische Bedeutung gewonnen. Dahinter wurden für sie eine ganze Reihe von Selbstverständlichkeiten deutlich, mit denen die beiden gleichermaßen aufgewachsen waren. Jung schon Erwachsenenfreuden genießend, furchtlos, privilegiert, verwöhnt, waren beide gleich ungeduldig allem Ernsten oder Entmutigenden gegenüber, sie waren rasch, charmant, enthusiastisch und vergeßlich. Tiefen waren mit ihnen und ihrer Art nicht leicht zu erreichen. Doch Edith, die ihre Jugendjahre in Schweigen und Bedachtsamkeit verbracht und, um Enttäuschungen zu vermeiden, gelernt hatte, keine

Ansprüche zu stellen, kannte diese Tiefen wohl und gab sich in diesem feierlichen Augenblick ihrer Betrachtung hin, bevor sie sie für immer hinter sich lassen würde.

Als sie wieder aufblickte, sah sie, daß der dunkle Schatten neben der hintersten Säule sich zur Gestalt von Mme. de Bonneuil verdichtet hatte, wahrscheinlich hatte sie die ganze Zeit über schon dagesessen. Ihre Hände waren um ihren Stock gekrampft, die letzten Metallplättchen fielen von ihrem staubigen Haarnetz auf ihr ebenso staubiges Kleid herab, und auch Mme. de Bonneuil schien über ihren bevorstehenden Umzug nachzusinnen. Doch für Mme. de Bonneuil, dachte Edith mit plötzlichem Schmerz, würde es kein Umzug in eine Welt beneidenswerter Erwachsenenbeschäftigungen sein. Sie stellte sich ein dunkles kleines Zimmer in Lausanne vor, und weniger Essen, weniger Würde. Und was sollte sie dort den ganzen Tag anfangen? Die unebenen Straßen von Lausanne waren für sie kaum begehbar, selbst mit einem Stock nicht. Und der Winter würde lang werden, sehr lang. Als die Kellner am Eingang des Salons erschienen, stand Edith auf, ging zu Mme. de Bonneuil hinüber und bot ihr den Arm. Ein erfreutes, aber verblüfftes Lächeln flackerte zweifelnd über das Gesicht der alten Dame, doch in diesem Augenblick schlenderte Monica, der die Aussicht, nach Hause zu fahren, Leben und Energie zurückgegeben hatte, ausgelassen und schön in einem flammendroten Kleid aus der Bar heraus und rief: »Warten Sie auf mich!« Mit beiden Armen fest eingehängt – der Stock wurde ihr von

Alain nachgetragen –, schritt Mme. de Bonneuil zwischen Edith und Monica in den Speisesaal, hocherhobenen Hauptes, mit weltgewandtem Ausdruck und einem Auftreten, das ihre Überlegenheit über die Umgebung hier verriet. Als M. Huber herbeieilte, um sie zu begrüßen (»Gerade noch rechtzeitig«, sagte Monica höhnisch), drückte Mme. de Bonneuil warm den beiden jüngeren Frauen die Hand, bevor sie ihm mit einem winzigen Nicken antwortete. Dann wurde ihr der Stuhl von einem zuvorkommenden Kellner zurechtgerückt, und Mme. de Bonneuil vertiefte sich ruhig in die Lektüre der Speisekarte, doch das ganze Abendessen über blieb ihr Kopf hoch erhoben, und von Zeit zu Zeit lächelte sie wieder.

Die Mahlzeit war halb vorüber, bevor Mrs. Pusey in feiner lila Wolle den Speisesaal betrat. Wieder einmal staunte Edith über ihre Erscheinung. Ihre volle Figur, ihr glänzendes blondes Haar, ihre Parfümwolke überschatteten fast gänzlich Jennifer, die trotz ihres ebenso sorgfältigen Aufzugs gröber, weniger exquisit, weniger bewußt und weniger leidenschaftlich an dieser oft aufgeführten Komödie interessiert schien. Als M. Huber, wie vorauszusehen, aufstand, um Mrs. Pusey zu bewillkommnen und zu ihrem Tisch zu geleiten, fing Edith, die wie immer fasziniert zuschaute, an, die rätselhafte Jennifer zu beobachten, die ungeachtet des kühlen Abends wieder einen ihrer eigenartig gewagten Anzüge trug, einen enganliegenden, weitausgeschnittenen blauen Seidenpullover und weiße Knickerbocker. Doch obwohl sie aussah wie ein robuster reicher

Teenager, der gleich mit einem Sportwagen zu einem Abend in einer schicken Discothek abgeholt wird, widmete sie sich so beflissen wie stets ihrer Mutter und schien neben der Unterhaltung mit ihr offenbar keinerlei weitere gesellschaftliche Anregung zu verlangen. Edith beobachtete wieder, wie sie die Servietten entfalteten und der Wein eingeschenkt und das Brot gebrochen und unter häufigem Augenschließen in zarter Würdigung die Suppe gekostet wurde; sie waren sich anscheinend nicht bewußt, bemerkte Edith, daß noch irgend jemand sonst außer ihnen im Raum war oder daß diese Speisen auch noch zu anderen Zwecken zubereitet worden waren, außer dazu, ihren unverwüstlichen Appetit zu befriedigen.

Beim Kaffeetrinken im Salon fand sich Edith von Mrs. Pusey etwas kühl behandelt. Vielleicht war früher am Abend ihre Rückkehr in Begleitung Mr. Nevilles bemerkt und kommentarlos zu den Akten gelegt worden. Jedenfalls durfte Edith froh sein, sich Mrs. Puseys wie gewöhnlich weitläufige Pläne anzuhören, ohne dafür mit dem geringsten Interesse für ihre eigenen belohnt zu werden. Teilnahme an den Problemen anderer lag Mrs. Pusey nie, nur mußte sich jetzt ihr unzähmbares Verlangen nach einer dominierenden gesellschaftlichen Stellung, die ihr früher durch ihre Schönheit und die stumme Gegenwart ihres anbetenden Gatten gesichert war, brutalerer Mittel bedienen. Nicht daß an sich irgend etwas Brutales an ihrer charmanten Aufzählung der Mühen des Packens, die sie erwarteten, gewesen wäre – schon bei dem Gedanken daran bekam sie Kopfschmerzen, und dann mußte sie ja noch alles mit ihrer Haushälterin regeln, denn sie sollte ihnen einen Wagen schicken, der sie in Heathrow abholen würde, und ein leichtes, auf Tabletts angerichtetes Abendessen fertig haben, das Mrs. Pusey und Jennifer in Mrs. Puseys Schlafzimmer essen würden.

»Ich bin einfach ein Wrack nach einer Reise«, vertraute Mrs. Pusey Edith an.

»Und doch sind Sie so viel gereist«, erwiderte Edith.

»Ja, gewiß, das war ich doch meinem Mann schuldig. Er wollte nirgendwohin ohne mich. Er sagte, er könne es nicht ertragen, von mir getrennt zu sein, der dumme Mann.«

Sie lachte voller Erinnerungen. »Und es wird zur Gewohnheit, wissen Sie. Natürlich könnte ich es ohne Jennifer nicht schaffen. Und sie ist immer noch bereit, es mit ihrer alten Mutter auszuhalten, nicht wahr, Liebling?«

Wieder der liebevolle Händedruck, der Kuß, das strahlende Lächeln auf beiden Seiten. Und doch hatte Edith gesehen, daß Jennifer für ihre Verhältnisse fast nachdenklich dreinblickte und ihr gewöhnlicher gleichgültiger Ausdruck weniger gutmütig war als sonst. Doch mit dem liebenden Austausch war das wieder weggewischt. Ich muß mir das eingebildet haben, dachte Edith. Ich habe heute abend eine morbide Phantasie.

»Wann reisen Sie ab?» fragte sie.

»Oh, wir wollen bis Ende nächster Woche bleiben, wenn sie uns so lange beherbergen.« Wieder das leichte Lachen.

»Ich...«, fing Edith an, wurde aber durch Mrs. Puseys Ruf unterbrochen: »Ach, da ist ja Philip! Wo haben Sie denn gesteckt, Sie unartiger Mensch? Jennifer dachte schon, sie hätten uns endgültig verlassen. Liebling, besorge doch frischen Kaffee für Philip. Warum waren Sie so spät dran?«

»Ich mußte ein paar Telefongespräche führen«, antwortete er mit anscheinend größter Bereitwilligkeit auf ihre Fragen. »Und die Leitungen schienen dauernd blockiert.«

»Geschäftliche Gespräche, nehme ich an«, sagte Mrs. Pusey mit einem verständnisvollen Nicken. »Ich weiß. Mein Mann mußte auch immer telefonieren, wo immer wir auch waren. Ich drohte damals manchmal, ich würde das Telefon hinauswerfen. ›Halte stets Geschäft und Vergnügen auseinander‹, sagte ich ihm immer. Allerdings ging ihm das Geschäft nie vor, jedenfalls nicht, wenn er mich dabei hatte.«

»Gewisse Dinge müssen nun einmal in die Wege geleitet werden«, sagte Mr. Neville mit einem Lächeln.

»In die Wege geleitet! Das klingt, als wollten Sie uns verlassen. Jennifer! Philip will uns hier ganz allein zurücklassen.«

Jennifer schaute von ihren Fingernägeln auf und lächelte kurz.

»Ich reise übermorgen ab«, sagte Mr. Neville in neutralem Ton.

»Dann müssen wir aber Ihre Gesellschaft noch ausnutzen, solange wir das können«, rief Mrs. Pusey. »Ich hoffe, Sie haben nicht etwa vor, morgen wieder zu verschwinden. Wir haben heute früh eine Ewigkeit auf Sie gewartet, nicht wahr, Liebling?«

Offensichtlich, dachte Edith, muß er mich behandeln, als wäre ich Luft, bis ich seinen Bedingungen zustimme. Und er hat recht. So geht es mir eben und wird es mir immer gehen, wenn ich ihn nicht heirate. Das will er mir zeigen. Sehr gut. Aber zuerst muß ich noch etwas erledigen.

In der darauffolgenden Stille erkannte sie, daß der Augenblick der Entscheidung gekommen war.

Sie stand auf. »Wenn Sie mich entschuldigen wollen ...«, fing sie an.

»Ja, natürlich, Edith. Gute Nacht, Liebste.«

»Bitte, bleiben Sie sitzen«, sagte Edith zu Mr. Neville und drückte ihm ziemlich fest die Hand auf die Schulter. Es war ihr gleich, ob das jetzt als Vertraulichkeit ausgelegt werden würde. Sie war es plötzlich sehr leid, zurückhaltend zu sein. Er hätte etwas sagen können, dachte sie beim Hinausgehen, als sie das brütende Schweigen in ihrem Rücken spürte. Und Mrs. Pusey wird den Rest des Abends damit verbringen, herauszufinden zu versuchen, was es ist, das er ihr zu erzählen freundlich verweigert. Ich bin dabei völlig überflüssig.

Obwohl ihre Schritte leicht und leise waren, schien es ihr, als schleppe sie sich wie ein müder Wanderer die Treppe hinauf. Und in dem dämmrig rosigen Zimmer, das sie so ernst und still empfing, setzte sie sich nun noch einmal wie eine Verbannte nieder. Schließlich ging sie zu dem kleinen Tisch hinüber, nahm ein Blatt Papier und schrieb.

»Liebster David,

das ist der letzte Brief, den ich Dir schreibe, und der erste, den ich abschicken werde. Ich heirate Philip Neville, einen Mann, den ich hier getroffen habe. Ich werde in seinem Haus in der Nähe von Marlborough leben, und ich glaube nicht, daß ich Dich je wiedersehe.

Du bist der Lebensatem für mich. Man sollte so etwas nicht aussprechen, ich weiß. Du willst das nicht hören. Als ich es in diesen Worten zu Penelope sagte, sah sie mich entgeistert und schockiert an, als hätte ich mich durch ein solches Geständnis aus der Gemeinschaft der Normalen ausgeschlossen. Es hat also ganz den Anschein, daß ich zu viele Schiffe hinter mir verbrannt, zu viele Brücken überquert habe, um je wieder zu dem zurückzukehren, was ich war oder zu sein glaubte.

Ich liebe Mr. Neville nicht, und auch er liebt mich nicht. Aber er hat mir die Augen dafür geöffnet, was aus mir werden muß, wenn ich nicht aufhöre, Dich zu lieben wie bisher. Ich hatte schon, bevor ich hierher kam, angefangen, das zu sehen, und vielleicht war diese unselige Geschichte mit dem armen Geoffrey das Ergebnis von dem, was ich zu begreifen begann. Ein solches Fiasko wird es diesmal nicht geben. Hauptsächlich deshalb nicht, weil Mr. Neville dafür sorgen wird, daß es nicht dazu kommt. Er versichert mir, daß ich mich unter seiner Führung sehr bald zu der Art von Frau entwickeln werde, deren Selbstvertrauen, Vitalität und, ja, auch Anmaßung ich immer beneidet habe. So ziemlich die Art Frau wie Deine nämlich.

Ich war in dieser Beziehung nie besonders erfolgreich, und daher war es eine großartige Ironie des Schicksals, daß ich mich gerade in einen Mann verlieben mußte, der immer und in jeder Beziehung erfolgreich gewesen ist. Ich habe für Dich gelebt. Aber wie oft habe ich Dich gesehen? Vielleicht zweimal im Monat? Öfter, wenn wir uns zufällig irgendwo begegneten. Manchmal weniger, wenn Du zu beschäftigt warst. Und manchmal verging ein ganzer Monat ohne Dich. Ich habe mir Dich zu Hause vorgestellt, mit Deiner Frau und Deinen Kindern, und das waren schlimme Zeiten. Aber viel schlimmere Zeiten waren es, wenn ich den Verdacht hatte, jemand Neues hätte Dein Interesse, Deine Neugier erregt, irgendein Mädchen, das Du vielleicht irgendwo getroffen hättest, auf einer Party, wie Du einmal mich getroffen hattest. Und dann schaute ich unter den Frauen auf den Straßen, im Bus, in den Geschäften nach einem Gesicht, das in Deine Phantasien paßte. Denn, sieh, obwohl ich nichts Genaues weiß, kenne ich Dich sehr gut.

Ich weiß nämlich, daß ich, was immer Du auch für mich empfindest oder vielleicht sollte ich sagen, für mich einmal empfunden hast, nicht Dein Typ bin, wie Swann von Odette sagte.

Es gibt keinen Grund, warum wir uns je wiedersehen sollten, außer natürlich durch Zufall. Mr. Neville, der eine sehr schöne Sammlung von *famille-rose*-Geschirr besitzt, besucht zweifellos hin und wieder Versteigerungen und Auktionshäuser, und es ist denkbar, daß er mich dann gern mitnehmen möchte. Aber ich habe ihm gesagt, wie gleichgültig mich Sammlungen lassen, und ich glaube kaum, daß er darauf bestehen wird.

Ich will versuchen, ihm eine gute Frau zu sein. Schließlich bekommt man in diesem aufgeklärten Alter nicht alle Tage einen Heiratsantrag, obwohl es bei mir seltsamerweise in diesem Jahr gleich zwei waren. Ich scheine sie beide akzeptiert zu haben. Der Reiz häuslicher Geborgenheit war offenbar zu groß, als daß jemand so Unsicheres wie ich hätte widerstehen können. Aber jetzt etabliere ich mich. Ich werde es müssen, denn ich glaube kaum, daß ich noch mehr zu erwarten habe.

Du dachtest vielleicht, wie mein Verleger und mein Agent, die immer versuchen, mich dazu zu überreden, meine Bücher moderner zu machen, mehr Sex und Spannung hineinzubringen, ich schriebe mit der Mischung aus Spott und zynischem Gleichmut, die man dem modernen Schriftsteller auf diesem Gebiet meint unterstellen zu müssen. Du hast Dich getäuscht. Ich glaubte jedes Wort, das ich schrieb. Und ich tue es immer noch, obwohl ich mir jetzt klargemacht habe, daß nichts davon je für mich wahr werden kann.

Du hast in den vergangenen zwei Wochen meine Adresse gewußt, aber ich habe nichts von Dir gehört. Es erübrigt sich daher, Dir meinen neuen Wohnort mitzuteilen, denn ich würde ja auch dort nichts von Dir hören.

Ich weiß nicht, wie ich diesen Brief schließen soll. Ich möchte mich nicht zu Vorwürfen und Anklagen hinreißen lassen, und ich habe ja auch kein Recht dazu. Zu sagen, ich sei Dir eine willige

Partnerin gewesen, ist lächerlich, denn ich war die Willigere von uns beiden. Ich war williger als Du.

In Liebe, von ganzem Herzen, immer
Edith

Sie legte den Kopf in die Hände und saß lange so in dem jetzt völlig stillen Zimmer. Sie merkte nicht, wie die Zeit verging. Statt dessen war ihr, als schaute sie in die Vergangenheit zurück, in frühere Zeiten, als die Stille ihr Los gewesen war. Wie sie am Fenster ihres Hauses gestanden hatte und dem ersterbenden Motorengeräusch von Davids Wagen lauschte. Wie sie schweigend ihrem Vater zugesehen hatte, als er zum letzten Mal seinen Schreibtisch aufräumte, oder wie sie ergeben die umgeschüttete Kaffeetasse ihrer Mutter in die Küche zurücktrug. Selbst noch früher sah sie sich, wie sie sich in der düsteren Wiener Wohnung hinter Großmama Ediths Sessel versteckte, während ihre Mutter und ihre Tanten sich in Klagen ergingen. Und die einzigen Worte, die sie in der Erinnerung hörte, wollten ganz und gar nicht zu ihrer gegenwärtigen Lage passen: »Schrecklich! Schrecklich!« hörte sie Tante Resi rufen. »Ach, du Schreck!«

Als sie aufstand, wurde ihr bewußt, daß sie zu Bett gehen sollte, aber ihr stärkster Wunsch war nicht, zu schlafen, sondern daß es Morgen würde und sie ihren Brief zur Post bringen könnte, um sicher zu sein, daß sie es sich nicht noch einmal anders überlegen konnte. Sie sah auf die Uhr, es war halb zwei. Sie zog sich aus und legte sich auf ihr Bett, entschlossen, die Nacht durchzuhalten und nicht schwach zu werden. Ihre Wangen brannten, und sie zitterte ein wenig, doch als die Nacht fortschritt, entspannten sich ihre Muskeln, ihr Atem wurde langsamer und schließlich schlief sie ein.

Als sie aufwachte, war es immer noch dunkel, aber sie stand auf und badete sich Gesicht und Hände; für ein richtiges Bad würde später Zeit sein, wenn sie zurückkam. Sie überlas ihren Brief, steckte ihn in einen Umschlag und klebte ihn zu. Sie zog sich an und bürstete sich das Haar. Sie war jetzt ganz ruhig und setzte sich geduldig hin, bis sie vermutete, daß an der Rezeption jemand sein würde, der ihr eine Briefmarke verkaufen konnte. Um sechs hielt sie es nicht mehr länger aus, nahm ihre Handtasche und ihren Schlüssel, machte sehr behutsam ihre Tür auf und trat auf den Gang hinaus.

Sie ging sachte in der Mitte des Teppichs den Korridor entlang, ängstlich bemüht, die schlafenden Gäste nicht aufzuwecken oder zu erschrecken, und kam gerade im rechten Augenblick, um zu sehen, wie Jennifers Tür sich öffnete und Mr. Neville in seinem Schlafrock erschien. Mit nicht minder großer Vorsicht als sie konzentrierte er sich darauf, keinen Lärm zu machen, und zog die Tür ganz langsam wieder zu. In dem dämmrigen Licht, das die Nacht über brennen blieb, konnte sie deutlich sein leichtes, zweideutiges Lächeln erkennen.

Natürlich, dachte sie. Natürlich.

Sie wartete regungslos, bis Mr. Neville sich, ohne sie zu bemerken, umwandte, schnell den

Gang entlangging und aus ihrem Blickfeld verschwand.

Wieder in ihrem Zimmer stellte sie fest, wie wenig überrascht sie war. Sie erinnerte sich daran, wie er gesagt hatte, er wolle sich seine Selbstzentrierung bewahren, seine Selbstachtung wiederherstellen, edle Worte, die sie vielleicht zu einfach akzeptiert hatte. Aber das war es nicht, das war es nicht ganz. Und dann fiel es ihr ein. Als sie sich an ihn gelehnt und geweint hatte und er seinen Arm um sie legte, hatte sie gemerkt, daß er nichts fühlte. Daß er sie äußerst galant tröstete, aber nichts fühlte.

Und Jennifer war zweifellos eine jener trivialen Zerstreuungen, von denen er so wegwerfend gesprochen hatte. Und jene Tür, die sie in ihren Träumen, in den täuschenden Augenblicken ihres Erwachsens hatte öffnen und wieder schließen hören, war eine wirkliche Tür gewesen, deren Realität und Bedeutung sie unberücksichtigt gelassen hatte.

Sie sah das geduldige Gesicht ihres Vaters vor sich. Denk noch einmal nach, Edith. Du hast eine falsche Gleichung aufgestellt.

Sie setzte sich langsam auf ihr Bett nieder, es war ihr ein bißchen flau. Und wenn ich ihn in diesem Wissen heiraten würde, sagte sie sich, und auch in dem Wissen, daß er sich so leicht und schnell anderswo umtun kann – ich würde zu Stein werden, zu Gips: ich würde ein Stück seiner Sammlung werden. Aber vielleicht wollte er gerade das, dachte sie; daß ich das fehlende Stück ersetzen sollte. Und für mich würden jene Freuden, die leichtfertig körperliche genannt werden, mit dem verbunden bleiben, mit dem sie es jetzt schon so lange gewesen sind, so lange, daß es mir ein Leben lang scheint. Und ich würde das einzige Leben verlieren, das ich immer wollte, selbst wenn es mir nie so gehörte, daß ich es mein eigen nennen konnte. Und Mr. Nevilles so unfehlbar zweideutiges Lächeln würde mich stets daran erinnern.

Nach einer Weile stand sie auf.

Sie ging zum Tisch hinüber, nahm ihren Brief, riß ihn mitten durch und ließ die Schnitzel in den Papierkorb fallen. Dann ergriff sie Tasche und Schlüssel und ging aus dem Zimmer, den Gang entlang und die Treppe hinunter. In dem immer noch schweigenden Hotel saß der Nachtportier in Erwartung seiner Ablösung gähnend am Empfangsschalter und kratzte sich den Kopf. Er richtete sich auf, als er Edith sah, und setzte hastig ein Gutenmorgenlächeln auf.

»Könnten Sie mir bitte ein Ticket für den nächsten Flug nach London besorgen«, sagte sie mit klarer Stimme. »Und ich möchte gern ein Telegramm aufgeben.«

Als das benötigte Formular gefunden war, setzte sie sich an ein kleines Glastischchen in der Halle. »Simmonds, Chiltern Street, London W 1«, schrieb sie. »Komme nach Hause.« Doch nach kurzer Überlegung schien ihr das nicht ganz richtig, sie strich die Worte »nach Hause« durch und schrieb einfach »zurück«.

Anita Brookner

Seht mich an

Aus dem Englischen von Herbert Schlüter. 249 Seiten. Geb.

»Ich heiße Frances Hinton, und ich mag es nicht, wenn man mich Fanny nennt« – mit diesen Worten führt sich die Ich-Erzählerin ein, die als Bibliothekarin in einem Institut für medizinische Forschungen arbeitet. Ihr Privatleben verläuft in ebenso geregelten und nüchternen Bahnen wie ihre Tätigkeit in der Bibliothek. Frances Hinton gehört zu jenen, die am Leben immer nur als Zuschauer partizipieren, die dafür da zu sein scheinen, anderen Beifall zu spenden und die Stichworte zu geben; als das Ehepaar Fraser, der sorglose Nick und die extravagante Alix, sich für Frances zu interessieren beginnt und sie unter ihre Fittiche nimmt, erwacht in Frances die Hoffnung, daß sie aus der Passivität der Zuschauerposition heraustreten und selbst am Leben teilnehmen könnte. Sie lernt den alleinstehenden James Anstey kennen, einen Geistesverwandten von ähnlicher Zurückhaltung und Verletzlichkeit wie sie selbst, und es will scheinen, als brauche sie nun nicht mehr das ewige fünfte Rad am Wagen zu spielen. Aber ohne daß Frances erkennen könnte warum, wendet James sich plötzlich von ihr ab, und sie muß sich eingestehen, daß sie für die Frasers nur ein Zeitvertreib gewesen ist, etwas, was man wegwirft, wenn es einen langweilt, und daß die beiden ihre Romanze mit James zur eigenen Unterhaltung inszeniert und dann unterbrochen haben, als das Spektakel für ihren Geschmack zu wenig Dramatik entwickelte. Aber sie weiß, daß sie lernen wird, auch mit dieser Verletzung zu leben, denn sie hat begriffen, daß man das als selbstverständlich von ihr erwartet. Nie wieder wird sie bitten: »Seht mich an!«
Nicht zu Unrecht ist Anita Brookner mit Charlotte Brontë und Jane Austen verglichen worden; der Unterschied von »Seht mich an« zu Romanen wie »Mansfield Park« und »Der Professor« liegt allerdings in der ironischen, »emanzipierten« Haltung der Protagonistin.

Aldous Huxley

Affe und Wesen
Ein Roman aus der Zeit nach dem Atomkrieg.
Aus dem Englischen von Herbert Schlüter. 151 Seiten. Serie Piper 337

Eiland
Roman. Aus dem Englischen von Marlys Herlitschka.
344 Seiten. Serie Piper 358

Die ewige Philosophie
Texte aus drei Jahrtausenden.
Aus dem Englischen von H. R. Conrad. 414 Seiten. Serie Piper 563

Geblendet in Gaza
Roman. Aus dem Englischen von Herberth E. Herlitschka.
541 Seiten. Serie Piper 794

Glücklich bis ans Ende ihrer Tage
Erzählungen. Aus dem Englischen von Herberth E. Herlitschka und Herbert Schlüter.
163 Seiten. Serie Piper 423

Der kleine Mexikaner
Erzählungen. Aus dem Englischen von Herberth E. Herlitschka und Herbert Schlüter.
180 Seiten. Serie Piper 456

Die Kunst des Sehens
Was wir für unsere Augen tun können.
Aus dem Englischen übertragen und mit einem Nachwort von Christoph Graf.
167 Seiten. Serie Piper 216

Moksha
Auf der Suche nach der Wunderdroge.
Herausgegeben von Michael Horowitz und Cynthia Palmer.
Autorisierte Übersetzung aus dem Englischen von Kyra Stromberg.
312 Seiten. Serie Piper 287

Nach vielen Sommern
Roman. Aus dem Englischen von Herberth E. Herlitschka.
298 Seiten. Serie Piper 496

Narrenreigen
Roman. Aus dem Englischen von Herbert Schlüter.
295 Seiten. Serie Piper 310

Die Pforten der Wahrnehmung – Himmel und Hölle
Erfahrungen mit Drogen.
Aus dem Englischen von Herberth E. Herlitschka.
134 Seiten. Serie Piper 6

Piper 52/3a

PIPER

Sten Nadolny

Die Entdeckung der Langsamkeit

Roman. 359 Seiten. Leinen
(Auch in der Serie Piper 700 lieferbar)

»Die Entdeckung der Langsamkeit« ist auf den ersten Blick zugleich ein Seefahrerroman, ein Roman über das Abenteuer und über die Sehnsucht danach, und ein Entwicklungsroman. Bei näherer Betrachtung erweist sich, daß dieser scheinbar unzeitgemäße Ansatz die Handlung nur äußerlich strukturiert, daß die inneren Abenteuer des Helden fast noch mehr zur Spannung beitragen.

»Was Nadolnys Schilderung zu einem literarischen Ereignis macht, ist eine Erzähltechnik, die konsequent aus der Perspektive verzerrter, das heißt hier: verlangsamter Wahrnehmung operiert... Diese Technik erzeugt bedrückendere, suggestivere Wirkungen als jeder erzählerische Illusionismus... Innere und äußere Vorgänge werden bei Nadolny nicht beredet, nicht analysierend umkreist und damit um ihre sinnlich-poetische Existenz gebracht, sondern durch eine genau kalkulierte Optik anvisiert.« Süddeutsche Zeitung

»›Die Entdeckung der Langsamkeit‹ ist insofern eine Rarität, als dies ein freundlicher, geschichtenreicher, unterhaltsamer Roman ist, fern jener narzißtischen Selbstbespiegelung und depressiven Psychologie, von der viele Autoren nicht loskommen.« Die Zeit

»Dieses Buch kommt, scheint's zur richtigen Zeit. Nadolnys heute ganz ungewöhnliche ruhige Gegenposition im gehetzten Betrieb der Politiker und Literaten hat etwas Haltgebendes und unangestrengt Humanes.« Der Tagesspiegel

Salman Rushdie

Mitternachtskinder
Roman. Aus dem Englischen von Karin Graf.
612 Seiten. Serie Piper 716

Scham und Schande
Roman. Aus dem Englischen von Karin Graf.
341 Seiten. Geb.

»Salman Rushdie verdient es, als einer der großen Geschichtenerzähler unserer Zeit bezeichnet zu werden, als magischer Realist in der Tradition von Grass, Calvino, Borges und vor allem García Márquez.« The Observer

»Wie Márquez und Kundera, deren Zeitgenosse er auf so natürliche Weise ist, zeigt uns Rushdie, mit was für einer Phantasie unsere heutige Geschichte geschrieben werden muß.« The Guardian

Vom selben Autor liegt außerdem vor:

Das Lächeln des Jaguars
Eine Reise durch Nicaragua.
Aus dem Englischen von Melanie Walz.
192 Seiten. Serie Piper 744

Salman Rushdie schildert eine Reise nach Nicaragua, die er im Juli 1986 unternahm, zu einer Zeit also, in der, wie Rushdie meint, das Land sich weder am Anfang noch am Ende seiner Revolution befand, sondern mittendrin. Der Inder, der seit vielen Jahren in London lebt, betrachtet die Zustände, die er vorfindet, teils mit den Augen des Westens, teils mit denen des Ostens. Dadurch ergibt sich ein Bild, das immer wieder in ein anderes Licht gerückt wird. Obwohl Rushdie seine Sympathien für die sandinistische Regierung nicht verhehlt, äußert er freimütig seine Kritik im persönlichen Gespräch mit Daniel Ortega, Sergio Ramirez, Ernesto Cardenal und anderen.

Piper 63/2a

PIPER